EXTASES DE FEMMES

DANS LA MÊME COLLECTION
CHEZ POCKET

TROUBLES DE FEMMES
PASSIONS DE FEMMES
PLAISIRS DE FEMMES
DÉSIRS DE FEMMES
2000 ANS D'AMOUR
FANTASMES DE FEMMES
ÉCRITS DE FEMMES
FEMMES AMOUREUSES
PULSIONS DE FEMMES

EXTASES DE FEMMES

nouvelles

Corine Allouch – Élisabeth Barillé – Mercedes Belange
Valérie Boisgel – Sylvie Bourgeois – Sophie Cadalen
Cléa Carmin – Lou Cristal – J.-M. Entki – Gaëlle Gilin
Nadège Goutouly – Élizabeth Herrgott – Michèle Larue
Maïna Lecherbonnier – Marie Lincourt
Marie-Jeanne Marti – Lise Michel
Emmanuelle Poinger – Noémie Ray – Françoise Rey
Julie Saget – Salomé – Sylvie Sanchez – Ljubi Zwezdana

ÉDITIONS BLANCHE

ISBN : 978-2-266-16566-2

Corine Allouch

À nos amours !

Elle y avait pensé presque toute la journée. Dès le matin, à peine levée, elle avait eu envie de lui en elle, mais trop pressée, elle avait remis l'acte à plus tard. Alors, régulièrement au fil des heures, le désir montait, la surprenant au beau milieu d'un coup de fil, dans le métro alors qu'un inconnu glissait son regard sur elle, au restaurant lorsque, assise, ses jambes se frôlaient l'une contre l'autre et s'attardaient pour lui rappeler qu'elle n'avait pas offert à sa petite chatte ce qu'elle lui avait demandé. Ce n'était pourtant pas grand-chose, elle voulait juste un petit orgasme comme ça, juste pour le plaisir de se durcir, de couler et de sentir cette odeur qui lui rappelait qu'elle était bien vivante, qu'il n'y a pas d'âge pour jouir. Au contraire, elle remarquait ces derniers temps que cette envie la prenait de plus en plus souvent, parfois si impérieuse que lorsque les circonstances le lui permettaient, elle devait s'offrir vite et fort cette jouissance sans importance. Pour l'étonner ça l'étonnait, elle, cette amoureuse transie de l'homme qui partageait sa vie, d'avoir envie de jouir avec un autre que lui. C'était d'autant plus surprenant, que dernièrement, depuis qu'elle avait guidé son homme dans les méandres de son sexe, il la faisait crier chaque fois qu'il la pénétrait. Elle l'aimait cet homme. Elle était à lui, mais cela ne l'empêchait pas, et c'était une nouveauté, de s'autoriser parfois un orgasme sans aucun sentiment. Peut-être avait-elle besoin de se prouver qu'elle pouvait vivre sans lui. Tout en sachant qu'elle se mentait, elle s'étonnait chaque fois quand l'envie montait si vite si fort qu'elle courait chez elle plus qu'elle ne marchait pour retrouver le plaisir attendu. C'était le cas aujourd'hui.

Pressée d'en finir, impatiente de l'enfoncer en elle, curieuse de redécouvrir le plaisir sans l'amour, à peine arrivée, elle grimpe dans sa chambre, le prend et se jette sur lui. Allongée sur le dos, elle l'attire et le couche sur elle.

À peine le temps de la préparer, il va et vient sur son corps, juste à la limite de sa fleur. Précis et terriblement efficace, il ne laisse aucun mouvement au hasard. Concentré sur l'essentiel, il se pose et s'appuie exactement là où sa vulve le réclame. Intense, prévenant, à l'écoute de son moindre désir, il bouge, se pousse, revient et se recueille à l'entrée de son petit bouton, juste là où il fait bon le sentir. Immobile, calme, tendu et tout à elle, il scrute le plus léger mouvement de son être pour l'épouser. Obéissant presque servile, il suit instinctivement ce que lui ordonnent ses lèvres gonflées. Sur son monticule, juste à l'entrée, il s'attarde et fait monter le suc de sa bien-aimée. Entièrement tendu vers elle, enserré dans ses cuisses nerveuses, il attend qu'elle se reprenne. Il sait qu'elle ne veut pas tout de suite. Liquéfiée par son désir, elle le regarde, l'admire. Tendre, amoureux et tout à elle, il plonge son gland dans ses poils tandis qu'elle resserre ses jambes davantage. Elle aime le sentir au creux d'elle, juste au cœur de son suc. Lorsqu'elle réclame de l'émotion, il se déplace à peine, légèrement vers le haut. Un peu trop et il la perd ; pas assez et elle s'impatiente. Pour se connaître et se pratiquer depuis longtemps, ils savent l'un et l'autre soumettre son point G à la torture du désir sans la faire jouir. Ils adorent ça, reculer le moment de l'ultime ; prendre le temps, le leur, celui du plaisir pur, simple, évident, dénué de toute implication ; repousser le meilleur au-delà du possible au risque de passer à côté. Elle est sensible. Il le sait. Tout compte dans la montée de son orgasme. Sa position en elle, son rythme, ses changements de cap, son intensité. Parfois, il la brusque histoire de voir si elle le rattrape pour le remettre en selle. Parfois il cède à son propre plaisir et accélère, conjuguant son envie d'elle et son besoin de se planter comme un gamin rebelle, impératif dans sa volonté de la voir jouir. Elle est si belle quand elle se tord, quand elle s'offre sans peur, sans aucun artifice. Lorsqu'il décide de ralentir, de reculer l'inexorable, il se détourne de sa fleur, plus bas, il cherche son autre cavité. Trempé de mouille, cet autre trou lui ment chaque fois, faisant mine de l'accueillir comme s'il n'attendait que lui, comme s'il était fait pour lui. Petit, serré, vierge, il se resserre apeuré autour de son bâton. Confiant, sûr de son savoir-faire et persuadé qu'elle le veut, celui-ci tente de tracer son chemin doucement, en la réconfortant. Lorsque las d'attendre, il fait mine de renoncer pour la laisser se détendre et revenir à l'assaut de plus belle, il retourne se poser sur sa fleur qu'il adore. Douce, onctueuse, ouverte, elle déborde déjà de lui. Détendue, les jambes écartées, le regard rivé sur ce qu'il fait, elle l'observe s'emparer de sa petite fleur. Il la frôle à peine puis, tout à coup, il plonge, dépassé par son propre désir d'elle. Mais c'est trop tôt encore.

Il ne veut pas qu'elle jouisse, pas tout de suite, pas avant d'avoir exploré son autre trou qu'il aborde de nouveau, rapidement, furtivement, intensément. Sans lui demander son avis, sans préambule, il quitte sa vulve tétanisée pour retrouver son cul ouvert de lui. Surprise, elle se contracte, se resserre, se crispe autour de lui. Tranquillement il la rassure, se place doucement à l'entrée de son orifice et se frotte sans la pénétrer. Rassurée, elle l'attire à lui : « Doucement, lui dit-elle, tout doucement. » Obéissant, il progresse pas à pas. Entre appréhension et désir, elle le laisse venir puis se referme et s'ouvre de nouveau lorsqu'il fait mine de sortir. Crispé, tout son corps est cambré. Durs son ventre, ses jambes, ses seins sont dressés vers lui qui tente d'entrer en elle. Perdue entre le besoin de lui au fond d'elle et la peur de la douleur, elle ne sait plus que dire : « Quelques minutes de répit peut-être ? » Pas besoin de plus pour qu'il comprenne. Il s'éloigne d'elle pour rejoindre sa vulve gonflée d'attente. Pour distraire son attention et se donner le temps de souffler, elle porte un doigt à sa bouche, le suce et le lèche jusqu'à ce qu'il soit trempé puis le dirige doucement en bas, vers son petit clito qu'elle trouve immédiatement planqué sous la douceur de ses poils. Arrivée à bon port, elle se met à le caresser doucement en bougeant son bassin pour s'exciter dans le regard de l'homme qu'elle voit les yeux fermés. Mouillée d'elle-même, concentrée sur le sexe de l'homme qu'elle aime, sur son cri lorsqu'il jouit, sur sa langue lorsqu'il la lèche, sa vulve gonfle. Elle enfonce davantage son doigt pour fouiller ce drôle de petit bouton, qui roule en dessous. Les jambes bien écartées, elle s'offre tout entière. Le sexe à côté d'elle ne la touche pas. Elle ne le veut pas. Ce n'est pas lui qu'elle aime, mais celui qui est dans sa tête. Dans ce moment-là, elle est toute à elle-même. Excitée par le bruit de sa mouille sous son doigt, elle exerce des pressions pour entendre les clapotis déferler à son oreille. À cet instant, lui revient à l'esprit son autre trou qu'elle envahit de son doigt sec, trop sec. Elle porte sa main tout entière à sa bouche, lèche chacun de ses doigts qu'elle fait passer un à un de son sexe à son cul. Seule au monde, elle en oublie le braquemart qui la guette. À quelques centimètres d'elle, il attend, fébrile, qu'elle le laisse enfouir sa tête dans son trou, n'importe lequel. Ce qu'il veut, c'est la remplir, la prendre, l'entêter, la sentir, la fouiller, lui mettre le corps à sac. En amoureuse passionnée de lui, de son corps, de tout son être, elle imagine le désir qui rôde dans la queue de son amoureux. Elle la sent gonfler. Les yeux fermés, elle la caresse de bas en haut, commence à la branler doucement. Elle la prépare pour elle. Grosse, tendue, tendre, elle se la concocte comme elle aime, ni trop dure ni trop molle, juste de cette texture qui la fait jouir lorsqu'elle s'empale et l'enfonce au fond de son minou. Minou, minette, chatte, moule... Même ses propres mots ce soir l'excitent. Elle va jouir comme une folle, elle le sait, mais elle se plaît à retarder l'instant. Pour faire monter davantage la sève dans ses trous, elle se lève, fait signe au braquemart de la suivre et se dirige dans la salle de bains. Là, nue devant la glace, elle se regarde, s'observe, se séduit, se plaît, se désire. Une main baladeuse sur la pointe de ses seins, l'autre curieuse, en quête de son mont-de-piété, elle se lèche les babines, se cambre, se met de profil, se retourne et revient face à elle-même. Impérieuse, elle donne l'ordre à la queue de la prendre comme ça tout de suite, très vite. Un besoin urgent la saisit, elle n'en peut plus d'attendre. Elle la veut dans l'instant. L'envie de la sentir la prend au ventre, ça brûle, elle veut en finir, il veut jouer encore. Doucement, il part de son nombril et descend tout doucement en la frôlant. Impatiente, elle l'attire à elle. Vite. Elle veut jouir, elle tremble. Les images dans la glace l'excitent, les souvenirs dans sa tête la font couler. Elle est pleine de lui, de l'homme, celui qu'elle aime. Ses cuisses poisseuses se frottent l'une contre l'autre, l'odeur monte. Elle veut en finir pour mieux recommencer, se débarrasser de cet orgasme-là pour passer au suivant, apaisée, qu'elle offrira à l'homme de sa vie plus tard lorsqu'il rentrera sans savoir qu'elle l'a déjà baisé. Ce soir, elle le sait, elle n'est que désir. Elle pourra jouir autant de fois qu'il le souhaite, mais elle doit d'abord se vider, se débarrasser de cette attente à fleur de lèvres, à fleur de cul, à fleur de bite. Tremblante, elle glisse un doigt sur sa vulve et commence à s'astiquer pour se prouver qu'elle peut se passer de son fiancé. Debout, dressée sur ses pointes de pieds face à la glace, elle s'active sur son clito. Puisqu'il n'est pas là et qu'il ne veut pas d'elle, elle se débrouillera seule. Pour le lui prouver, elle se penche vers le lavabo, frotte ses seins sur le marbre froid, ses tétons se tendent. C'est beau. Elle adore regarder son corps dans le désir, si proche, si loin du plaisir mais sans son amour, difficile de jouir. Elle en a eu des hommes, elle en a connu des bites, des petites, des courtes, des longues, des belles, des jeunes, des vilaines, elle en a léché des glands, elle en a bouffé des couilles. Elle s'en est mis plein la bouche, plein le cœur, elle a rempli son corps à ras bord de ces hommes au garde-à-vous devant son cul, mais lui, lui, depuis qu'elle le connaît, elle ne peut plus s'en passer. Elle ne saurait dire ce qu'il a de différent des autres, pourquoi il la met ainsi dans tous ses états, pourquoi même quand elle n'a pas envie, penser à lui la fait mouiller, mais lorsque cela arrive, il faut qu'il la prenne. C'est un ordre. C'est un jeu entre eux. Le jour, la nuit, elle a besoin de lui. Il lui fait un bien fou. Lorsqu'il la fait jouir, il la rassure, l'apaise et la réconcilie avec le monde entier. Depuis qu'ils se sont rencontrés, elle ne veut personne d'autre, ne désire aucun autre homme, n'envisage aucune autre bite ni dans son sexe ni dans son cul. Son cul, elle le lui a promis. Elle le lui offrira ou il le lui volera un soir. Quand il en aura marre d'attendre qu'elle tienne sa promesse, il lui arrachera dans un cri cette petite cavité qu'elle a toujours refusé de donner. Même si elle a peur, l'idée d'être à lui par tous les bouts d'elle lui plaît. Quelques secondes encore et elle attire le membre de l'autre, celui qui ne compte pas, vers sa vulve. Pour l'aider à passer, à mieux la pénétrer, elle prépare le chemin avec un doigt mouillé. Tout ouverte, elle peut maintenant le recevoir. Posé pile poil sur son clito, il commence à doucement la masser. Émerveillée par l'idée du plaisir qu'elle sent monter puissant, impérieux, infini, elle le laisse jouer avec sa petite fleur si tendue qu'elle semble vouloir s'échapper de son abri devenu tout à coup trop petit. Mouillée par sa mouille, la bite exerce des cercles concentriques tout en douceur sur son clito aussi dur que ses pointes de seins qu'elle pince pour s'exciter avant de plonger un doigt mouillé dans ses poils. Tendu et presque arqué, tout son corps crie famine, elle veut la bite de son mec partout. Pour mieux se faire prendre, elle retourne s'étendre sur le lit et glisse la bite de l'autre à l'orée de l'antre interdite l'incitant à la pénétrer puis, au souvenir de son amant de cœur, se refuse et la plaque sur sa petite fleur. Pour mieux jouir, elle serre ses jambes et dresse son corps tout entier vers lui. La tête sur l'oreiller, les yeux fermés, elle ne veut pas savoir ce que fait le braquemart. Elle le veut en elle, sur elle, au fond d'elle sans savoir par avance comment ni où il va la prendre : « C'est bon dit-elle, si bon. Fais-moi jouir, prends mon minou, prends ma belle chatte, fort, fais-moi crier, j'ai envie, tellement envie. Vas-y, prends mon petit clito. »

Sa langue au bord des lèvres trempées, son index sur toute sa chair gonflée, ses jambes si crispées qu'il a du mal à passer, entièrement tournée vers lui, elle crie : « Maintenant ! » Alors dans un bruit qu'elle avait oublié, il se pose sur son clito adoré et ne bouge plus jusqu'à le faire exploser. Totalement concentrée sur sa jouissance, elle dit : « Là, oui, là, ça vient, encore, encore, ne t'arrête pas. » Obéissante, la queue n'en finit pas de la masser, de la presser, de la titiller. Pour s'exciter encore, elle glisse un doigt dans son cul, et pensant à son amour, dit : « La prochaine fois peut-être » en hurlant son plaisir dans un cri qui couvre le vrombissement des piles.

Rapide, vif, bref et intense, l'orgasme la saisit des pieds à la tête. Son corps, secoué par un ultime soubresaut, se cambre et retombe, vide et apaisé.

Quelques secondes encore avant qu'elle ne sorte de l'Extase et ne pense à presser le bouton « off » de la machine.

Élisabeth Barillé

Musek et moi

Oh, ma chérie, tu m'as manqué !

Il y a encore une heure, ces mots m'auraient émue, et pas seulement à gauche du sternum, si vous voyez ce que je veux dire... Les femmes sont sentimentales, mais toutes ne mettent pas leurs sentiments au même endroit. Il y a encore une heure, être accueillie ainsi par Philippe, par sa voix câline et chaude, aurait « chaviré mes sens » comme on disait, il y a des lustres, dans les romans qu'on enfermait sous clé, des livres à ne pas mettre entre toutes les mains, car on finissait par ne plus les lire que d'une seule. Les mains de Philippe sentent les lingettes nettoyantes (il en a toujours un paquet dans la boîte à gants de sa Daimler, laquelle embaume le cuir, le havane, l'after-shave, en gros le succès.) Il y a une heure, j'aimais cela, les hommes de pouvoir aux mains propres, c'était avant le métro, avant Musek. Je l'appelle Musek, j'aurais pu aussi choisir Milan, Zoltan, Dravsko. Un type de l'Est, avais-je aussitôt pensé. C'était à la station Opéra. La rame allait repartir. J'avais couru et m'étais retrouvée dans le dernier wagon. Il n'y avait plus un siège de libre, seulement un strapontin à côté d'un homme jeune au cou de taureau. Un sac de voyage était posé devant lui. Je m'étais assise, il n'avait pas bougé d'un pouce, nos cuisses s'étaient frôlées, puis d'autres passagers étaient montés, réduisant l'espace, l'espace entre les corps, l'espace entre nous. Maintenant nos cuisses se touchaient. On avait quitté la station. Ce n'était pas une cuisse particulièrement musclée, une cuisse de culturiste, de cavalier, juste une cuisse énorme et dure. Dure et puissante. Une vraie cuisse d'homme contre laquelle la mienne semblait maintenue par une force inconnue, impérieuse. Les cahots de la rame accentuaient la pression. La sensation m'absorbait tout entière. Je me disais : mon bras entre ses cuisses, elles le briseraient. Je me voyais aussi agenouillée, sa tête reposant sur l'une d'elles comme sur un billot, attendant l'ordre. Ce n'était pourtant pas un homme à en donner (peut-être à cause des oreilles décollées, pensais-je aussi, avec la nette impression de bâtir une défense, mais contre quoi ?), plutôt à en recevoir d'un homme plus brutal encore, un homme sans lois et sans scrupule, formé pour entraîner les corps vers les ténèbres, un sauvage passé maître dans l'art de vider les âmes de tout espèce de sentiment. Un Albanais, un Serbe, un Croate. Musek venait de ces pays en guerre. Il avait connu cette violence, il s'y était engouffré et perdu. Des images me revenaient, toutes vues à la télé : jeunes aux regards usés, enfants sans sourire, hommes posant avec leurs fusils, femmes éteintes par les deuils et les viols.

À la station suivante, quelques places s'étaient libérées, je n'avais pas quitté mon strapontin, Musek non plus. Au moment où, rassemblant mon courage, je m'apprêtais à lever les yeux vers lui, il s'était penché vers son sac de voyage. Un sac misérable mais les vêtements l'étaient aussi. J'avais détourné la tête. Une autre scène s'esquissait : Musek ôtant son tee-shirt.

Son torse gras et velu, les poils noirs, une cicatrice peut-être, des relents de bière, de fatigue, de sueur. L'horreur, aurait dit Philippe. Je me voyais toujours agenouillée, privée d'air, la bouche écrasée contre le torse, prisonnière d'une odeur qui me vrillait le ventre.

Musek s'était redressé. C'était comme s'il était seul dans un wagon vide. Rien n'existait pour lui, pas même moi. D'habitude, il suffit que j'entre quelque part pour accaparer l'attention. Ça fait bander Philippe. À tes côtés, dit-il, toutes les femmes ont l'air de concierges. Mais Musek n'est pas Philippe, ni un ami de Philippe ; Musek n'est pas un héritier ni un businessman ; Musek dégoûterait Philippe, peut-être l'effrayerait-il avec sa tête de forçat ; s'ils se croisaient, Philippe s'écarterait d'un bond comme d'un serpent. Musek ne me regardait pas. C'était nouveau, une telle indifférence, c'était humiliant, mais ce n'était pas que cela : j'étais troublée. Mon corps était moite, je regardais mes mains avec une terrible envie d'en glisser une entre mes cuisses. Je me voyais aux pieds de Musek, mordant la poussière ou bien mon poing peut-être, pour étouffer mes cris, car il m'aurait giflée, battue.

Mais Musek lisait. Ce qu'il avait tiré de son sac, c'était cela, un magazine. Un torchon aurait dit Philippe. Des femmes. Une galerie de femmes. Des photos de femmes. Une bonne trentaine sur la double page. Des jeunes, des brunes, des blondes, des rousses, des grasses et des frêles. Des seins offerts, des reins cambrés, des culs sertis de strings noirs, rouges ou roses. Une Noire en portait un jaune, sans soutien-gorge. Je pensais : ses seins sont refaits, des seins si gros, ça n'existe pas. Ursula, c'était le nom qu'elle se donnait. Il y avait une Sandra, une Natasha, une Pamela, une Karine. Toutes expertes, toutes disponibles, pouvant être contactées, à tout moment, sur leur portable. Ces femmes sont tout ce que je ne suis pas, me disais-je, écrasée par l'évidence. Tout ce que je ne serai jamais, sinon dans ma tête, dans mes moments de solitude, quand je gagne ma chambre, ouvre le lit, m'y jette, tire ma jupe (Philippe déteste les jeans) à mi-cuisses afin d'empêcher l'écartement complet des jambes, contrainte dont je tire un surcroît d'excitation, libère mes seins, m'attaque la chatte. Je ne ferme pas toujours la porte. L'angoisse d'être surprise, un dopant de plus, du moins pour moi. Faire l'amour entre deux portes, derrière une palissade, dans les toilettes d'un aéroport ou d'un avion, j'y pense quand Philippe me baise à heures fixes, les stores baissés, sur un lit Armani Casa. Certains couples partagent leurs fantasmes, pas nous, je préférerais qu'on me coupe la langue plutôt que d'avouer à Philippe le film que je me passe pendant qu'il s'affaire en silence sur moi et dans moi. L'angoisse d'être jugée, paralysante, la peur de déplaire, de bousculer la belle image qu'il a de moi, qu'ils ont tous, au fond : une femme parfaite qui sait comment se mange la salade.

Déroger, décevoir, ces filles en string s'en moquaient. Elles étaient prêtes à tout. Des inconnus les appelaient, elles leur fixaient rendez-vous, le tarif pratiqué (s'offraient-elles gratuitement ? C'était peu vraisemblable), les pratiques possibles. Une fois cela réglé, les inconnus débarquaient pour les sauter. Je les enviais. Parce qu'elles étaient chaudes, vénales et libres, parce qu'elles me volaient Musek, parce qu'elles étaient tout pour lui, parce qu'il ne regardait qu'elles, parce qu'il les convoitait, parce qu'elles le faisaient bander. Ce regard buté qu'il avait face aux photos. Ces lèvres entrouvertes. Son souffle court. Je l'entendais respirer. Le désir de Musek, la faim de

Musek, j'entendais cela. Un homme qui veut du sexe, seulement du sexe, du sexe brut et rapide, des femmes anonymes, à défoncer. Un homme longtemps privé de sexe, un homme obsédé par le sexe, un homme au sexe affamé et lourd. Je le voyais forçant ma bouche. Il me criait de l'ouvrir davantage, qu'il allait m'exploser le gosier, puis le reste. Je hoquetais, des larmes jaillissaient, ça le faisait rire.

Dans le métro, les hommes se permettent ce qu'ils veulent, pas les femmes. Les hommes tripotent des hanches, pincent des culs, se frottent contre des seins, les femmes se contentent de serrer les fesses ou les lèvres. Les femmes comme moi, bien sûr, les femmes selon Philippe : les potiches stylées pour hommes de pouvoir aux mains propres. Des salauds : à présent, tout s'éclaircissait. J'en avais soupé des lingettes nettoyantes et des week-ends à Belle-Île. Cette vie-là, je n'en voulais plus, je voulais autre chose, et d'abord Musek.

On arrivait à la station Temple. Allais-je me lancer ? Musek restait aux mains des filles, dans les photos. Des passagers sortaient. Les portes se refermaient. Le métro repartait. C'était mieux ainsi, j'attendrais l'arrêt suivant, République, une station que j'évitais d'habitude. Plus maintenant. La saleté, les relents nauséabonds, les couloirs interminables m'apparaissaient sous un jour nouveau, ou plutôt une nuit nouvelle, cette nuit de larmes et de violences, une nuit injustifiable. Ma nuit barbare... Soudain, je souriais. Les mains sales de Musek. La peau rouge de Musek. Le torse large de Musek. L'odeur âcre du sexe.

À la station République, je l'inciterai à me suivre.

Je marcherai devant, je jouerai de mes hanches, de mon cul, du claquement de mes talons, qu'il ne me perde pas de vue, qu'il me suive, qu'il suive la chienne que je serai sous peu. Une femme sans peur, chaude et libre. Un couloir désert apparaîtra. Je me retournerai vers lui, les seins sortis de ma blouse. Je lui ordonnerai de ne pas bouger. Je me rapprocherai de lui. Je tomberai à ses pieds. Il me repoussera à coups de talon. Le sol sera dur et glacé. À mon tour, je me mettrai à rire. Mes dents brillant dans la pénombre appelleront au crime. Musek sortira un couteau...

Ma chérie ! Comme tu es belle ! Comme tu m'as manqué ! Mais qu'il la boucle ! Qu'il dégage ! Qu'il disparaisse une fois pour toutes ! Ton couteau, Musek, ton couteau, donne-le moi !

Mercedes BelAnge

Leçons de vie en sept extases

Des moments d'extase, mon corps en a tant connu que ma conversation avec saint Pierre devrait suffire à l'exciter pour toutes les confessions des pénitents à venir ! J'ai été pécheresse, pour le meilleur et pour le pire, toujours généreuse, curieuse et souvent comblée.

Dieu sait et se souvient que j'ai aimé être baisée, et la plus jolie extase qui me reste en mémoire, c'est celle qui m'a été donnée par un novice, un corps gâché par l'oubli et l'avarice des caresses, que j'ai recueilli malgré moi car je n'appréciais que les experts.

Cet ange-là m'a simplement fait comprendre qu'en matière de corps à corps, si nos jouissances sont reliées par le cœur, l'extase est plus belle. D'amour, il me reste cette trace encore gravée dans ma chair.

Je peux dire que je n'ai plus grand-chose à découvrir des plaisirs du corps. De l'autre, féminin, masculin et artificiel aussi. J'ai été pourtant assez classique, excepté l'accumulation de mes rencontres et le peu de retenue que j'avais à les sélectionner. Tout était propice à la découverte et, malgré les déceptions, je ne garde que le meilleur souvenir de ces parties de foutre en l'air.

Si je devais dresser un testament de mes plus belles extases, pour que les femmes puissent jouir en meilleure connaissance de cause, pour que les mâles puissent éviter des maladresses d'égoïstes, je dirai que de toutes les expériences que j'ai eues, subies, données, sept leçons sont à retirer.

LEÇON N° 1

Il faut savoir dire ce qu'on aime et ne pas en avoir honte

Si je veux, que ce testament soit des plus honnêtes, je dois avouer que la langue d'un chien bien contrôlée par son maître a un don particulier pour me faire partir en transe. Une langue habituée à laper un sexe, puisqu'un chien sait que la langue est le meilleur outil pour lécher patiemment un cul, étant déjà bien servi par lui-même.

Il fut un soir où je me suis laissée conduire dans une pièce joliment décorée pour accueillir sept invités en son centre. Sur le lit dressé de tenture rouge, je me suis lovée pour regarder six hommes m'encercler. Ils portaient des tenues de cuir moulées sur leurs corps démesurément musclés et couverts de chaînes ruisselantes. De sperme, ai-je convenu, en voyant qu'ils avaient démarré cette partie sans moi. Quand ils ont commencé à se masturber, en rythme, j'ai eu un sentiment de vertige et de panique. Comment allais-je faire pour m'occuper de toutes ces verges affolantes ? Je me suis accroupie, j'ai commencé à me caresser les seins, à me lécher les doigts pour me les enfoncer un à un, puis le poing bien fermé, j'ai vacillé. J'ai voulu saisir une queue bien gonflée pour me la foutre au fond de la gorge, mais d'une main ferme, l'un des six Apollons me repoussa au centre du lit. Frustrée, je me suis retournée vers son voisin toujours en train de se caresser au tempo de ses confrères, et lui présentant ma croupe, je lui demandai d'une voix fébrile de me prendre d'un seul coup. De sa main libre, il me claqua le cul aussi fortement qu'il put. Décontenancée, je me suis demandé si je n'étais pas de trop dans ce jeu masculin, car tous les six trouvaient leur plaisir à se regarder et suivre la danse imposée par leur main sur leur queue.

C'est alors que je compris quel serait mon rôle.

Le chef de la bande, le maître-queue, fit son apparition de façon théâtrale, nu intégral à l'exception d'une cagoule de cuir qui ne laissait apparaître que ses yeux et sa bouche.

J'ai encore plus été surprise par l'impressionnante forme et taille de son sexe, un dessin comme je n'en avais jamais vu, avec un gland si énorme qu'on aurait dit un sexe à tête de lion.

Il ne se déplaçait qu'accompagné d'un somptueux chien, suffisamment haut sur ses pattes pour atteindre sans effort mon corps couché sur le lit.

Mes yeux se sont fermés et j'ai attendu qu'il s'approche.

Le maître du jeu me regarda, abandonnée et offerte, et ne m'adressa qu'une seule fois la parole :

— À toi maintenant de jouer, dis-moi quelle est la règle du jeu.

Je me suis sentie devenir petite, mal à l'aise face à ce pouvoir nouveau d'exiger des autres qu'on ne s'intéresse qu'à mon désir. J'ai puisé au plus profond de mes fantasmes et ai répondu : « Maître, approche ton chien au plus près de ma chatte, exige de lui qu'il me lèche sans retenue. Quand je jouirai, je veux que les six Apollons m'éclaboussent de sperme et me l'étalent ensuite avec leur langue sur tout le corps. À toi, cher Maître, je réserve le plaisir de me boire. »

Je ne me souviens que de sa langue, râpeuse, patiente et mécanique. Ce chien n'avait aucun état d'âme sur mes supplications de me prendre que je hurlais à l'assemblée, bercée par les râles qu'ils faisaient en se caressant les uns les autres.

Le maître tint sa promesse et j'eus le droit de me faire lécher par son chien jusqu'à l'extase. En guise de remerciement, il autorisa son fidèle compagnon à enfoncer son museau dans mon sexe ouvert, à deux ou trois reprises.

C'est enfin qu'il vint récolter les fruits que cette nuit avait semés.

Leçon n° 2
Il n'y a pas de règle sur le tempo

En dix minutes, à l'arraché, par surprise, j'ai eu beaucoup de plaisir à me donner à un amant qui ne me faisait jamais l'annonce de sa visite. Cette façon de faire ou de ne pas faire me laisse dire qu'un bon joueur peut aimer gagner très vite. On peut trouver l'extase à se faire prendre debout contre un mur, sans préparation ni assez de temps pour s'extasier sur le corps de l'autre. C'est vif, fort et la jouissance s'en ressent.

À l'extrême, j'ai apprécié les efforts d'un de mes partenaires d'un soir qui a comblé le temps qui nous liait pour me faire éprouver par tous les trous que ma vision de la jouissance ne pouvait se restreindre à mon clitoris pressé. Huit heures durant, la peau collée de sueur et de foutre, je n'ai eu de cesse que de le réclamer. Mains attachées mais esprit ouvert. Au début, gênée par le temps qu'il passait à me regarder, partout et de près, à me soulever les fesses pour mieux voir la forme de mon anus, à écarter mes lèvres pour détailler l'intérieur de ma chatte, me racontant les nuances de rose et de rouge autour du clitoris. Ensuite, intriguée par sa patience de chat, à lécher ma peau pour qu'elle soit à son odeur, sans toucher ni à mon sexe ni à mon derrière, pourtant impatients de recevoir leurs dûs, j'espérais qu'il clôture cette toilette par ma bouche, qui ne fut à ce moment de notre rencontre ni embrassée ni baisée mais tout simplement lapée. Sans avoir le droit de bouger, je me suis résignée à détailler, les yeux grands ouverts et sans fausse pudeur, cet homme qui prenait son temps pour me connaître, par l'odeur et le toucher. Vint le moment des doigts, baladeurs et experts, pour des caresses qui oscillaient entre ma bouche ouverte, langue sortie et salive à disposition jusqu'aux trous inférieurs de plus en plus excités. On ne peut imaginer le temps que prend la caresse d'un clitoris savamment orchestrée par des pauses dans l'anus, autour du trou, en rond puis dans le fond, en compagnie de l'autre main qui dicte la cadence à une chatte docile et déjà bien dressée.

Dressée à attendre que la fin ne soit pas proche.

Leçon n° 3

Un amant se doit d'aimer l'amour et son amante

Il ne faut pas oublier qu'un homme qui ne prend pas de plaisir à baiser ne peut pas en donner. Je me souviens de cet homme assez mûr, croisé lors d'un dîner prétentieux où nous avions été tirés au sort et avec qui j'ai eu ma première crise de vengeance. Il m'avait tout simplement pénétrée à sec, pensant que j'aimais mieux me faire prendre de force. Il avait ainsi refusé les avances de ma voisine qui se faisait un plaisir de me préparer à cet acte de bravoure, m'ayant caressée efficacement pendant tout le repas. Le fait est que ma préférence allait vers son jeu de mains prometteur et que sa verve tout enjouée me laissait présager un jeu de langue expert. Quand il s'est levé subitement de table, me tirant par les cheveux, s'excitant tout seul dans son costume trois-pièces par cette démonstration qu'il voulait virile, je me suis dit que cet homme-là n'aimait pas l'amour. J'ai regretté que les hommes ne se voient pas plus souvent avec une majuscule. Je me disposais donc à entrer en guerre.

Il m'a rabaissée au niveau de ses genoux, sourire vainqueur et regard visqueux. J'ai soudain prié que sa propreté soit au niveau de sa bêtise. Heureuse surprise de voir que l'animal était bien gâté par la nature, mon penchant naturel et instinctif a donc porté ma bouche à hauteur du gland. De ses mains larges, il me dirigeait et juste avant d'atteindre l'orgasme, il se retira brusquement, me fit faire volte-face, m'écarta les fesses pour me pénétrer sans attendre.

Je ne sais si c'est le fait de me priver du foutre au fond de ma gorge, de ne pas pouvoir sentir cette jolie queue s'émouvoir jusqu'à la fin sous les coups répétés de ma langue, qui me mit en colère, mais je n'ai pas supporté cette offense à mon désir. J'ai de suite senti que sa vision de l'amour n'était pas belle, que d'extase il ne m'en promettait pas, uniquement concentré sur un rapport de force qu'il voulait à son avantage. Il ne baisait pas, il ne s'offrait pas, il forçait la conversation.

D'amante, je suis passée guerrière. J'ai saisi prestement le godemiché que tenait ma voisine dans sa bouche, demandé de l'aide à son partenaire pour tenir le mien en position de pont, et je me suis vue enfiler aussi sec le godemiché à peine mouillé dans son cul, pas préparé. Son cri me dérouta, j'y ai entendu la surprise, la douleur et une forme de plaisir. J'ai presque regretté que le gode ne soit pas assez gros pour le faire hurler. Cela m'a donc fait plaisir de regarder mon allié de circonstance le prendre aussitôt bien dur et prêt à me rendre service. Pour sa première enculade, je pense que mon partenaire forcé a compris qu'on ne doit pas sous-estimer le bon vouloir des autres...

Leçon n° 4
Il n'y a pas de pudeur à avoir, et surtout pas de regrets

La vie est courte, mais elle se remplit à vitesse grand V Je n'ai jamais saisi pourquoi l'éducation sentimentale se tait sur la nécessité d'être franche et optimiste. Sans franchise, on ne vit que dans la pudeur. La pudeur est un voile opaque qui empêche l'âme de se libérer, elle crée des remords qui n'intéressent que la religion. Moi, j'avais décidé de vivre, et vivre, c'est se risquer à avoir des regrets. Le seul que j'ai aujourd'hui, c'est de n'avoir pas su convertir un ami homosexuel à se détourner de son emprise monogame. J'avais rencontré David lors d'une soirée de célibataires d'âmes qu'organisait régulièrement un club fameux où un nombre impressionnant de célébrités venaient combler leur désir d'exhibitionnisme. David était un brillant présentateur d'une émission de télévision jugée capitale pour le business des faiseurs d'opinion. Aussi à l'aise sur un plateau que dans les soirées mondaines, je n'étais pas destinée à tomber sous le charme. J'étais venue, poussée par la curiosité de mon amant qui rêvait de me voir prise par un autre. Je lui avais promis de me laisser faire avec le premier venu qu'il aurait lui-même choisi. C'est sur David que son attention s'est portée. Après notre deuxième coupe de champagne, nous sommes allés rejoindre les couples déjà occupés à converser, corps à corps. Je me suis vite excitée à la vue d'une femme magnifique qui se caressait en me demandant de la lécher devant mes deux hommes. J'obéis docilement parce que je savais que mon amant attendait que je me baisse pour montrer à David l'ampleur de ses attributs masculins. À la fin de mon exercice de style, David a exigé que je me fasse prendre par le cul, s'est agenouillé, m'a soutenu le ventre pour mieux tendre mes fesses et de l'autre main a guidé la queue de mon amant. Mais au lieu de le laisser me pénétrer, David se mit branler doucement mon amant, de plus en plus excité. Il cherchait à garder son contrôle et se mit définitivement à vaciller à la vue de la queue de David. Quand David a senti que sa propre bite devenait dure à souhait, il s'est relevé, a caressé les cheveux de mon homme et a guidé sa tête pour se faire empaler par la bouche. J'ai compris qu'il m'avait exclue de son plaisir et que, pour la première fois, mon amant allait connaître une extase qu'on me refusait. David ordonna à mon compagnon de le sucer d'abord doucement, pour que ses lèvres ne couvrent que le gland. Rapidement, il demanda à ce que la langue s'aplatisse et fasse de grands mouvements de la fine ouverture du gland jusqu'à la racine de la queue. La découverte de cette zone, entre l'anus et le sexe, cette zone douce mais qui sent fort, émut beaucoup mon novice des jeux de même sexe. Il se prit lui-même au jeu, et sans attendre, se mit à enfoncer doucement sa langue dans le rond inconnu. David comprit que la partie était gagnée, me regarda et sur son sourire, j'ai vu la force du vainqueur.

Ce soir-là, j'ai regretté ne pas être un homme.

Leçon n° 5
Il faut aimer les femmes qui aiment les hommes et les femmes

Les meilleures maîtresses sont celles qui connaissent leur corps en ayant aimé le corps d'autres femmes. Il n'y a pas plus jouissif que de faire plaisir exactement comme vous rêveriez qu'on vous fasse jouir. La façon la plus simple de bien se connaître est donc de faire l'amour avec d'autres du même sexe. Simple et instructif.

C'est tardivement que j'ai expérimenté cette règle, pourtant de bon sens à première vue. Stéphane m'avait demandé ce qui me ferait le plus plaisir, ce que je voulais tester avec lui, quels accessoires me manquaient, si je voulais l'accompagner dans un peep-show pour baiser dans une cabine, si je préférais faire la pute dans un bois et me faire prendre en enfilade.

Ma réponse fusa : « Offre-moi une jolie blonde avec de vrais beaux seins, une femme qui aime les hommes et les femmes. »

Cet amant voyageur ne me donna signe de vie que bien des mois plus tard. Moi-même ayant eu de signifiantes et somptueuses aventures depuis, j'avais complètement oublié ma requête.

Notre rendez-vous avait été fixé dans un restaurant sans intérêt, ce qui me déçut, car j'accorde autant d'importance à la nourriture qu'au sexe. Mais dès mon arrivée, je fus subjuguée par son aura, elle irradiait le plaisir du sexe. Ce fut une bombe de promesses d'extases qui explosa dans mon bas-ventre. Je n'eus même pas la force de manger, trop occupée que j'étais à la détailler, entreprise facile car elle était si peu habillée que j'en étais gênée pour nos voisins. Je sortis de table sans manger mais pas sans boire et le champagne m'ôta toute retenue. Stéphane nous demanda de le rejoindre dans les toilettes. Sans réfléchir, nous nous sommes levées, souriantes et impatientes face à la promesse de bonheur qui s'annonçait.

Bien sûr sans culotte sous ma robe, je fus rapidement sous son emprise, car elle se mit de suite à genoux, demanda à Stéphane de me poser sur le rebord de l'évier, me fit écarter les jambes.

Instinctivement, j'ai fermé les yeux pour faire revivre de ma mémoire les innombrables scènes d'amour saphiques dont j'avais rêvé. Sa voix me réveilla, car elle était devenue beaucoup plus grave. Elle exigea que je la regarde faire, mes yeux dirigés vers sa langue et ses doigts. Stéphane faisait barrage aux autres personnes et se masturbait férocement. Je lui caressais la chevelure naturellement blonde et je fus aux anges quand je me sentis partir dans sa bouche. Elle attendit que je m'arrête d'éjaculer, se mit à aspirer mon jus, se releva et m'embrassa à pleine bouche. Je sus ainsi quel était mon goût. Ce fut un vrai bonheur sincère et intense, une extase au parfum unique parce que ce soir-là, je sus qui j'étais.

Je la remercie encore d'avoir dosé exactement quelle pression donner à sa langue, de maîtriser si bien les mouvements de gauche à droite et en boucle, d'avoir su quand il fallait laper l'intérieur de ma chatte pour mieux revenir ensuite sur le clitoris et surtout de terminer magistralement son chef-d'œuvre. Celui-ci prit à peine quinze minutes, mais ce fut l'une des plus fortes jouissances que j'ai connues. Comme toutes les premières fois, je lui voue une tendresse éternelle.

LEÇON N° 6

Il n'y a pas d'amour, il n'y a que des preuves d'amour

Certes, c'est connu. Assurément, c'est vrai. Méfiez-vous des beaux parleurs, de ces hommes ou de ces femmes qui donnent des leçons sur la meilleure façon d'aimer sans avoir expérimenté le dixième du champ des possibles. Pas de généralité, pas de théorie. Il n'y a que la pratique qui compte. Laissez-vous porter par vos impulsions, souvent c'est le corps qui réagit le plus sainement. N'oubliez pas que le cœur se laisse bercer d'illusions, mais que le corps ne se trompe pas. Il est expert en chimie, maîtrise tous les sens et sait reconnaître quand un amant s'emboîte bien ou pas. Une âme ne transpire pas, elle souffre. Pour avoir du bonheur et connaître moult extases, il faut laisser au corps sa liberté de parole. Cette leçon est une déclaration de guerre, d'indépendance et d'amour. Le corps doit se détacher de l'âme, il a droit à sa vie propre.

C'est la première preuve d'amour qu'on doit s'offrir à soi-même.

LEÇON N° 7

Il ne faut pas mourir sans avoir goûté à l'extase partagée

D'un amant par alternance, je n'attendais que le plaisir à l'état pur. Sans sentiment. Ma vie amoureuse me laisse penser qu'il est facile d'avoir des moments de baise sans savoir qui est l'autre, d'où il vient et où il va. Mon esprit papillon, mon cœur vagabond et mon âme légère m'ont protégée de tout engagement. La seule promesse que je m'étais faite était de ne rien me refuser, du moment que je le désirais et que je trouvais un compagnon de baise compréhensif.

Raphaël fut l'amant envoyé des dieux. Depuis ce jour où nous nous sommes aimés, une fois, une seule fois mais pour la vie, je sais que Dieu existe et qu'Il bénit les amoureux du corps et de l'extase.

J'ai rencontré Raphaël par hasard lors d'un voyage professionnel à Essaouira, celle ville romantique où le vent s'amuse à caresser les âmes. Je sortais d'une histoire d'amour difficile parce que la fin ne voulait pas s'annoncer alors que je l'attendais sans le savoir. L'esprit endolori mais le corps en alerte, je fus abordée par cet homme, orphelin de l'amour, qui m'expliqua rapidement que sa situation était bien pire que la mienne. Attaché par les habitudes et le temps, il n'avait pas eu de tendresse depuis longtemps. Je n'ai jamais compris comment un corps aussi sublime pouvait se résigner à vivre dans ce désert affectif. Nos âmes se sont trouvées et leur langage s'est suffi à lui-même. Ce fut un poème décliné en plusieurs strophes, aussi enjouées que le rythme de la mer, qui est vif à Essaouira. Cette renaissance fut partagée et, aujourd'hui, je rends grâce au destin de m'avoir accordé plusieurs vies.

Quand je me réincarnerai dans une prochaine vie, je sais que le meilleur, Dieu me l'a déjà donné.

Valérie Boisgel

On entend parler la mer

Allongée sur le lit défait, nue sous la djellaba en soie claire, les jambes reposant sur l'homme assis tout près d'elle. Elle te regarde. Regarde tes bras, ton dos aux muscles longs, ta peau couleur terre de Sienne. Elle a envie, envie de te toucher. Imagine tes mains sur elle. Très lentement, elle déplace d'abord une jambe derrière toi et du bout du pied, caresse ton dos, remonte jusqu'à ta chevelure dans des va-et-vient lents, appuyés. Puis, l'autre pied se met en mouvement, t'enveloppant de ses jambes tentaculaires. Comme un ballet aérien, ses gestes s'amplifient, allant de la pointe de tes pieds à ta chevelure noire, la robe remontée.

L'homme prisonnier tourne la tête. Une fraction de seconde, ses yeux se posent sur l'entrebâillement des cuisses qui s'ouvrent et se referment en fonction des mouvements capricieux. Elle croise ton regard. Te sourit. Tu tends la main vers elle, comme un appel. Elle murmure :

— Attends...

Elle éprouve un sentiment de totale liberté, découvrant que c'est peut-être la première fois qu'elle joue de ses jambes en tout abandon, dévoilant à tes regards timides, sa fente. Elle appuie par moments son pied sur ton sexe érigé sous la toile du jean. Tout en poursuivant ce jeu, elle observe avec gourmandise ton regard aller de ses yeux à sa fente de plus en plus ouverte, ne te laissant que quelques secondes de cette vision si intime pour mieux se faire désirer. Pour jouer avec la montée du plaisir.

Son pied glisse sur le bras, atteint ta main. Une main large et forte, épaisse. Une main de terrien à la paume rugueuse. Tout, en toi dégage une puissance animale que tu ignores sans doute. Tu refermes tes doigts sur le pied et entreprends de le masser. Elle soulève sa jambe pour le porter à ta bouche. Tu embrasses ses orteils. Elle les glisse entre tes lèvres entrouvertes. Elle savoure la langue qui s'enroule sur son pied, en profite pour se faire sucer le gros orteil. Elle imagine le gland de l'homme dans sa bouche.

Son pied droit saisit la main et la dirige entre ses cuisses fermées, un moment. Les doigts glissent sur la peau, écartent à peine les chairs pour frôler la fourrure soyeuse qui cache son sexe. Elle attend avec frémissement le moment où tes doigts se poseront sur ses lèvres basses, les écartant pour caresser son clitoris. Le plaisir monte en elle par vagues récurrentes, un plaisir encore plus troublant parce qu'elle connaît à peine cet homme jeune, un étranger.

Elle se sent si loin de ses convictions morales, abolissant tous les tabous et préjugés qu'elle a laissés en France, pour vivre sur cette terre d'Afrique, qui fait remonter en elle tous les parfums et souvenirs de son enfance passée sur ce continent. Ce sentiment de liberté, elle l'éprouva tout d'abord dès les premiers mois de son installation. Comme par magie, elle savait que là, dans ce pays du Maghreb, sous le soleil et le vent brûlant, elle se trouverait en étroite harmonie avec la nature et ses hommes.

Maintenant, largement déployée, tes doigts caressent sa fente. De son pied, elle pousse la main vers son fond, là où la sève brûlante repose. À ce contact, tu frémis, ton regard se trouble. Elle en profite pour poser son pied sur ton sexe bandé, appuyant sur la chair cachée. Elle se laisse aller à ses premiers soupirs, à ses premières plaintes, le regard soudé dans tes yeux sombres. Puis, après, ses pieds se referment autour de ton visage, sur ta nuque qu'elle abaisse jusqu'à son ventre.

Elle ignore tout de cet homme à la culture différente de la sienne, où « faire l'amour à la berbère » consiste à sodomiser une femme sans préliminaire, jouissant d'un plaisir égoïste. La femme n'ayant pas droit à la jouissance, mais elle accepte cette pratique pour ne pas être enceinte. Peut-être que pour lutter contre cette injustice, peut-être aussi parce que la sodomie fait partie de ses fantasmes, elle prend encore plus de plaisir en t'obligeant à satisfaire tous ses désirs. Elle se sent libre d'agir comme elle le veut, libre de ses pensées et de ses actes. Légère et souveraine sur cette terre africaine.

Quand tu comprends ce qu'elle attend de toi, tu baisses ton visage sur la fente ouverte et y poses tes lèvres. C'est elle qui doucement fait ondoyer son ventre, frottant son clitoris sur ta bouche. Une langue timide et maladroite lèche son bouton. À la plainte échappée d'elle, tu appuies sa caresse et te mets – l'as-tu déjà fait ? – à la lécher vigoureusement. Elle bouge son ventre pour échapper quelques instants à la force des lèvres puis s'abandonne à la brûlure qui irradie sa fente. Elle guide ainsi les mouvements lents ou appuyés de la langue, là où les gémissements sont plus profonds, là où ils lui échappent.

— Le plaisir du corps, souffle-t-elle.

Sa lucidité est à fleur de peau. Ils parlent très peu, chacun prisonnier d'une langue étrangère. Elle sait à ce moment-là qu'elle peut enfin délier ses mots, qu'elle peut parler et dire tout ce que jamais elle n'a osé dire. L'extrême pudeur dans laquelle elle se trouvait dans ses relations amoureuses, s'est envolée. Mais là, sachant que cet homme ne la comprend pas, elle laisse échapper ses premiers mots obscènes, comme une tendre litanie de sa voix rauque et basse :

— Lèche-moi bien. J'aime savoir et sentir tes lèvres sur ma fente. Je sais que tu me désires, que tu bandes dur ; tout à l'heure, moi aussi je te sucerai, j'enfoncerai ta queue jusqu'au fond de ma gorge, puis tu me baiseras. J'ai tellement envie de l'avoir dans mon ventre, je sais qu'elle est grosse et qu'elle va me remplir. Je suis si mouillée, toute gonflée, que mon vagin te brûlera. Je veux aussi que tu m'encules, que tu fouilles mon trou noir si étroit que tu ne pourras pas l'enfoncer dans mes entrailles. J'aime tes doigts sur moi, j'aime tes yeux sur moi, ces échanges de regards troubles, qui disent ton plaisir et le mien., Prends le temps, prends ton temps, le nôtre, et laisse-toi emporter. Je t'entends par moments murmurer des mots que je ne comprends pas moi aussi, alors je leur donne le sens de ce que j'attends entendre d'un homme. Donne-moi ta queue que je la caresse, que je l'enfouisse dans ma bouche pour mieux te donner du plaisir, branle-moi, lèche-moi doucement, c'est bon !

C'est du désir à l'état pur. Cette transgression de la parole érotique, ces premiers mots jetés au prix d'un effort qui la dépasse, lui procurent une telle extase mentale qu'elle fait bouillonner son sang dans la tête.

Ses pieds se posent sur ton sexe bandé. Son orteil glisse sous la ceinture, s'énerve sur l'étroitesse du passage. Tu comprends son désir, te dévêts, offres ta queue tendue aux pieds caressants. Elle regarde ce membre dressé pour elle, gémit.

Tu ne sais pas dans quelle dimension elle se trouve et veut t'entraîner. Tout son être tend à l'excès. Une faim d'absolu. Et dans ce mouvement de la vie, de sa vie, dans cette intensité exacerbée où son corps et son âme sont livrés au dérèglement des sens, à l'ébranlement de son être, à ce dépassement de soi qu'elle a toujours recherché pour atteindre ce domaine obscur et qui transcende le divin. C'est là qu'elle veut t'entraîner, alors qu'abandonnée sous la langue qui excite son clitoris, sous ta bouche aux lèvres charnues, son âme chavire.

Elle pivote sur son corps, enserre sa tête entre tes cuisses pour atteindre de sa bouche la verge palpitante, veloutée comme un pétale de rose. Elle referme les doigts sur ton membre, ses lèvres s'ouvrent sur ton gland pour l'engloutir. Elle met toute son âme dans ses caresses, leur donnant cette extrême douceur qu'une langue baveuse, chaude et active procure comme plaisir. Elle t'entend gémir. Elle sent ta queue vibrer. Se tendre encore plus. Elle aime ça.

Elle remonte ses pieds sur ta tête, sur tes épaules, sur ton visage enfoui dans sa fente. Elle soulève ses fesses, te guide jusqu'à son trou noir, là où l'intimité du corps est à son paroxysme. La langue effleure, butine l'œillet.

— Tu n'as peut-être jamais fait cela, lécher une femme ouverte à toi, dans un tel abandon ; est-ce que tu as mis ton sexe dans une bouche aussi gourmande que la mienne ? J'aime me laisser aller, fais ce que tu veux de moi. J'ai envie de te sentir éjaculer contre mes parois sombres, savoir que ta queue si forte pourrait me pénétrer, s'enfoncer dans mon cul encore vierge, m'excite encore plus.

Elle s'était posé la question de savoir comment un homme nourri d'une autre religion et de traditions séculaires se comporterait avec une Européenne. Et là, savourant la langue qui caresse sa fente baveuse, elle sait qu'il n'y a pas de frontière, pas de tabous, pas de préjugés.

Au bout d'un long moment où les corps se gorgent du plaisir procuré par les lèvres, elle se détache de ta verge. Ses jambes desserrent l'étreinte de ton visage. Elle glisse son corps à la perpendiculaire de toi, approche sa fente de la queue dressée et l'enfouit doucement dans son vagin brûlant. Tu gémis, t'enfonces au plus profond dans cette mer salée, si chaude, qui engloutit ton sexe et te fait perdre pied. Elle repousse ta queue au bord de ses lèvres, te laisse pénétrer à peine afin de retarder ta jouissance. Tu alternes des mouvements brusques et profonds à ceux plus lents, restant à l'orée du sexe. Elle geint de plus en plus fort, de plus en plus vite, savoure dans la moindre parcelle de son corps ébloui le plaisir qui l'irradie et la fait suffoquer. Tu te retires d'elle, t'assois entre ses cuisses largement écartées. Tu vois et regardes son sexe déployé comme une fleur écarlate luisante de sève, son clitoris gonflé de plaisir, son vagin ouvert comme un gouffre sans fin. Tu croises tes jambes sous toi comme un bonze. Tu la prends par les hanches et descends son corps jusqu'à ton sexe. Cette position lui donne encore plus d'ampleur et de vigueur. Tu le guides de ta main vers sa vulve, tu t'enfonces doucement. Elle tremble, abandonnée à toi dans tes mouvements d'enfoncement. Tu scrutes son visage révulsé, la bouche ouverte. La jouissance monte en elle, l'orgasme se fracasse et se propage dans son corps. Ses spasmes resserrent ta verge et la noient. Les bras en croix, offerte comme jamais, le visage renversé, les yeux clos, elle soupire comme une damnée, transfigurée par l'extase qui envahit tout son être. Un feu ardent la consume, la disloque, la liquéfie. Toi aussi tu jouis, cognant ta verge dans son ventre brûlant. Ses râles s'échappent de ses lèvres comme une lente litanie, psalmodiant des mots d'amour. Oui, elle a envie de l'aimer, d'aimer ce jeune étranger à la peau si douce, de l'aimer tout simplement, sans interdit, sans quand dira-t-on, en toute liberté. De t'aimer.

Quelques jours plus tard, tu étais sur la terrasse de sa chambre qui s'ouvre sur le jardin. Il fait nuit. Vous avez encore fait l'amour comme des fous, la laissant pantelante et gisante sur les draps froissés. Au loin, la meute de chiens sauvages hurle. Et tu dis, détachant chaque syllabe :

— On entend parler la mer.

Elle te rejoint. Un grondement sourd et puissant parvient jusqu'à elle. Le roulement des vagues sur la grève. L'océan est à trois kilomètres à vol d'oiseau. Elle se retourne vers toi, scrute ton regard. Un délicieux frisson la parcourt. Elle appréhende, s'interroge : Et si tu parles un peu le français, as-tu compris tout ce que je dis quand nous faisons l'amour ?

Sylvie Bourgeois

J'aime mon mari

« Je veux écrire un best-seller.

— Tu ne veux pas plutôt écrire un bon livre ? me répondit mon mari.

— C'est bien de faire un best-seller.

— Pourquoi ?

— Comme cela, j'aurai ma photo partout.

— Et pourquoi veux-tu avoir ta photo partout ?

— Parce que j'ai quarante ans.

— Bon, à part ça, tu veux faire quoi ce soir ? »

J'aime mon mari. Il n'y a aucun doute là-dessus. Nous sommes un couple fusionnel, faisant toujours tout ensemble, ne nous quittant jamais. Même le pain, nous allons l'acheter tous les deux, main dans la main. Dans notre quartier, on nous appelle les amoureux. Mais là, je venais de comprendre que pour mon désir de best-seller, il ne pouvait rien pour moi. J'étais seule. Réellement seule.

Cette nuit-là, alors que nous étions couchés depuis au moins une heure, je n'arrivais pas à trouver le sommeil. Mon sexe était très excité, plein de désir, me sommant de m'occuper de lui. Comme à son habitude, mon mari était blotti contre moi, enfin plus exactement, ayant enroulé ses jambes autour des miennes et ses bras autour de mon corps, il me recouvrait complètement. Il s'endort toujours en me serrant très fort dans ses bras. Un jour, je lui ai demandé pourquoi il me tenait si fort. « Si jamais un cambrioleur s'introduit chez nous pendant que nous dormons, comme ça, il ne pourra pas me voler ma femme », m'avait-il répondu.

Je pouvais le réveiller pour qu'il me satisfasse. Il en aurait été ravi. Mon mari m'aime. « Il suffit que je pense à ton petit trou du cul pour que je bande », me dit-il chaque fois que je lui demande comment il fait pour me désirer autant. Quand nous faisons l'amour, il me murmure que je suis l'unique amour de sa vie et qu'il lui aura fallu attendre d'avoir quarante-sept ans pour être enfin amoureux et heureux. Avant de me connaître, mon mari avait, pendant plus de sept ans, sciemment décidé d'être abstinent il m'attendait. C'était moi ou rien. Après notre premier baiser, je l'ai surnommé « *mon beau au sexe dormant* ». Il n'arrête pas de me répéter que je suis sa drogue, qu'il est fou de mon odeur, que même mon caca sent bon et qu'il veut passer le reste de son existence entre mes jambes à me renifler les fesses. Il a la certitude que son désir pour moi, qui augmente de jour en jour, ne sera jamais rassasié et qu'inassouvi, il durera jusqu'à toujours. Selon lui, je suis sa chance. Hier soir, après l'amour, il s'est encore endormi en moi. Son sexe était si content qu'il n'avait pas voulu ressortir du mien. Dans la journée, souvent il me regarde, longuement. Si je le questionne sur ce qu'il fait, il me répond : « Je te contemple. » C'est un mari parfait, mon mari. Il a une livre entre les jambes. Je le sais, je l'ai pesé. Un matin, après être descendue de ma balance, je lui ai demandé de venir vers moi, nu. Là, j'ai pris ses couilles dans ma main droite et je suis remontée sur mon pèse-personne en les soupesant. La différence de poids faisait une livre.

Mais cette nuit-là, mon sexe désirait autre chose. Il voulait être caressé, léché, sucé mais pas forcément aimé. C'était un désir provoqué par une réaction organique, comme quand j'ai la vessie pleine. Dans ces cas-là, je suis très excitée et j'adorerais pouvoir jouir et faire pipi en même temps. J'écarterais alors les jambes pour obtenir un relâchement total et une main viendrait me caresser. Ce serait une main sans nom, sans appartenance, sans corps, sans exigence. Une main dédiée uniquement à mon plaisir et à laquelle je m'abandonnerais sans retenue.

Je me levai tout doucement et pris dans le tiroir de mes petites culottes un vibromasseur que mon mari m'avait acheté l'année dernière chez Sonia Rykiel. Je n'avais pas tiré les rideaux de la chambre et la luminosité de la pleine lune l'éclairait suffisamment pour que je puisse voir mon corps nu se refléter dans notre grand miroir. Je me retournai un peu pour regarder mes fesses. J'adore mes fesses. C'est la partie de mon corps que je trouve la plus érotique. Celles de mon mari, aussi, je les aime. J'ai d'ailleurs souvent envie de l'enculer. Quand il est nu dans la cuisine et qu'il prépare notre petit-déjeuner, j'adore arriver derrière lui sans faire de bruit, coller mon corps au sien, lui saisir ses deux hanches et lui susurrer à l'oreille de se pencher un peu en avant. Je lui écarte alors les fesses et, m'imaginant être membré d'un grand sexe en érection, je fais mine de bien le positionner en lui. Puis en mimant les va-et-vient de l'amour, je prononce des :

« Oh, t'es bonne toi, hein... t'aimes ça de sentir ma grosse bite dans ton cul, hein t'aimes ça ! » C'est con, mais ça m'excite terriblement de voir le mouvement de balancier que fait le corps de mon mari soumis à ma force et à ma virilité fantasmée. Il me dit souvent que j'aurais aimé être un homme. C'est vrai, je crois que je me serais fait un maximum de femmes. Je les aurais toutes pénétrées, enculées, perforées. J'aurais envahi, percé, transpercé, troué des milliers de sexes. Je me serais fait sucer à longueur de journée. Ma bite aurait été une reine, une princesse à qui je n'aurais rien su refuser. Je l'aurais introduite, glissée, enfoncée, engouffrée, enfournée dans les chattes du monde entier. Sans limites, sans amour, juste pour le plaisir. Autant, en tant que femme, je n'aime pas glisser ma main dans le sexe d'une autre fille et sentir ses parois spongieuses et absorbantes se resserrer autour de mes doigts, autant, en homme, j'adorerais foutre ma bite partout. Dans des belles, des pas belles, des grosses. Oh oui, des bien grosses et bien confortables, ça, j'adorerais.

Mon appareil gris métallisé vibrait depuis déjà plusieurs minutes sur mon sexe quand mon mari se réveilla.

« Qu'est-ce que tu fais ? me demanda-t-il.

— Ça ne me fait rien, je ne comprends pas, lui répondis-je.

— Tu veux que je te le fasse ?

— Je préfère le faire à mon rythme.

— Je peux te caresser ?

— Regarde-moi plutôt mais sans me parler, d'accord ? Je dois me concentrer, tu comprends ? Tu sais, ce n'est pas toujours facile pour moi d'y arriver. »

D'ailleurs, je n'y arrivais pas, je ne sentais rien. Des

vibrations, si, mais pas d'excitation. Je changeai la puissance. Je tiens à préciser qu'il s'agissait d'un vibromasseur que l'on positionne juste au niveau du clitoris et non pas d'un godemiché que l'on enfonce dans le vagin, ou même ailleurs si on le veut. Ce modèle n'est pas mal car il a plusieurs vitesses et différentes positions de réglage. Certaines offrent des pulsations plus ou moins fortes avec des accélérations irrégulières. Moi je choisis toujours les vibrations régulières. L'irrégularité me fatigue, c'est comme si j'avais affaire à un homme qui ne saurait pas où mettre sa langue ou qui hésiterait. Il n'y a rien de plus horripilant et de moins sensuel qu'une personne qui ne sait pas où elle va ni ce qu'elle veut. Non moi j'aime le geste sûr, la main décidée, le doigt performant.

Une fois la puissance de mon vibro poussée au maximum, je l'enfonçai un peu plus entre mes lèvres. Les vibrations étaient plus intenses et je commençai à mieux le sentir. L'oscillation étant parfaite, il m'a suffi de l'incliner un peu plus en avant pour surprendre mon clitoris par en dessous et le réveiller. Ces petits appareils sont extrêmement bien faits. Sans être obligée de le bouger, je n'avais qu'à onduler légèrement mon bassin et écarter les jambes pour commencer à ressentir du plaisir dans plusieurs zones de mon corps, un plaisir envahissant qui glissait autour de mon sexe, un plaisir qui en appelait d'autres. J'avais l'impression d'avoir plusieurs doigts affairés autour de mon clito qui tout excité commençait à se redresser. Devenu rouge écarlate, il ressemblait à un petit pompier pyromane prêt à attiser le feu.

J'ai fermé les yeux, histoire d'accélérer la montée de ma jouissance. Comme j'aime la fidélité que je voue à mon mari, j'ai commencé à penser à lui, mais cette nuit-là, ce n'était pas suffisant pour me faire décoller. Apeurée à l'idée de ne peut-être plus arriver à jouir seule, je me suis alors demandé quel était mon fantasme du moment. C'est alors que dans l'obscurité de mes paupières baissées, j'ai vu arriver en pleine lumière la couverture de mon roman « *J'aime ton mari* » que, depuis quelques jours, j'étais tentée d'écrire. Le titre, en lettres capitales, apparaissait dans un halo jaune, brillant et étincelant. En voyant des piles entières de mon livre dans les magasins, les vitrines des librairies, les têtes de gondoles des supermarchés, mon sexe s'est gonflé de joie. Quand un journaliste sur un plateau de télévision m'a interviewée et demandé mes impressions sur le fait que « *J'aime ton mari* » soit en tête des ventes depuis plus d'un mois, j'ai répondu : « *Du plaisir, beaucoup de plaisir, voilà, cela me fait terriblement plaisir* ». Du plaisir, je commençais à en avoir plein mon sexe qui se régalait de ses nouvelles réjouissances. Il exultait tellement qu'une électricité le parcourut. Je la sentis couler le long de mes lèvres, glisser autour de mon clitoris, l'entortiller, l'enrubanner. Ma nuque se raidit et envoya dans mon cerveau des milliers d'électrodes le gratifiant de chatouillements délicieux. Mes cuisses soumises à la force de cette excitation naissante s'écartèrent. Ma respiration s'accéléra. Mon cœur suffoqua. J'étais en nage. Je cambrai les reins, tendis les jambes, tirai la langue. J'y étais presque quand j'entendis :

« Ça va ?

— Attends, attends.

— J'ai envie de t'embrasser, me dit mon mari qui, se sentant abandonné, approcha ses lèvres des miennes.

— Pas tout de suite, je n'y suis pas encore, lui répondis-je, haletante et trempée.

Le fait d'avoir parlé me déconcentra, l'excitation redescendit, il me fallut tout recommencer. Après avoir canalisé mon mari dans le rôle du voyeur passif, je replaçai mon vibro au bon endroit, sur la gauche de mon clitoris, le mis en vitesse maximale et, bien installée sur mon lit, repassai en boucle dans ma tête les images de mon best-seller qui envahissait les librairies. Des piles de romans défilèrent sous mes yeux, puis vint de nouveau la scène de l'interview : « *Qu'est-ce que cela vous fait que votre roman...* » À peine le journaliste se mit-il à parler que mon excitation revint immédiatement comme si mon sexe n'était sensibilisé que par l'intérêt qu'on pouvait lui porter. Sentant une chaleur remonter le long de mes cuisses pour rejoindre l'enthousiasme naissant qui envahissait mon sexe, je retins ma respiration. Afin de mieux me détendre et m'offrir aux nombreuses sensations qui s'activaient avec zèle autour de mon clitoris, je tirai la langue. Au maximum. Plus elle s'allongeait, plus mes jambes s'écartaient. Aux mots « ... *J'aime ton mari...* », mon pubis était devenu comme un gros abricot gorgé de soleil, prêt à exploser. Plus on m'interviewait et plus mon sexe se sentant encouragé et aimé jouissait. J'eus le sentiment que tout mon corps s'était concentré dans mon vagin, qu'il y était entré en entier et qu'adorant être secoué par cette euphorie, il ne vivrait dorénavant plus que pour ces secondes d'éternité que lui apportait l'énergie contenue dans ces quelques centimètres carrés bouillonnant de passion et d'effervescence.

Chaque jouissance m'en amenait une autre, toujours différente. Certaines se prolongeaient jusqu'à la naissance de mon anus, d'autres se projetaient dans mon ventre ou amollissaient mes épaules. Quand la tension retombait, j'attendais quelques secondes, alanguie dans mon lit, le sexe inondé, puis excitée à l'idée de recommencer, je replaçai le vibro sur mon clito empourpré. Plus je mouillais, plus mon ardeur s'embrasait. Je jouissais à en perdre haleine. Pantelante, suffocante, trempée, je jetai un regard amoureux et agité à mon mari qui bandait.

« Attends, je le fais encore une fois seule, puis après nous le faisons ensemble », lui dis-je avant de replonger mon vibro dans la chaleur moite de mon excitation.

Mais ne désirant finalement pas le laisser aussi longtemps hors de moi, je pris son sexe dans ma bouche et tout en l'enserrant avec mes lèvres, je lui donnai de rapides coups de langue juste à la naissance de sa verge, ce qu'il adorait. Sentant le sang affluer et gonfler ses veines, j'abandonnai mon vibro et je me mis à baiser mon mari, le héros de mes nuits.

Le lendemain, forte de l'expérience de la veille, je me mis à l'écriture de mon roman. Je venais à peine d'écrire le titre quand un violent désir, une surexcitation sexuelle s'empara de nouveau de moi. Cet appel à la volupté ne voulant pas me lâcher, pensant me satisfaire rapidement, je mis un doigt dans ma culotte pour tenter de me calmer. Mais cela ne fit qu'augmenter mon euphorie. Ayant passé la nuit dans les bras de mon mari, je pensais avoir ce matin quelques heures à consacrer à mon travail. Mais c'était sans compter sur la frénésie de mes sens qui déployaient zèle et fougue afin que je les contente. Ne voyant pas d'autre solution que mon vibro, j'allai le chercher. Mon stylo dans la main droite et mon vibromasseur dans la gauche, je me remis à mon travail. Moi qui jusqu'à présent avais trouvé l'écriture être une activité morbide, je commençai mon roman dans des jouissances fulgurantes et réalisai que le mot « *Mari* » était devenu le sésame de mes nouvelles extases.

Sophie Cadalen

L'été de mes quatorze ans

J'avais quatorze ans. Quatorze ans et demi, pour être exacte. Et c'est important l'exactitude, à cet âge ! Il me tardait tant d'atteindre et de franchir le seuil prestigieux des quinze ans, encore liés à l'enfance, aux treize et aux douze ans si proches et si loin pourtant...

Et lorsque la fin de l'année entérinerait ces quinze ans tant attendus, je serais en troisième, pour une dernière ligne droite – si tout se passait bien – dans ce collège que bientôt je quitterais. Dans un an, à la même époque, je préparerai ma rentrée dans le monde des presque adultes, celui du lycée. Un monde où tous mes repères disparaîtraient : repères de lieux, de visages, de rythmes. J'intégrerais un des établissements vers lequel afflueraient, comme moi, les ados des collèges environnants. Nous nous retrouverions au cœur de la ville, au cœur de la vie. J'abandonnerais mon vélo, sur lequel j'avais encore à pédaler une année pour être à l'heure en cours, et prendrais le bus qui tous les matins m'emmènerait vers l'animation de la cité, vers ses troquets, ses magasins, vers ces garçons et ces filles que je ne connaissais pas encore, et dont je rêvais les amitiés prochaines. Ainsi que les amours... J'avais encore un an à patienter – si je passais en seconde – avant d'inaugurer ma nouvelle existence. Une légère impatience déjà me chatouillait le ventre, je commençais à rêver la vie libre et affranchie qui serait la mienne, les rencontres fabuleuses que je ferais, les amours exceptionnels que je vivrais, les succès que bien sûr j'aurais... Quand mon existence de lycéenne commencerait.

Ces succès, qui un jour seraient les miens, n'avaient pas pour l'instant bouleversé mon quotidien. La quatrième avait été plutôt rude. Mes résultats avaient baissé, et comme disait ma mère : « Heureusement qu'il n'y a pas de quatrième trimestre, sinon tu redoublais ! » Et puis les relations entre garçons et filles avaient changé. Même si nous ne nous mélangions pas beaucoup jusque-là, nous nous entendions bien. Cette année, nos rapports s'étaient tendus. Ils étaient devenus crispés, et quelquefois agressifs. On n'arrivait pas à se parler, les garçons charriaient nos formes qui bombaient les tee-shirts, leurs mains baladeuses nous insultaient et leurs rires niais nous faisaient rager. Dans le même temps, nous nous cherchions sans cesse. Et vers le mois de mai, des boums s'étaient improvisées chez les uns et les autres, nous avions même osé quelques slows maladroits. Nous étions ennemis et plus intimes que jamais, entre nous commençaient à naître de profonds mépris mêlés d'attirances embarrassantes. Nous étions, garçons et filles, nerveux et patauds dans nos nouvelles apparences et personne pourtant n'épargnait l'autre et ses complexes.

Des apparences qui, en ce qui me concernait, étaient désespérément inchangées. Pendant que mes copines cachaient en rougissant leur poitrine saillante, tout en arborant leur soutien-gorge dans les vestiaires du gymnase, je dissimulais l'immuable platitude de mon torse, le potelé de mon ventre poupin qui ne fondait pas. Mais je ne pouvais rien faire contre ma taille, qui elle ne trichait pas sur mon retard. J'étais définitivement la plus petite de la classe, gamine égarée parmi ces presque jeunes filles. Quant aux règles, dont elles parlaient à mi-voix et dont j'entrapercevais les « accessoires » dans les sacs à dos, elles étaient un événement fascinant et inquiétant qui m'était étranger, et dont j'avais peine à imaginer qu'un jour il transformerait, aussi, ma vie.

Devenir une femme... « Tu as bien le temps ! » disait encore ma mère. Eh bien non ! Je n'avais pas du tout le temps ! Et si, déjà, je pouvais ne plus avoir l'air d'une fillette, il me semblait que ma vie en aurait été tellement plus facile ! J'étais déchirée par ce décalage entre mon corps et les pensées qui m'absorbaient, un décalage qui me réduisait à l'impuissance et qui m'empêchait de vivre toutes les vies que j'inventais. J'étais minus et je rêvais de me pâmer dans les bras d'un beau et grand jeune homme. J'étais lamentablement « normale », et j'imaginais l'irrésistible attraction que j'exercerais, quand ce corps et ce visage seraient enfin au diapason de la jeune femme exceptionnelle qui logeait dans ma tête. Je rêvais d'un jour où ma différence éclaterait aux yeux de tous, et j'associais ce jour aux temps prochains du lycée, à l'entrée duquel j'aurais l'occasion d'abandonner la vieille « moi » aux cheveux raides, aux joues rebondies et aux allures de fillette. Mais il fallait encore patienter un an. Un an pendant lequel je guetterais au fond de ma culotte une traînée rouge qui me déclarerait jeune fille. Un an d'observation dans la glace pour repérer le sein qui s'arrondirait, la silhouette qui s'affinerait. Un an à se consoler à coups de bananes écrasées sur du pain beurré et saupoudrées de sucre ou de chocolat...

Mais avant les affres d'une année à ronger mon frein, j'étais en parenthèse de grandes vacances. Une parenthèse exceptionnelle : pour la première fois, je partais avec ma meilleure amie pour un séjour sans colonie, sans moniteurs, et surtout sans familles. Un ami de nos parents, professeur d'anglais, nous avait trouvé un accueil en Angleterre pour parfaire notre usage de la langue.

Ces moments avec Karine étaient exceptionnels, toujours. Elle vivait dans le sud de la France, moi à l'ouest, et nous ne profitions l'une de l'autre que quelques semaines par an. Le reste du temps, nous nous écrivions pour nous raconter nos espoirs, nos rêves d'amour, nos idéaux qui n'avaient pas encore pris corps. Elle était hors de mon quotidien, à l'écart des copines que je fréquentais. Notre amitié ne connaissait pas les frictions, les agacements, les changements d'humeur et d'élection qui faisaient la météo des récréations. Notre temps ensemble était trop précieux pour le perdre en jalousies et en mesquineries. Et puis avec elle, j'étais différente, vraiment. J'étais frondeuse, audacieuse, insolente, je n'avais pas peur d'être remarquée. Car ensemble, nous étions remarquables, comme si notre compagnie nous embellissait. Nous étions à peu près égales en taille et en gabarit, mais l'une à côté de l'autre nous n'étions plus des gamines, et nous osions paraître les jeunes filles qui mûrissaient dans nos têtes. Sur notre passage les garçons se retournaient, et nous n'avions pas peur de les provoquer. Seule, chacune baissait la tête et pressait le pas. Ensemble, nous étions les reines d'un monde qui tombait à nos pieds. Enfin, façon de parler... Car pour ce qui était de la suite, eh bien... il n'y en avait pas. Malgré notre insolence l'une par l'autre stimulée, nous étions sages, et surtout mortes de trouille de passer à l'acte ! Nous préférions fantasmer les garçons qui de loin nous plaisaient, plutôt que de s'avérer incapables de s'en débrouiller de près.

Nous avions – dans le même temps et à mille kilomètres de distance – connu notre premier baiser avec la langue. Le mien avait duré trois secondes, le sien tout un après-midi... entrecoupé de quelques pauses. C'était d'ailleurs ce qui m'irritait dans notre relation, et contre quoi je n'essayais même pas de lutter : Karine avait toujours une longueur d'avance. J'étais l'éternelle seconde d'une course que nous avions démarrée ensemble et qui visait la même ligne d'arrivée : notre entrée dans la vie de femme, d'amoureuse, d'amante, le début de la vie vraie. Une course que nous courions au coude à coude, et dans laquelle nous nous efforcions de ne pas être concurrentes, au sacrifice parfois de mes aspirations secrètes, qui n'avaient pas toujours envie de laisser le champ libre à la séduction de Karine. Mais elle était « ma meilleure amie », et cette désignation ne supportait aucun compromis. J'avais juré que jamais un garçon ne nous séparerait, que jamais une jalousie ne salirait cette amitié. Je préférais lui céder les prétendants plutôt que de me mesurer à elle, et de peut-être lui faire de la peine. Car j'étais convaincue qu'il en était de même pour elle, et que mes vœux d'absolu étaient forcément les siens. Ce qui, par la suite, ne s'est pas vérifié. Mais ceci est une autre histoire...

Donc, en attendant cette dernière rentrée au collège, Karine et moi avions été envoyées en Angleterre, à quelques kilomètres de Plymouth, confiées aux seuls soins d'une vieille dame qui nous assurait le gîte et le couvert et n'exigeait que notre retour, tous les soirs, avant une heure du matin. Jamais jusque-là nous n'avions goûté une telle autonomie, et tant de liberté !

La ville était une petite station balnéaire. Elle offrait une plage plutôt familiale, et sur ses bords différents lieux où les jeunes pouvaient s'entasser. Des lieux que, en France, Karine et moi ne connaissions pas. Il y avait le bar à milk-shakes, où nous compensions la nourriture « typique » de miss Pearl et le rythme anglais des collations qui n'apaisaient pas nos appétits. Il y avait la salle de jeux, où filles et surtout garçons se succédaient devant des guerres virtuelles, une modernité qui n'était pas encore parvenue jusqu'à nos provinces respectives. Un endroit que bien sûr nous fréquentions, sans pour autant nous prêter au ridicule de jouer à ces « trucs » auxquels nous ne comprenions rien. Nous intéressaient davantage les guerriers qui jouaient des manettes et cherchaient à s'attirer l'attention des deux Françaises, qui feignaient une indifférence qui ne devait duper personne. C'est là que Karine – évidemment la première – avait trouvé son boyfriend. Je ne me rappelle pas son prénom, mais son allure oui, qui ressemblait à celle de tous les garçons qui avaient ses faveurs : il était très grand, mince, blond, avec un air de garçon poli et bien élevé. Un air qui ne garantissait rien... Je m'étais donc retrouvée sur la touche, livrée à mon statut de célibataire – préférable à celui de « teneur » de chandelles – errant entre les machines et me baladant sur la plage pendant qu'ils se roulaient des pelles jusqu'à l'heure de rentrer chez miss Pearl. Je faisais mine d'assumer parfaitement ma solitude, déguisée sous le terme « d'indépendance ». Mais il ne m'en reste aujourd'hui qu'une impression d'ennui profond, et d'heures interminables à tuer en attendant de retrouver mon amie. Qui, elle, pratiquait la langue anglaise avec ferveur et application...

Il y avait un autre lieu important au bord de cette

plage, un lieu bien plus réjouissant que la salle de jeux : la piste de patins à roulettes. Encore une étrangeté qui n'existait pas chez nous. C'était comme une patinoire – ça je connaissais – mais pour patins à roulettes et non à glace. Les rollers n'étaient pas encore à la mode. Une patinoire qui faisait boîte de nuit, mais aussi de jour. Nous glissions, portées par les tubes en vogue – *Strange Little Girl*, des Stranglers, a marqué pour moi cet été –, embellies et stimulées par les spots qui déchiraient l'obscurité. Cet endroit était une boum permanente où l'après-midi – car le copain de Karine avait un job – nous nous amusions comme des folles en assumant bravement notre statut de débutantes. Des rigolades plus fortes que les ampoules qui ont fleuri sur mes pieds, et qui ont effaré mes parents quand je suis rentrée en France.

La mémoire est ainsi faite : je ne sais plus comment, sous quel prétexte ou à quelle occasion ce jeune homme de quinze ans est devenu – enfin c'était mon tour ! – mon petit ami. Des circonstances que, lorsque je les ai vécues, j'étais certaine de ne jamais oublier.

Il travaillait dans cette patinoire et surveillait la piste, et je me souviens d'être emmenée sous son aile experte et à toute allure sur ces roulettes qui n'avaient pas de secret pour lui. Il était mon valseur de ce bal moderne, et je me laissais étourdir par son aisance et sa rapidité, grisée par la musique, par sa main sur ma taille, par le plaisir de danser plus fort que la souffrance de mes pieds. Il était, déjà, comme j'aime encore les hommes : pas très grand, un corps plutôt ramassé, et surtout des cheveux bruns. J'ai toujours concédé volontiers les blondinets à Karine. Lui avait des yeux bleu marine, presque sombres, qui soulignaient magnifiquement son type plus méditerranéen qu'anglo-saxon. Mais plus que la couleur de ses yeux, c'était son regard que j'aimais, et comme il le plongeait dans le mien, avec une gravité que je ne savais pas interpréter. D'ailleurs, je ne comprenais pas grand-chose de lui. Il ne parlait pas français et j'étais loin d'être bilingue. Et puis nous ne discutions pas beaucoup. Nous dansions surtout. Je me souviens nettement de la fois où il m'a dit son prénom : Perry. Je me souviens que je ne comprenais rien, qu'il a dû le dire vingt fois et peut-être l'écrire, que j'ai eu du mal à le répéter correctement, et avec l'accent, à sa suite. Je ne me souviens pas si, alors, nous avions échangé notre premier baiser, ou si ce fut après les présentations. Je ne me souviens pas non plus du goût de ses baisers, et si je les aimais. Mais ce dont je me souviens très bien, aujourd'hui encore, c'est de cet après-midi où, assis l'un à côté de l'autre, il avait sa main sur mon genou.

Où était-ce ? Que faisions-nous là ? Quelle heure était-il ? Le décor et les circonstances me parviennent floués par les années et je ne suis pas certaine de leur véracité. Nous étions incontestablement dans cette station balnéaire, puisque mon séjour en Angleterre s'est résumé à des allers-retours entre celle-ci et la maison de notre hôtesse. Mais où étions-nous ? À la patinoire... ? Je ne sais pas. Il me semble que Karine et son ami étaient là, assis dans leur coin. J'ai le vague souvenir d'un film que Perry et moi regardions, sur lequel en tout cas je faisais mine d'être concentrée. Je sais que nous ne parlions pas, ou si peu. Nous avions certainement déposé là nos carcasses en mutation et nos incompréhensions linguistiques, qui ne contrariaient pas notre flirt. Qu'avions-nous besoin de savoir l'un de l'autre, en cette seule semaine de notre vie où nous nous fréquenterions ? Il était mon trophée anglais dont je rapporterais la rencontre en septembre à mes copines, et j'imaginais être la Française qu'il avait emballée, avec laquelle peut-être il prétendrait avoir couché. Un mensonge dont je me fichais puisque je disparaîtrais, puisqu'il n'essayait même pas de glisser sa main sous mon tee-shirt – c'est vrai qu'il n'y avait rien à dénicher – et qu'il avait des yeux fascinants et une tignasse magnifiquement brune, et que c'était bien...

Mais à cet instant, que je ne situe ni dans le temps de mon séjour ni dans son décor exact, Perry et moi étions assis côte à côte, et il avait sa main sur mon genou.

Je me souviens de nos visages, obstinément fixés vers ce que je crois être un écran. Il me semble que Perry suivait une action qui s'y déroulait et que je le regardais à la dérobée. Je ne voulais pas qu'il se tourne vers moi. Je ne voulais pas que sa main quitte mon genou. J'avais moi aussi le visage levé vers ce quelque chose que je ne me rappelle pas. Il y avait au-dehors une apparence de moi, impassible auprès de son petit ami, sage et occupée à regarder un point précis. Je me souviens du soin que je mettais à ne pas bouger, à ne pas déranger notre « installation », à ne pas briser le sortilège qui opérait, et prenait possession de moi.

Perry avait la main sur mon genou. Et cette main était douce et puissante. Sa chaleur avait irradié ma jambe, elle était en train de gagner mon sexe. Il me semblait que sa main, que je ressentais comme large et pénétrante, avait rameuté mon cœur jusqu'à elle et qu'au lieu de battre dans ma poitrine, il pulsait dans mon genou, sous cette main qui le faisait battre plus fort.

Cette main sur mon genou pesait une tonne, et pourtant je la sentais légère. Son pouvoir pesait. Il pesait au point de m'investir, d'envahir toutes les parcelles de mon corps, au point d'allumer en moi un nouveau brasier. Mais elle était légère d'être là et ailleurs. Sa main sur mon genou aurait pu être sur ma nuque, sur mon ventre, sur mon sexe... Elle ne bougeait pas et je ressentais qu'elle me caressait partout, d'une caresse indistincte, électrique, chatouilleuse, troublante. Je ne bougeais pas, car je ne voulais pas que cela cesse. Même si j'étais un peu inquiète. Je n'avais jamais éprouvé pareil bouleversement, je n'avais jamais eu si chaud dans mes entrailles et sous la main d'un garçon. Cette inquiétude n'était pas angoissante. Elle ressemblait à celle que l'on éprouve au bord des grands événements, quand on a peur qu'un incident n'interrompe ce bonheur en marche. J'avais le trac, en fait. Ce que je vivais là m'était inconnu, et je pressentais que quelque chose commençait, quelque chose que je ne cesserais plus ensuite de chercher.

Perry, que je regardais à peine et toujours subrepticement, était absorbé par l'écran. La confiance avec laquelle il avait posé sa main sur mon genou m'assurait qu'il ignorait la tempête levée en moi. Quelquefois il bougeait un peu, à peine, les doigts. Heureusement que c'était rare, et que c'était peu. Je le vivais comme une décharge insupportable... de plaisir. Je devais à chaque fois lutter contre le réflexe de serrer les cuisses, pour retenir les palpitations de mon sexe qui s'emballait. Il cognait si fort que je croyais l'entendre, et j'avais peur que Perry ne l'entende aussi. Mon sexe battait tellement qu'il me semblait capable de déchirer mon jean, et d'exploser sa furie au grand jour. Je ne lui savais pas une telle puissance. Elle m'effrayait, elle m'émouvait, et en même temps je l'écoutais attentivement. Cette découverte me captivait.

La chaleur de sa paume avait fait fondre mes

jambes. Je ne les commandais plus. Elles étaient molles. Si j'avais dû me lever, je serais tombée, incapable d'assurer mon équilibre. J'étais pleine à craquer d'une force inimaginable, une force qui me privait de toute force pour déambuler normalement. Et je ne voulais pas craquer. Je sentais comme il serait facile, en déplaçant légèrement mes jambes, de déloger la main de Perry, et de me soustraire à son charme. Je sentais comme il était tentant de s'enfuir de cet état, pour revenir à la normale. Mais je sentais aussi comme il me faisait du bien, cet état, comme il me faisait vivante, comme il me rendait puissante.

Le feu aux joues, j'avais l'impression d'être un livre ouvert sur lequel mon trouble s'affichait. Sauf que personne, autour de moi, ne semblait le voir. Je me rappelle que dans ce lieu public, j'étais isolée dans une bulle de chaleur, d'étonnement, de concentration. Je me souviens m'être réfugiée en moi, pour ne rien perdre des élans presque douloureux qui irradiaient mon sexe, des chaos soudains qui ravageaient mon ventre, de cette tension qui m'énervait et me faisait cotonneuse à la fois. Je me souviens d'écouter, par tous mes sens, ce liquide chaud qui coulait entre mes jambes, chaque fois qu'un séisme rendait fou l'intérieur de moi. Je me souviens aussi de m'être demandé si je n'étais pas en train de me pisser dessus, et si je n'aurais pas l'air pitoyable quand je devrais me lever, le pantalon trempé. Mais plus intense encore était la voix qui me soufflait que ce n'était pas ça, que c'était trop bon pour n'être qu'une fuite sordide...

J'avais envie de sentir, d'y mettre mes doigts et de cueillir ce miel qui s'échappait de moi. Je voulais en connaître la texture, mais aussi l'odeur. Serait-ce ainsi que, bientôt, le sang s'échapperait de moi ? Ce serait effectivement indécent si c'était cela, si être femme signifiait être possédée par ce débordement de soi.

Je ne sais combien de temps ce miracle a duré. Je l'écoutais si fort qu'il a suspendu l'enchaînement des heures. Rien, en tout cas, n'a interrompu ni contrarié cette envolée – immobile – de mon corps. J'avais en mon ventre un goût d'inachevé, mais ce n'était pas un goût déplaisant. C'était le goût de quelque chose qui ne faisait que commencer, quelque chose de vertigineux, d'époustouflant qui augurait de ma vie de femme.

Je n'ai pas eu envie d'aller plus loin avec Perry. Peut-être l'ai-je embrassé intensément, pour prolonger les bienfaits de sa main et le remercier de ce cadeau qu'il ne savait pas m'avoir fait. Mais je n'étais pas prête pour faire l'amour. À vrai dire, je ne crois pas y avoir pensé, simplement heureuse de cette fête en moi qui m'avait emportée.

Je ne me rappelle pas la suite de cette journée, de ce qu'ensuite nous avons fait. Mais ce dont je suis sûre, c'est de n'en avoir pas parlé à Karine. J'avais vécu un moment bouleversant, et déterminant, et je n'en disais rien à celle à qui je disais tout. Pour la première fois depuis que nous étions amies, j'étais porteuse d'un secret impossible à communiquer. Un secret fragile qui pouvait devenir sale, ou risible, si je le racontais mal, un secret qui ne concernait que moi, un secret que des mots ne pouvaient traduire. J'étais convaincue que Karine ignorait tout de l'aventure que je venais de vivre. Une conviction que depuis j'ai comprise : lorsque le plaisir vous inonde, lorsque l'orgasme vous envole, vous ne pouvez imaginer que quiconque, à part vous, connaisse pareil bonheur. Une conviction heureusement fausse, mais qui fait de ce temps de la jouissance un temps toujours unique, qui n'appartient qu'à celui qui le vit.

Je ne me rappelle pas notre retour d'Angleterre.

Karine et moi avons dû pleurer un peu, davantage par complaisance et goût du drame que par réel chagrin de quitter nos boyfriends. Perry n'a pas hanté ma troisième, et je l'avais quasiment effacé en entrant en seconde.

Mais sa main sur mon genou, jamais je ne l'ai oubliée.

Si à cet instant je ne l'avais pas nommé, je sais que ce fut le premier orgasme de ma vie de femme. D'une vie encore balbutiante, en pleine gestation. Ce que sous la main de Perry j'avais ressenti, je n'aurais de cesse ensuite de le revivre. Parce que je l'avais goûté. Parce que mon corps était devenu un voyage étrange et merveilleux, qui m'avait envoûtée. Un voyage plus important que celui vers cette Angleterre.

Mes premières relations sexuelles ne m'ont pas emmenée si loin. Mais j'étais forte de ce savoir : une émotion indicible existait. Et quand à l'occasion d'un rapport, et d'une position nouvelle, cette intensité m'a de nouveau foudroyée, j'ai eu envie de crier : « Hourra ! ! ! »... Et peut-être que, d'une certaine façon, je l'ai fait.

Je ne sais si ce séjour a amélioré mon anglais. Mais il m'a entrouvert les portes de ma féminité. Les portes d'une jouissance qui, quand elle m'envole, me fait femme vraiment, me fait libre absolument...

Cléa Carmin

Au pays des Mille et Une Nuits

Quatre mois que nous correspondons. Nous nous sommes rencontrés sur un site de « chat » où je m'étais inscrite tandis que ma jambe cassée me bloquait à la maison et que le temps me semblait long. Toi, tu étais un habitué. Tu m'as expliqué que le contact avec les femmes était difficile sous la loi islamique de ton pays et que tu souhaitais mieux nous comprendre à travers ce dialogue virtuel.

L'avantage de la virtualité – éloignement, anonymat (nous n'avons échangé que nos prénoms, France et Mehdi) –, c'est qu'elle permet d'aller à l'essentiel, d'échanger derrière ces écrans des mots intimes qu'il nous aurait fallu des années de tête-à-tête pour oser. Très vite, j'ai tout su de toi. Le décès de ta femme, ton célibat, les enfants confiés au matriarcat, le travail à la banque, les rares sorties au bistrot, autour du thé à la menthe. Une solitude existentielle entourée d'un grand tumulte dénué de sens et d'échange. Je t'ai confié mon parcours de femme qui n'a pas trouvé son prince charmant mais croisé beaucoup de messagers qui semblaient l'annoncer. Une vie qualifiée de dissolue par d'aucuns, très vide de cette qualité humaine que l'on appelle « partage ».

Tu es resté de plus en plus souvent au travail, arguant de dossiers à finir, afin de me retrouver. Moi, j'allumais systématiquement mon ordinateur vers 18 heures et nous nous racontions nos journées, mais surtout nos rêves, nos espoirs, nos projets. Nous avons beaucoup parlé de nos pays respectifs. J'aimais te décrire mes forêts et tu me faisais visiter tes oasis. Nous parlions chevaux aussi, de ces arabes si beaux et si endurants et de mes demi-sang géants qui sautent des montagnes. Nous avons tissé des liens à travers cette passion commune, des envies de voyage, de rencontre bientôt.

Ma jambe s'est remise, j'ai recommencé à monter et aussi à travailler. Mais j'ai organisé mes journées pour te consacrer quotidiennement une heure de clavier et d'écran. Nous avons volontairement renoncé à la caméra, pour continuer à explorer l'autre sans s'achopper à une image. Nous nous sommes avoué une certaine attirance, nous avons imaginé que nos corps, peut-être, pourraient se sentir aussi proches que nos esprits.

Depuis une semaine, j'étais sans nouvelles et je commençais à m'inquiéter. Non, nous n'étions pas dans une de ces pseudo-relations où l'on craint toujours d'avoir vexé l'autre, non, ce n'était pas ça. Tu devais avoir eu un accident, ou un malheur était arrivé à l'un des tiens... Je regrettais de ne pas être à tes côtés, de ne pas pouvoir te soulager, t'aider, je t'en voulais un peu de ne pas m'informer... Tous les soirs encore, je lançais la connexion, en vain. Je ne cherchais pas d'autre dialogue. Je tournais dans l'appartement, pour m'occuper, et je revenais toutes les cinq minutes vérifier que la petite icône signalant ta présence ne s'était pas activée. Mais non... Jusqu'à ce soir. Ce soir où enfin, tout étonnée, je découvre que tu m'attends.

Prudemment, j'ose un « tu m'as manqué » en espérant que tu vas m'expliquer ce silence. À la description catastrophée de tes malheurs se substituent les propos enjoués d'un homme heureux et je me vexe presque de ne pas devoir ton absence à quelque grande catastrophe. Mais très vite, je regrette ma mauvaise pensée : tu n'es pas resté au bureau parce que tu me préparais une surprise. Tu as obtenu un billet d'avion, sans donner mon nom – que tu ne connais pas : je compléterai par Internet – qui me permettra de venir... dans six jours te rencontrer. Tu es tellement impatient ! Est-ce que je pourrai prendre un congé, te rejoindre ?

La démarche me sidère mais ton enthousiasme est communicatif. Je vais m'arranger. J'ai encore quelques jours de vacances en suspens, j'annoncerai demain que j'ai un besoin urgent de détente. Oui, bien sûr, évidemment, moi aussi, je me réjouis... Trois jours d'évasion. Et je suis si pressée que tout à coup, j'écourte notre conversation pour déjà m'organiser.

Les jours s'envolent. Je prépare mes bagages, j'annule mes rendez-vous, je programme la garde du chat et je fantasme. Quel homme vais-je voir ? Et puis non, je ne veux pas t'imaginer, pas être déçue. Je me suis décrite, tu me reconnaîtras, tu sauras me retrouver !

Je suis dans l'avion, déjà nous atterrissons, je présente mes papiers, je passe la douane, rien à déclarer, juste une folle impatience de femme qui espère, comme une petite fille, le grand amour. Et je suis là, un peu défaite par le voyage, la voiture, le train, l'attente, l'avion. Je n'ai pas dû attendre les bagages et je sors parmi les premiers voyageurs. Tirant ma petite valise à roulettes, j'arrive dans la foule. Comme dans tous les halls d'attente, les panneaux annoncent que M. Dupont est attendu, que l'agence de voyage Tourismetour est représentée par ce monsieur qui brandit la pancarte flamboyante avec un sourire avenant. Il y a aussi des cartons, avec des inscriptions dans une langue que je ne connais pas... Je fouille l'assemblée du regard lorsque je perçois une présence derrière moi, un souffle dans mon cou : « Ne te retourne pas, je ne veux pas que tu me voies... C'est moi, Mehdi, nous allons jusqu'à la voiture. Souviens-toi ! Ne te retourne pas ! Avance tout droit, laisse-moi ta valise et marche devant. Ma voiture, une Ford noire, est parquée juste en face de la porte coulissante ! »

Décidément, quel homme ! Et quelle idée ! J'avance. Mon bagage fait un drôle de bruit en roulant : je sais que tu me suis, tout près. Je vois la voiture, tu m'ouvres la porte et tandis que je me baisse, tu fais un geste... « Attends, discrètement... » Et tu passes une paire de lunettes sur mes yeux, un véritable masque. Je suis aveuglée, tu me pousses délicatement sur le siège, je m'assois, tu refermes la portière. Je t'entends ouvrir et claquer le coffre, entrer à côté de moi, démarrer.

La circulation est dense. Il y a une foule de bruits inconnus. Pas seulement ceux des voitures, je baigne dans un brouhaha indescriptible. Des voix, des klaxons, des cris, j'entends braire un âne, crisser des pneus, un marchand ambulant vante sa marchandise... Le dépaysement est total, qui s'ajoute à la chaleur étouffante qui m'a saisie au sortir de l'aéroport, lorsque nous avons quitté la zone climatisée. Je suis dans un four, je peine à respirer... et surtout, je suis complètement dépassée par ce qui m'arrive. Je me demandais comment je réagirais en te voyant enfin, je m'inquiétais de te trouver beau ou laid... Et tu t'échappes ! Je n'ai qu'à peine découvert ta voix. Tu t'es tu, comme pour laisser la place à cette ambiance étrange.

À un feu rouge, j'ai l'impression que tu me regardes. Tu me parles enfin : « J'ai trop peur que tu me voies, que je ne te plaise pas, que cette rencontre soit gâchée. J'ai tellement envie de vivre ces trois jours avec toi comme une rencontre inoubliable. Je t'espère depuis si longtemps. Je te rêvais. Tu es encore plus belle que je t'imaginais. Alors je vais te faire vivre mon pays, celui des *Mille et Une Nuits*, je vais t'offrir trois jours de rêve. Tu m'accordes ça ? Tu me laisses t'emmener où je veux ? Il suffit que tu me précèdes., Lorsque tu ne pourras pas éviter de me voir, je te remettrai les lunettes. Tu ne seras pas déçue, laisse-toi faire ! »

Ai-je vraiment le choix ? Tu m'as offert ce voyage et tellement d'espoir depuis quatre mois que, spontanément, je te laisse me guider, à ta guise. Je deviens toute légère dans mon siège, libérée du poids d'une inquiétude que je n'ai plus à porter. La question récurrente, « Va-t-il me plaire ? », ne se pose plus. Tu es là. Je suis bien. Enfin avec toi...

Tu arrêtes la voiture, je sors et tu retires les lunettes. Je découvre le marché ! Quelle folie ! Des odeurs, quantité d'odeurs, du parfum, de l'encens, des plantes, des épices et aussi du cuir de chèvre, de la fiente de poulet, des relents de nourriture avariée. Les couleurs mêlent les étals de viande aux fruits, aux légumes, aux tapis, aux tissus, aux soieries. Il y a des bijoux, des meubles, des animaux et quantité de gens qui m'invectivent, qui veulent que j'entre dans leur boutique, que j'admire leurs produits. J'avance, comme dans un rêve, aspirée par ces marchands qui tentent de capter mon attention. « Regarde, souris, mais ne réponds pas, sinon tu ne t'en débarrasseras plus ! » murmures-tu dans mon cou. « Traverse, tout droit, ensuite nous reviendrons par les petites rues, celles que les touristes n'empruntent pas. » Et c'est ce que nous faisons. Je visite, marionnette d'un guide fantôme, les fils tirés par une voix mystérieuse. Tu me présentes les maisons, tu m'expliques les endroits, quelles professions on y exerce, qui y habite, comment on y vit, ce qu'on fait la journée, le soir, la nuit ; pourquoi ces voiles sur les visages des femmes. Tiens, l'appel à la prière, depuis le minaret... Non, nous ne pouvons pas nous asseoir dans un café, ici, ils sont réservés aux hommes, mais tu as prévu que j'aurais faim, nous allons chez toi...

Et j'ai de nouveau droit au masque, que tu retires juste avant d'ouvrir ta porte de fer ouvragée. Une maison traditionnelle, avec son patio, des arbres à l'intérieur, des pièces blanches fermées par des tapis, une grande terrasse avec vue sur les toits alentour. Tu me montres la salle de bains : « Rafraîchis-toi, je vais chauffer l'eau pour le thé, lorsque tu seras changée, noue sur tes yeux le foulard que j'ai posé sur le lit. »

Tu me donnes à boire en posant la tasse dans ma main. Tu me tends les pâtisseries orientales, aux goûts tellement étranges et variés, qui fondent, qui croquent, qui m'envahissent de douceur. Tout ici n'est que douceur. L'endroit me semble un havre de paix après tous ces lieux bruyants que tu m'as fait découvrir. J'apprécie le silence. Le thé. Les loukoums que tu glisses entre mes lèvres, tes doigts qui effleurent ma bouche... Je saisis ta main au passage, je goûte à tes phalanges. Elles sont poivrées, la peau est rêche, les ongles un peu longs, soignés. Tu me laisses te mordre. Un frisson me secoue, furtif mais révélateur. Ta main caresse ma joue. « Tu n'as plus faim ? Plus soif ? Alors viens... »

Tu prends ma main, tu écartes le tapis, tu me laisses passer, j'entre et tu retires le foulard. Mais mes yeux ne perçoivent qu'une nuit plus vaste. Je ne distingue rien. Il n'y a pas d'ouverture ou alors, elle est obstruée. Je sens que tu es tout près de moi. Tu me fais pivoter par les épaules. Nous nous faisons face. De ton corps émane une force que je perçois entre menace et promesse. Tu ne me touches pas, tu saisis mes vêtements, tu écartes le col de mon chemisier ; tu dégrafes les boutons, tu ouvres les poignets, tu fais glisser la soie par-dessus mes épaules. Je suis en soutien-gorge et je frissonne de cette mise à nu que tu ne peux pas voir non plus. Pour ouvrir la fermeture Éclair de ma jupe, tu dois m'enlacer brièvement. J'en ai le souffle coupé de te sentir m'étreindre, même si déjà, tu as reculé pour laisser glisser l'étoffe de coton qui tombe instantanément. Tu respires tout près de moi. Ce ne sont pas tes doigts qui me cherchent, mais ta bouche qui coule sur ma poitrine, qui parcourt mon ventre, descend jusqu'à mon nombril, plus bas... Elle n'y suffit pas : tu remontes et tes mains cherchent les agrafes, ouvrent le soutien-gorge, libèrent les bas, tirent sur la ceinture des jarretelles, descendent le slip de dentelle, saisissent mon pied, retirent la chaussure, changent de jambe. Je suis totalement nue. Tu me laisses le temps de percevoir ma vulnérabilité. Puis tu me soulèves, tu me portes dans la nuit sur un lit bas. Je sursaute, brûlante, lorsque je rencontre la fraîcheur du lin, sa texture si particulière, douce et rugueuse à la fois. J'entends ces bruits depuis longtemps oubliés. Le concert d'un homme qui se déshabille... Je te devine langoureux. Pas de précipitation, jamais. Nous ne sommes pas pressés : nous avons figé les minutes, les secondes. Les heures n'existent pas. Dans cette pièce sans repères, l'espace s'est dissout.

Ton souffle s'approche, ta chaleur déjà me frôle, du bout des doigts, tu me découvres, avec une légèreté infinie. Tu n'es pas un homme, juste un courant d'air qui passe sur mes seins, qui effleure mes reins. Je sens la paume de tes mains qui se pose, sans bouger, qui m'apprivoise. J'ose saisir l'arrondi de tes épaules, prendre la mesure de ta carrure, me tendre pour que nos peaux se rencontrent, s'électrisent. Je suis prête à exploser, tendue comme un arc. Mais c'est ta flèche et tu ne veux pas tirer. Tu te couches à côté de moi, tu me caresses. Tu évites soigneusement toutes ces zones que l'on dit érogènes et je découvre que mon corps tout entier s'émeut de tes voyages si légers. À ta bouche succède l'extrémité de tes doigts qui se retire, parce que tu murmures sur ma peau des mots que je ne comprends pas mais qui parlent d'amour, certainement, pour me chauffer comme ça...

Par moments, je sens que je ne suis plus là. Est-ce que je m'endors, est-ce que je me dissous moi aussi dans l'espace ? Puis tes caresses me rappellent et je reviens, plus sensible que jamais, vibrer sous tes gestes tendres et lents, amples et discrets à la fois. J'ai voulu te toucher aussi, mais tu m'as retenue : « Moi d'abord, laisse-moi donner, après, je recevrai ! » et je me suis abandonnée. Mille et une nuits... Je suis prête à les vivre, à les savourer, à les désirer !

De temps à autre, je t'entends me rappeler à la réalité, me réveiller, me révéler... Je reviens et tu recommences ta danse pour me renvoyer à mes perceptions, me rendre de plus en plus sensible, toujours plus attentive, inquiète presque... Je vais et je viens entre deux mondes, en apesanteur. À chair vive, à fleur de sens, tout au bord d'un précipice... Le vide m'aspire, je glisse, je vais tomber, au moindre contact, je partirai...

Tu le sais, évidemment ! Tu t'écartes. Tu te relèves. Tu cherches à côté du lit, tu tapotes le sol, tu saisis quelque chose, j'entends le bruit d'un couvercle, tu poses un bocal contre ma taille, et tu recommences à tâter, tu reviens avec un autre récipient en verre qui résonne quand il heurte le premier. Aux ombres qui se déplacent, je devine. Tu lèves les deux objets, tu les humes, tu en mets un de chaque côté de mon corps, tu prends celui de droite, tu le places au-dessus de ma poitrine et tu attends, immobile. Un moment, je m'étonne, puis je sens couler un liquide épais entre mes seins, qui s'étale sur mon ventre, mes flancs et tandis que je me concentre sur cette sensation nouvelle, tu me masses en m'enduisant... oui, c'est ça, de miel ! Je reconnais l'odeur, la consistance. Tu descends le sucre d'or jusqu'à la pointe de mes pieds, le long de mes bras, tu insistes sur mes seins, tu enfonces ton pouce dans mon nombril... Avant de saisir l'autre pot. J'attends que tu le renverses mais tu le vides dans une main, tu le reposes et tu te glisses entre mes jambes. À genoux, tu relèves mes cuisses collantes, tu te penches, tu souffles sur mon sexe, comme si tu cherchais la faille, que tu voulais me gonfler, et je m'affole de cette sensation étonnante, de ce chaud-froid, du miel qui tire sur ma peau et de l'air qui la lisse, je m'ouvre, sans même le vouloir, je m'offre... Tu glisses tes doigts et je hurle. Au passage, tu les as enduits de poudre, piment ou poussière de verre, je ne sais. Alors que tout mon corps est momifié par le miel, je crois ressentir le passage d'une armée de fourmis rouges dans mes entrailles. Je voudrais bloquer l'invasion mais tu me tiens, et tu souffles de nouveau, à pleins poumons, en chantant des paroles que je ne comprends pas, berceuse d'un amant fou à sa belle qu'il torture.

Alors, les genoux toujours vissés entre mes jambes, qui me maintiennent ouverte malgré le sel sur ma plaie, tu te couches sur moi, tu te colles au miel, tu te frottes, tu laisses le sucre te souder à moi, et d'un même élan tu enfonces ta verge dans ce ventre écorché et ta langue dans ma bouche, étouffant mon cri.

Comment décrire la douleur extrême ? Évoquer cette peur blanche ? Dire le coup de chalumeau de la mort qui flambe en moi ? Impossible, comme de rendre ce miracle de l'horreur totale qui bascule, qui me transcende, qui me tue et me fait renaître à la fois, encore et encore, aussi longtemps que ton sexe s'enfonce et ressort, que tes reins montent et m'écrasent, que nos ventres s'attirent et se déchirent, que la nuit m'aveugle d'un soleil rouge.

Je traverse la Méditerranée en sens inverse. Je vole bien plus haut que cet avion qui m'éloigne d'un homme que je n'ai jamais vu, mais que je connais comme aucun autre. Je suis impatiente déjà. Nous atterrissons à 16 heures. À 18 heures, j'allumerai l'ordinateur.

Lou Cristal

Danses érotiques

Après-midi morose d'une journée d'été un peu trop grise, je pousse la porte d'un salon. Solitaire, je dépose mon sac au vestiaire, puis pénètre dans la salle où s'enlacent quelques couples d'un certain âge, au milieu d'une piste morne. Après-midi dansant, m'avait-on dit. Assise sur une banquette, j'observe quelques instants la piste quasiment vide, l'ambiance maussade, la lumière blafarde éclaire le parquet. L'orchestre est misérable, les musiciens jouent à peine juste.

— Que fais-je ici ?

Pour tromper mon ennui, j'ai revêtu ma plus jolie robe, longue et blanche. Celle qui épouse mon corps et s'évase en de multiples jupons déstructurés. Une robe pour aller danser, une robe comme dans ces films de danse que j'affectionne tout particulièrement. Envie de danser pour conjurer le vilain sort qui m'a éloignée de mon amant, parti en vacances vers d'autres contrées plus ensoleillées et plus ludiques. Avec sa femme. Plage blanche, mer bleue, soleil ardent propice à l'amour, *Sea, sex and sun* chantonne la voix de Gainsbourg à mon oreille. Lassitude de celle qui reste sur la grève pendant que l'homme aimé va couler des jours plus heureux, peut-être ? Je secoue la tête pour chasser mes pensées mélancoliques, et gagne le rond de lumière. Pas de cavalier, tant pis, je danserai seule, m'évader dans la musique. Les yeux clos, je m'imagine ailleurs. Mon corps s'imprègne des sons qui ruissellent sur ma peau, comme autant de baisers mouillés. J'ondule, seule sur la piste, esquissant quelques pas, bras levés, un partenaire fantôme à mon bras.

Une main enserre ma taille, une autre capture la mienne, suspendue. Surprise, j'ouvre les yeux.

— M'accorderez-vous cette danse ?

Homme brun séduisant, peau mate, regard percutant, légèrement plus grand que moi, silhouette élancée, chemise blanche sur pantalon noir, sans attendre mon accord, il m'a enlacée. Léger corps à corps hésitant, il retient mon bras pour l'enrouler autour de sa nuque, et plonge ses yeux sombres dans les miens. Accrochée à son cou, je suis ses pas un à un, slow nonchalant, esquisse de pas faciles.

— Je vous ai observée, vous aimez danser. Connaissez-vous les danses de salon ?

— Non, pas vraiment...

— Alors, laissez-moi vous guider.

— Comme vous voudrez, mais vous allez devoir tout m'apprendre.

Un sourire canaille éclaire ses dents très blanches.

— Ne vous inquiétez pas, laissez-vous faire tout simplement et écoutez la musique.

Attentive, je suis ses indications.

— Pied droit, pied gauche, devant, derrière, tournez.

Sa main plaquée contre ma taille, il signe ses indications d'un doigté subtil mais sûr. Son expérience de danseur est évidente. Nous longeons le pourtour de la piste sur une mélodie légère, le charme dépose sa poussière d'étoiles. Envoûtement. Nos corps s'unissent, s'absorbent, joue contre joue, il me propulse sur une piste lumineuse. Mes pas dans les siens, nous glissons sur le parquet ciré, corps emboîtés, souffles mêlés, corps qui virevoltent.

Rumba.

— Tu comprends vite, maintenant joue.

— Oui, mais à quoi ?

— Qu'importe ! Écoute ton corps, écoute tes sensations, abandonne-toi à moi.

Pas qui s'accélèrent, je tourbillonne entre ses bras comme une poupée désarticulée. Une onde furtive me traverse le corps. Grésillement d'une petite flamme qui sillonne mes membres, mon ventre. Douces palpitations. Je me sens vivante. Je suis une autre danseuse, poupée pétillante et mutine qui remue ses hanches, rythmes malicieux, va-et-vient lascifs, mon sexe contre son sexe. Émotions. Mon esprit s'envole...

Flash ! Je t'attends, assise sur le sofa, enroulée dans un boa noir, une jupe courte et noire fendue jusqu'à mi-cuisse. De longs gants en dentelle noire recouvrent mes avant-bras, je ne bouge pas. Mon bustier turquoise couvre à peine mes seins. Cet après-midi-là, je t'ai donné rendez-vous. Je t'ai averti qu'une poupée muette et inerte serait ton cadeau. Je l'ai commandée exprès pour toi. Elle a la peau douce, souple et chaude comme celle d'une vraie femme. Sur la table du salon, j'ai déposé des fruits, des boissons et son mode d'emploi. Que feras-tu d'elle ? Étonné et surpris de ce cadeau, tu tournes autour de moi, ne sachant que faire de cette femme irréelle. Tu me parles doucement à l'oreille.

— Jolie poupée, que vais-je faire de toi ?

Je reste impénétrable et immobile, yeux baissés. Tu sembles ému et dans l'embarras devant ton présent. Comment rendre hommage à cette poupée sans vie ? Ce corps qui t'est offert ? Tu traverses la pièce, t'assois en face de moi et restes perplexe un long moment. Un rayon de soleil éclaire ton visage, une aubade égrène ses notes mélodieuses.

Tu écrases un grain de raisin sur ma bouche entrouverte. Ta langue lèche le jus qui s'écoule. Tes baisers coulent dans mon cou, ta main effleure un sein découvert, une autre se glisse sous ma jupe, tes lèvres happent un téton, puis l'autre. Brouillard des souvenirs qui s'évaporent. Tu soulèves mon bras qui reste en suspens. Tu t'éloignes de moi, poupée figée mais dont le regard observe discrètement tous tes gestes. Lentement, tu ôtes tes vêtements un à un. Maintenant, tu es nu devant la poupée, le sexe conquérant. Ton membre durci s'infiltre entre ses lèvres entrouvertes, va-et-vient jusqu'au fond de sa gorge, la paume de tes mains de chaque côté de son visage, soupirs, gémissements de plaisir. Ensuite, tu la soulèves pour la porter sur son lit. Délicatement, tu la tournes et la retournes, déplaçant ses bras, ses longues jambes. Frappé d'un brutal désir, tu attaches ses poignets et ses chevilles aux barreaux du lit, jambes relevées, soulèves sa jupe. Le sexe de la poupée est nu, comme celui d'une petite fille. Étonné, tu glisses la pointe de ta langue entre ses pétales inondés avant d'absorber avec délice son bouton. Fruit défendu, tu lèches son intimité d'une langue avide. La poupée reste impassible.

— Réveille-toi, ma princesse endormie !

Tu joues longtemps dans toutes les positions, les plus audacieuses, les plus incongrues, ta queue s'activant dans tous ses trous. La poupée restera muette, parfois parcourue de spasmes. Tes assauts de plus en plus offensifs auront raison de sa jouissance, un long cri silencieux...

Salsa : Mon danseur m'embrase sur un rythme endiablé. Je le rejette, le tente, le captive, l'attire à moi, m'agrippe à ses hanches, effleure, frotte mon sexe sur sa cuisse robuste. Nos corps se frôlent, peau contre peau, bouches si proches. Des gouttes dévorantes perlent dans mon dos, fesses contre son bas-ventre, dos cambré. Je m'éloigne de lui, soulève mes jupons et entre dans une danse effrénée d'une sensualité incandescente. Je suis Marilyn, cheveux relevés, inspirée, provocante. Toutes les femmes qui sommeillent en moi s'animent pour séduire mon cavalier. Une autre musique latino résonne à mes oreilles...

Phares d'une voiture, au bord d'un chemin désertique, une nuit d'été, un fantasme à réaliser. Nous étions partis à la recherche d'un endroit isolé. Je t'avais promis une surprise. Sur un petit papier, tu avais écrit ce que tu avais imaginé sur cette soirée érotique suggérée. Je voulais savoir si tu avais deviné. Alors que nous roulions, j'ai caressé ton sexe à travers le tissu du pantalon. Lentement, dégrafé les boutons un à un, pour laisser émerger ta virilité. Ma main court sur la hampe, mon pouce caresse le pourtour soyeux. Satin humide. De la pointe de ma langue, je goûte une perle de pluie, m'abreuve à sa source. Troublé, tu perds le contrôle du véhicule, légère embardée. Raconte-moi, mon amour ! raconte-moi cette nuit-là.

« Ce soir-là, si doux, comme toutes ces nuits estivales avec toi. Pourtant, j'étais un peu soucieux, et puis ta magie a fait son œuvre. Tu me captes tant que

mes tracas s'effacent. Nous marchons sous la lune rousse, et serré tout contre toi, je perçois déjà que cette soirée va être particulière... Nous roulons depuis peu, et tes mains me caressent... j'adore cette douceur qui m'envahit ! Je t'aime et tu me le rends mille fois... Je cherche ma route... un endroit tranquille car j'ai deviné que tu allais m'offrir un strip-tease ! J'aime te voir te déshabiller avec ce talent d'élégance et d'érotisme qui émane de toi. Je n'ai plus le temps de penser que déjà tu fouilles mon pantalon pour en sortir mon membre qui meurt d'envie de toi... Tes lèvres se posent sur ce sexe de plus en plus ardent par l'inattendu, attisé par le contact de tes lèvres si douces, c'est inexprimable, tellement c'est délicieux... Cela me laisse présager une soirée telle que j'adore avec toi... une soirée encore plus érotique que celles qu'on a déjà vécues ! Et pourtant ! Dieu sait comme elles ont toutes été fortes... mais là, il y a tous ces jours de magie passés ensemble et tout cet Amour qui ne cesse de grandir ! ! ! Tu me rends fou au volant... j'ai envie que cela ne s'arrête jamais...

Et puis, je découvre un chemin qui me convient... J'ai l'impression d'y être déjà venu... Nous stoppons la voiture. Je sors le petit papier qui prouve que j'ai découvert ton scénario... Nous rions ! Je suis très troublé à l'idée de te voir danser dans les phares de la voiture... Je t'aime ! ! ! La musique latino te donne le signal... C'est féerique... Ton corps dessine des arabesques fascinantes, pour moi, rien que pour moi, dans ce halo de lumière presque irréelle... Tu glisses ta robe sur tes hanches, chacun de tes gestes est sensuel, si sensuel... coquine ! Ton soutien-gorge vole à travers le pare-brise et tu me présentes ta cambrure en laissant glisser ton string le long de tes jambes...

Je branle mon sexe et savoure chaque image... J'imprime cela à vie dans mes songes, mes rêves, mes moments les plus merveilleux... Ton visage et ton regard sont sublimes... Je t'aime avec tant d'intensité que j'ai atteint le grand, le vrai bonheur... J'ai une envie vertigineuse de toi... Je te perçois comme à la fois une inconnue d'une beauté et d'une attirance irrésistibles et la femme si proche de moi, celle que j'aime si fort...

Tu perçois cette envie furieuse que j'ai de toi et tu viens me rejoindre... Tu me caresses puis tu me chevauches... Je ressens un vif plaisir à te sentir aller et venir sur moi... Le contact est fabuleux, je manque d'exploser à tout moment car la jouissance est puissante et seule, l'envie de te donner encore et encore du bonheur me raisonne et m'incite à me retenir pour aller loin, très loin dans les étoiles avec toi... c'est bon, terriblement bon ! ! ! Un désir impérieux me taraude... te prendre pendant que tu es penchée dans la voiture... Cette situation m'échauffe les sens. Et puis, ce doute d'être vus amplifie nos plaisirs... Je vais et je viens en toi, l'ivresse du désir, le feu... J'adore tenir et caresser tes hanches, te sentir frémir sous mes étreintes et t'entendre !... Je t'aime à la folie mon amour ! ! !

Je ne résiste pas à la tentation d'envahir ton adorable petit cul... je suis très excité à l'idée de cette sensation plus serrée sur mon sexe... c'est doux, chaud, serré, délicieusement câlin... J'adore te prendre ainsi, mon Amour... Je n'ai plus la notion du temps. Tu es étourdie toi aussi et, chancelants, nous retournons comblés et grisés tous les deux dans l'habitacle. Nous avons vécu des moments que nous n'oublierons jamais. Je suis si heureux d'être avec toi, ma princesse. Tu mérites tout l'Amour du monde. »

Flamenco : Nos pieds crépitent sur le sol. Bras relevés, regards arrogants, sombre évaluation. Nous nous disputons la piste, taureau, torero, qui tuera l'autre ? Violence du duel qui nous oppose et nous rapproche, corps enflammés, regards qui tuent, mains qui repoussent et attirent. Lutte incessante des corps qui cherchent à dominer l'autre. La flamme grandit, brûle mon ventre, incendie mes veines. Je plonge mes yeux dans les siens, appuie sur ses épaules, il tombe à terre, vaincu. Tête baissée, il se relève brusquement et me poursuit à travers la piste, claquements des pieds, puissant, corps projeté en avant, bras levés, prêt à planter ses banderilles dans sa danseuse épouvantée, dos au mur. Chevaleresque, il glisse à mes pieds et me baise la main. Je le repousse méchamment du bout de ma chaussure et éclate de rire, mains sur les hanches, et m'éloigne à l'autre bout de la piste, fière et indomptable.

Rythmes africains : Je m'accroupis à même le sol, relève ma jupe et avance, féline et sauvage vers ma proie, un feulement s'échappe de mes lèvres. Je souffle dans le cou de l'homme blessé, griffe légèrement son torse, chemise dégrafée. Je le chevauche, bloque ses deux mains au-dessus de sa tête, lionne en chaleur galvanisée par le son des tam-tams, la transe pulvérise mes derniers interdits. Femme liane, je vole un baiser vorace, aspire sa lèvre, le mord légèrement. Un soubresaut, il me soulève de ses deux bras, et m'élève tel un oiseau blanc, corps tendu, prête à quitter le monde. Il me tient ainsi longtemps au-dessus de lui, flottant dans un état mystique, avant de me serrer tout contre lui, lèvres humides. Nos corps roulent sur le parquet dans un simulacre d'accouplement, féroce et mystérieux. La musique cesse. Debout, étourdis, nous nous éloignons l'un de l'autre, nos mains glissent, se quittent. Chacun regagne un coin de la piste, dos à dos, éperdus par tant de sensations. Nous respirons profondément à la recherche de notre identité, centrés sur nos émotions, le cœur en émoi, le corps palpitant.

Tango : Lentement, nous reculons l'un vers l'autre, portés par cette musique sensuelle qui déchire le cœur. Au tempo, retour brutal face à face, une main posée sur son épaule, l'autre dans la sienne, le temps semble suspendu à la puissance de la fièvre qui transcende nos ébats. Nos pas s'enchaînent comme autant de caresses, fouettés, jambe enroulée sur ses reins. Excitation. Fente qui déchire mon corps, fente de mon intimité, humide et chaude. Troublant. Il me traîne sur le sol, danseuse exsangue de plaisir. Le corps enclavé, nos sens s'échauffent, se repoussant et s'attirant à n'en plus finir. Les mains moites glissent, la peau ruisselle, front contre front, le souffle court, nos lèvres se cherchent pendant que nos jambes s'enlacent. Suivre le tempo tout en couvant l'incendie qui irradie le ventre, les blocs de lave que charrient nos veines. Je glisse le long de son torse, une jambe repliée, l'autre tendue vers l'arrière, mes mains accrochées à ses hanches, le visage posé sur son sexe gonflé, désir lancinant, de le prendre, là, dans ma bouche. Il me relève brutalement, me retourne pour me basculer sur sa cuisse, dos cambré, la tête en arrière, mes cheveux longs balayent le sol. Il effleure d'une main caressante l'espace entre mes seins, jusqu'à mon bas-ventre. Je frémis, prunelles de braise, souffle ténu. L'instant semble si fragile soumis à l'arrêt de la séquence musicale. J'enroule mes bras autour de son cou, il recule lentement pas à pas. Élastique, mon corps s'étire, mes pieds glissent sur le sol, je tourne autour de lui, suspendue dans le vide. Je lui murmure :

— Où se trouvent la caméra, le projecteur ? Pour quel film tournons-nous ?

Un rond de lumière pailletée auréole nos silhouettes enlacées.

— Aucun ! Nous sommes le film.

Le tempo du tango nous rappelle à l'ordre, lent, lent, rapide, rapide, lent, un battement de cœur, un va-et-vient, un retour, une pulsation orgasmique. Me laisser monter doucement pour rester juste au bord de l'extase afin que le plaisir se diffuse partout dans mon corps et ma tête. Vibrations lentes et profondes, vêtements mouillés, peau humide, nos doigts se crispent. Lent, lent, rapide, rapide, lent, nos corps s'enroulent, se déroulent, se cherchent, se repoussent, s'aspirent, jambes écartées, relevées, mains fébriles. Pas frénétiques, sensuels, gestes saccadés, je m'agrippe à ses fesses musclées. Il plie ma nuque et sa bouche aspire ma langue. Envolée lyrique des sens, pause entre le ciel et la terre, lent, lent, rapide, rapide, lent, souffles mouillés, spasmes, onde de choc, l'orgasme nous terrasse en plein vol. Exaltation.

La musique s'est tue. Chute brutale. Sonnés, un tonnerre d'applaudissements et de cris nous éloigne l'un de l'autre. Je me retourne, regards noyés.

— Merci... c'était divin !

J.-M. Entki

La Spermophile

Chaude comme une baraque à frites de routier, Cathy sait assouvir ses complices.

Avide de sensations pénétrantes, n'hésite pas ! Voici trois orifices à ton service !

Niche-toi en elle et défonce-la avec les autres pour assouvir sa boulimie vomitive de sperme ! Son rêve inavoué reste un gang bang au vrai relent de tournante sauvage !

Alors, si tu te sens assez mâle, saute sur l'occasion pour abuser de cette pute consentante et vides-y tes couilles !

Que ce soit férocement hard !

J'avais observé cette annonce tout au long de sa semaine de parution sur hoteldepass.com. Parfois il vaut mieux se méfier des connaissances de connaissances qui ont fait leur chemin dans le milieu de la nuit et du sexe libéré. Ce site, purement amateur, annonçait les derniers gang bang à venir prochainement, organisés par un vieux de la vieille, Jeffy, la cinquantaine approchante, qui ne cachait pas son goût de la jeunesse, de la perversité sadique et des « petites salopes à dégrossir » comme il s'en flattait lui-même.

Tout un programme chaleureux dans un même homme ! Mais j'avais beau lire et relire ces quelques lignes d'invitation, tenter de décrypter les deux photos floutées et pixellisées, je ne me reconnaissais pas !

Et me voici, dans ce hangar plutôt glauque et froid, en sous-vêtements noirs et bas, sous une robe de chambre râpée prêtée pour l'occasion, à regarder, une dernière fois, l'annonce affichée sur l'écran de l'ordinateur portable de ce Jeffy. Je me tasse un peu plus sur le tabouret, inerte et impressionnée par ce lieu, un petit radiateur électrique soulevant une odeur de cramé près de mes jambes.

La caisse haute, qui sert de table pour le matériel informatique, fait face à ce qui se veut une couche, la scène du spectacle. Une Webcam fixée sur l'écran est déjà dirigée vers le lieu des ébats. Trois lampes halogènes sont placées de manière à éclairer sans excès le tas de couvertures usagées amassées au sol. L'ambiance dégagée n'est pas feutrée, mais plutôt aussi faiblement éclairée et chaleureuse qu'une cave de cité HLM. Finalement, la seule lumière à peu près forte provient de la petite lampe accolée à l'ordinateur. Cela fait bien vingt minutes que je suis assise, seule ici, et j'ose seulement découvrir l'environnement. Interdite, mes yeux retombent de façon compulsive sur cette Webcam qui, pour le moment, me tourne le dos.

En cet instant j'ai envie de fuir. Je me sens bien incapable de tout ce que je me targuais de faire. J'ai menti, c'est évident, sur mes expériences de petite pluralité.

Je suis Cathy, et dans moins d'un quart d'heure je devrai jouer cette « pute conciliante et docile » pour la vingtaine d'hommes qui commencent déjà à arriver. Je les entends faiblement, enfin, discuter et plaisanter grassement dans une pièce proche. Une voix, celle de ce Jeffy, leur explique les règles du jeu et l'ordre de cette cérémonie obscène et érotique. Je sens également l'odeur du café chaud parvenir jusqu'à moi.

— Oh oui ! Que j'aimerais un café sucré pour me redonner de la vigueur !

Une porte couine et s'entrouvre derrière.

— Tiens, voici de quoi te remonter un peu. Tu donnes l'impression d'attendre l'abattage !

Une chaise racle le sol, et Jeffy s'assied à mes côtés. Sa phrase s'est finie dans un sourire rassurant. Et je serre mon café entre mes doigts, un peu plus réchauffée déjà.

— Je tenais à te préciser que tu ne dois pas avoir peur que cela dégénère, et tout ça... Je resterai tout le temps là où tu te trouves pour surveiller et gérer la situation. Si vraiment tu n'en peux plus... eh bien... tu n'hésites pas ! Et si tu as la moindre question et tout... n'hésite pas ! Va. Je te laisse quelques minutes pour te mettre en place et tout et tout. Maintenant tu dois entrer dans la peau de ton personnage : tu es une chaude, une goulue, une vraie petite salope qui en veut et va bouffer de la bite jusqu'à l'indigestion. Les mecs, ici, sont venus voir une sacrée pute qui va tous les user et les vider jusqu'à la dernière goutte ! T'es une nympho insatiable qui va s'en prendre par tous les trous et y aller avec appétit et en redemander encore, l'œil pétillant de convoitise et la langue pendante ! Tu m'as dit que t'aimais jouer les chiennes lubriques et tout ça ! Eh bien, c'est le moment de le prouver !

Je laisse alors glisser la robe de chambre de dessus mes épaules. Un léger frisson passe. Et en m'avançant doucement vers le tas de couvertures, je ne peux m'empêcher d'exprimer ce qui me trotte dans la tête :

— Une dernière question : Et ces hommes, derrière, à quoi peuvent-ils ressembler ? Je veux dire jeunes, vieux... etc. quoi !

— Ah !... Tu n'auras pas trop le choix de dire oui ou non selon le physique ! Y'a des jeunes, y'a des vieux dégueus comme moi, des Blacks membrés, des Arabes, des moches, des mieux... et tout ça ! Te pose pas trop de questions ! Pour ce que tu en verras de toute façon ! Tu risques de n'entrevoir que des queues à maxi dix centimètres de ton visage, de toute façon. Allez, hop ! Mets-toi en place et expose-nous ton p'tit cul de salope ! Non, mais ! On démarre soft avec un. En fonction, je décide si c'est un par un ou progressivement par groupes, finit-il en s'éloignant.

Et me voici arrivée au moment fatidique. Le dos tourné à la porte, je m'assieds sur le côté, et attends le regard plongé vers le lavabo sur la droite. Le moment n'est plus au doute, et je fais le vide dans ma tête.

Le contact d'une main sur ma peau vient me surprendre, presque inattendu car subit. La porte est sûrement restée entrouverte pour ne plus grincer à chaque fois. Cette main remonte et frôle à peine mes côtes pour s'appuyer sur mon épaule. Je ne la regarde pas. Je ne le regarde pas. Elle caresse mon cou sous mes cheveux relevés. C'est une sensation vibrante, comme un geste tendre d'inconnu dans le métro. Je plie le cou en baissant la tête. Mon dos se courbe sous sa main crispée qui glisse jusqu'à mes côtes, longe ma taille, agrippe mes hanches et empoigne mes fesses pendant qu'instinctivement, je me place agenouillée, les mains au sol devant moi, toujours voûtée. J'ai maintenant ses deux mains qui malaxent mes fesses de façon de plus en plus soutenue.

Son index droit vient prendre le fin cordon de mon string en se repliant dessus pendant que sa main gauche pèse de tout son poids pour me creuser le dos. Je me cambre pour aider la montée de son excitation, balançant ainsi mon cul bien en arrière, exposé au mieux à son regard. Son index descend, tout en emprisonnant le cordon, le long de ma raie, frôle au passage mon trou puis glisse entre les grandes lèvres et s'enfonce par pression pour atteindre mon pubis. Le mouvement est répété vers l'arrière et réitéré deux ou trois fois en s'accélérant. Ensuite son doigt se déplie pour se joindre à son majeur. Et je sens ses deux bouts de doigts venir s'infiltrer entre mes petites lèvres puis masser progressivement mon clitoris.

Je suis sèche.

Il porte les doigts à ses lèvres pour les humecter et reprend son massage plus marqué maintenant. Sa main gauche pèse et creuse toujours mes reins. Sa respiration s'accélère. Je le sais en érection. Un trouble étrange me prend. Je devine sa queue prête à faire ce pour quoi elle est là. Pour moi, c'est la première fois qu'un sexe non désiré au préalable, un sexe sans visage de plus, va prendre possession de mon corps, m'introduire. Je ressens alors une palpitation entre mes cuisses, incontrôlée et incontrôlable. Le sphincter de mon sexe semble se contracter et se décontracter de manière marquée, produisant cette réelle sensation de palpitation comme un cœur autonome. Celui de mon anus reprend le rythme, moins marqué. La palpitation s'accélère. Je sens le cordon de mon string s'écarter et passer sur ma fesse gauche. Et une pression sur l'entrée de mon vagin me fait sursauter. Alors, sans plus un mot, son gland entre brusquement dans ma cavité encore sèche. La pression pour l'introduire me donne une décharge douloureuse.

L'homme marque un arrêt, et, passant sa main gauche sur mon épaule pour prendre un appui solide, donne un coup de reins sec pour s'enfoncer enfin dans mes profondeurs sans autre préliminaire. Commence alors un mouvement de retrait de sa queue, et de retour. Je ne mouille pas encore. Son membre frotte fort contre ma paroi vaginale et je me sens chauffer à ce niveau. La muqueuse s'irrite vite.

— Mmh ! T'es étroite ! Mon gland est comprimé à souhait. J'ai rarement vu ça. Vas-y. Penche-toi bien et écarte-toi plus que j'y aille à fond.

Il conforte ses paroles en tirant mes cuisses de chaque côté et plaque alors son aine contre ma croupe plus cambrée.

Ça y est ! Je sens que ça monte. Je prends du plaisir.

— Dis, tu sens ma queue se gonfler ? Elle est bien raide, non ? Ça te plaît ?

Sentir le souffle de cet homme s'accélérer, ses phrases se hacher sous la respiration plus saccadée ! Voilà que tout soudain ma paroi vaginale se lubrifie spontanément. Enfin sa queue, qui comble tout mon orifice et le brûle de ses cahots répétés, trouve une facilité nouvelle dans ses poussées. Il s'enfonce alors réellement à fond dans un soupir de contentement.

— Hmm ! C'est bon. Tu m'excites bien, toi ! Si ça continue, je vais décharger trop vite. T'as envie que j't'arrose bien les parois, hein ? Tu vas voir. J'ai du foutre à revendre. Mmh ! C'est trop bon. J'aime trop le cul, moi !

Le rythme des secousses va en s'amplifiant tandis qu'il me tient par les hanches. Je ne tiens plus sur mes mains, mais sur mes avant-bras. Je me sens ballottée sans y prendre du plaisir, mais en me découvrant une ivresse jouissive face à l'excitation et l'ardeur amplifiées de cet homme. Le sentir vibrer, trembler, accélérer les coups de bite qu'il m'envoie ! Et les percussions de ses couilles contre mon pubis ! Le voilà de plus en plus fébrile, de plus en plus effréné, de plus en plus violent dans ses bourrades ! J'en baisse la tête pour m'équilibrer et ne pas tomber en avant.

Une main se fait sentir sur mon dos. Ce n'est pas le même toucher.

— T'es une gentille fille, toi ! T'aime te faire monter ! Tu vas me laisser en profiter aussi, dis ?

Sa phrase se finit dans un murmure, ses lèvres accolées aux miennes. Il infiltre alors sa langue entre mes lèvres. Et sa main droite, qui s'était emparée de mon menton pour le soulever jusqu'à son visage, marque une pression suffisante pour m'ouvrir la mâchoire avant que je n'intègre cette nouvelle situation. Un autre homme est là, contre moi. Il fouille dans ma bouche. Sa langue s'enroule sans sommation autour de la mienne. Il est sombre de peau avec un léger accent que je ne situe pas. Je devine sa main gauche déjà occupée dans sa braguette à dégager son sexe tout en le caressant avec insistance. Mes dents heurtent même les siennes sans ménagement, car je suis toujours bousculée sous les coups insistants de mon premier prétendant. Sa queue coulisse maintenant avec une grande facilité, bien qu'elle me serre encore.

— J'ai envie de ta bouche. J'adore violer les bouches de gamines dévergondées comme toi. Tu vas bien me sucer, hein ? Je vais te contempler qui me lèche les couilles en me regardant dans les yeux, qui me les gobe. Je veux te sentir m'avaler tout entier, en bonne petite garce, jusqu'à la luette. Tu vas le vouloir mon foutre, n'est-ce pas ?

Accroupi face à moi, il étend alors ses jambes entre mes bras, puis les écarte largement de chaque côté de mon corps. Le nez proche de sa braguette ouverte, je sens les relents de sa virilité, odeurs âpres si particulières, qui me piquent. Il dégage sa ceinture pour baisser légèrement le haut de son jean et l'ouvrir largement. Sa main droite effleure la peau de mon cou pour bien s'y positionner, et impose par à-coups progressifs une série de pressions pour m'obliger à baisser la tête. La situation me devient singulière. Et une animation nouvelle me prend, fébrile, qui me ravit et m'exhorte à l'initiative. Le vit qui s'active en arrière entreprend des mouvements d'intensité et de vitesse variables. L'homme cherche à se faire jouir. J'entends des râles résonner. Ces variations font frémir l'entrée de ma chatte, et les premiers centimètres intérieurs. J'ai envie que cela continue pour s'intensifier. J'ai envie de bien davantage.

Mon regard a dû changer quand il se lève vers l'homme qui me fait face. Je le vois dans ses yeux. Le coude toujours posé sur la couverture, je saisis son sexe déjà tendu, et tout en le fixant profondément, je sors ma langue aussi loin que possible pour la laisser se promener de l'arrière de ses couilles au sommet de son gland. Mes yeux brillent alors, et la chaleur me monte aux joues. Je lape ainsi toute cette zone offerte et épilée, soit sur la gauche, soit sur la droite, soit bien au centre, en maintenant mon regard soutenu. Je lui souris même en mouillant tout son sexe de ma salive. Le gland, bien décalotté, devient une tétine que je pompe doucement, puis avidement, tout en le masturbant avec mes doigts.

— Bi-be-ron ! lui dis-je.

Alors je ne me concentre plus que sur sa bite pour la sucer avec énergie !

Il m'écrase le visage sur son sexe, bloquant son vit au fond de ma gorge, et donne des coups de reins sans jamais se désengager.

— Laisse-moi faire ! Laisse-moi me branler dans ta bouche ! C'est trop bon comme ça !

...

— Oh, la chienne ! geint-il en balançant sa tête en arrière. Le rythme qu'il m'inflige s'accélère.

— Vas-y, défonce-lui bien la bouche ! Ça m'excite grave ! Je sens que ça monte.

— Ohohoh... Je vais te jouir dans la gueule. Et tu vas tout avaler, jusqu'à la dernière goutte, ma cochonne ! Faut pas perdre une goutte !

Et me voici prise en rythme des deux côtés. J'ai du mal à bien respirer. La queue m'étouffe un peu. Je tente un mouvement de recul pour prendre mon souffle, mais ses deux mains me plaquent alors totalement. Je veux que cela cesse ! Mais aucun son ne peut ressortir de ma bouche ainsi remplie. N'arrivant plus à avaler ma salive qui abonde, je la sens couler sur la commissure de mes lèvres et dégouliner sur la base de sa verge et ses couilles. À ce rythme, je n'aspire qu'à l'arrêt de ce déferlement de coups assénés. Tout m'est douloureux, et je sens mes bras mollir et ma tête partir ailleurs.

— Purée ! Ça va sortir... Je sens que ça vient en masse ! Tout est en pression, la vache !

L'homme qui me pénètre est enfin prêt à jouir.

— Vas-y mon frère, que je la remplisse aussi !

Un tremblement convulsif prend mon assaillant arrière qui se penche en avant pour se raidir et m'enfiler de petits coups secs. Ses doigts se crispent et s'enfoncent dans les chairs de mes fesses.

— Ohohoh... je jouis ! Je jouis ! Purée ! Est-ce que tu sens comme je t'arrose bien ? J'ai dû t'en foutre à ras bord !

D'autres mains se posent sur moi, deux, trois. Il y a des spectateurs tout contre moi que je n'avais pas encore sentis. Quelques gouttes tièdes heurtent mon dos, puis plusieurs jets consistants et chauds accompagnés de râles. Un homme qui n'a pu se retenir me douche de son sperme. Mais je n'ai pas le temps de m'y attarder. Et pendant que je commence à avoir froid au dos, car le sperme refroidit vite à l'air, mon violeur de bouche m'écrase littéralement le visage sur son ventre pour lâcher tout son foutre dans un spasme long et tendu. Le liquide emplit précipitamment ma bouche, l'intérieur de mes joues et atteint le fond de mon palais. J'en gonfle les joues. Sa queue extrêmement tendue a percuté également le fond de ma gorge et je suis prise de haut-le-cœur.

— Avale !... Avale d'abord ! ordonne-t-il.

Il se dégage tout le corps lestement en me bloquant la bouche fermée. Prise dans mon étouffement, les larmes me montent aux yeux. Je n'ai d'autre solution que d'avaler rapidement en évitant de faire une fausse route. Alors il me libère enfin. Son sperme a le goût de blanc d'œuf cru ! Dégoûtée, la vraie nausée est immédiate. Je crache, je tousse, je bave. J'ai envie de vomir sous les renvois emportés qui ne me font cracher que de la bile. Un torchon est passé sans ménagement sur mon visage pour essuyer mon menton et mes yeux, puis sur mon dos.

Mon vagin est libéré à son tour, car j'entends que l'on se chamaille la place.

— Bon t'as fini ?

— Elle n'a pas joui encore !

— C'est pas grave. On s'en fout ! Elle le fera plus tard. Laisse la place aux autres ! J'vais pas tarder à jouir, moi, déjà !

Et voici ce nouvel homme qui me pénètre d'un coup sec et décidé. J'aurais aimé un verre de jus de fruit frais pour me remettre et passer ce goût répugnant. J'aurais aimé ne pas être là, vu la tournure des événements. Au début c'était amusant ! Mais là ! Je ne voulais pas ça comme ça ! Mais je ne suis pas décideuse en cet instant. Je n'ose rien dire. La pause est pour plus tard, certainement.

Mon sexe est trempé, de ma mouille, étrange paradoxe, et de la liqueur séminale qui doit sûrement commencer à sortir. Ce fouteur-ci est moins équipé et moins virulent que son prédécesseur, malgré tous ses efforts, il m'est une pause car je ne le sens même pas. Le va-et-vient qui m'entraîne est le seul témoignage de sa pénétration. Je respire mieux et plus frais. Autour de moi je n'ai que des mains qui me caressent, me palpent, me pressent ou me pincent les seins, me triturent les cheveux. Je tends un bras sous moi pour venir caresser les bourses de cet homme. Je me câline au passage et place deux doigts écartés à l'entrée de mon vagin pour serrer et sentir le membre en érection qui coulisse rapidement. Non ! Décidément, celui-ci ne m'inspire rien ! Moins endurant, il jouit déjà ! Dans un long gémissement, quelques soubresauts, il en finit avec moi. Grâce à ce mâle rapide et décevant, j'ai eu le temps de me remettre du premier assaut trop virulent.

Des pas approchent. J'aurais aimé plus de temps. Mais déjà deux nouveaux prétendants se précipitent pour prendre le relais. Et me voici bien consciencieusement enculée ! N'y étant pas habituée, l'approche m'est douloureuse, cependant mon initiateur est membré pour la circonstance. Je saisis la queue volumineuse qui veut jouer dans ma bouche pour la caresser et la pomper consciencieusement. L'homme aura plus de plaisir à être bien sucé qu'à se branler à moitié dans un orifice trop court ! Maîtriser au moins cela me donne un début de satisfaction. Je ressens mieux ce qui se passe plus bas. Un nouvel homme, jeune, a réussi à s'engager dessous moi sans déloger ses collègues. Cela lui permet de me pénétrer rapidement à coups de hanches tout en profitant du spectacle sous une autre vue.

Un liquide chaud vient de s'étaler à l'entrée de mon trou et le long de ma raie. Je le sens couler jusqu'à mon sexe. Une partie longe mes cuisses pendant que l'autre goutte au sol. L'homme s'appuie sur mon dos pour reprendre son souffle dans une succession de râles. L'autre s'amuse à étaler ce sperme sur mon orifice et mon sexe, et s'invite à son tour dans mes fesses. J'essaie d'éviter de me contracter, mais ce n'est pas facile. Quand il atteint sa longueur de queue en profondeur, je m'applique davantage sur la bite en face de moi avec délectation. Mais les deux hommes semblent coordonner leurs mouvements dans mon sexe et mon cul. Je ressens soudain ces deux bites, si proches, qui stimulent la mince paroi qui les sépare.

Un plaisir lié à celui de la défécation m'envahit et je ne peux refouler des premiers gémissements en me mordant les lèvres. J'essaie cependant de donner encore des coups de langue devant moi. Mais je vise mal. Mes mains tremblent. Le jeune homme se laisse aller complètement à son plaisir et sa bite s'irradie et s'agite merveilleusement dans mon sexe. Son pubis non rasé frotte contre mon clitoris, car je suis collée à lui. Ses poils caressent et titillent la zone également.

Il ne faut pas qu'ils bougent.

Tous sentent mon changement d'état et commencent à geindre de concert. Mon clitoris gonfle, mon vagin et mon cul suivent au moins en impression. Une onde chaude, paralysante et incontrôlable me prend toute la vulve, le bassin et remonte le long de mes tripes et de mon dos, puis vient hérisser mes cheveux. Mon esprit s'embue dans cette stimulation qui me poignarde et m'étouffe d'un chaud et froid encore inconnu. Ma peau devient moite, successivement froide et brûlante, et ma main se colle à la couverture crasseuse. J'empoigne alors la queue bien montée que je suçais pour l'enfourner au maximum dans ma bouche et jouir dans cette sensation d'être complètement pleine de partout. Mon orgasme est bruyant. Une succession de cris me prend :

— Ah !... Oh !!! Oooh !!!... Ooooohhhhhhhhhhhhh !... Oui !!!

De vraies salves expressives que je ne gère pas !

Je n'ai plus aucune maîtrise de mon corps et de mon être. Cela dure peu, car, déjà, elles baissent et cessent. Mais le jeune homme s'est lâché dans la foulée, stimulé à l'extrême par mon corps vibrant, et jouit à répétition dans les mêmes gémissements.

— Ah ! C'est beau une femme qui jouit !... Oh ! Je vais t'arroser à mon tour !

— Hein !... Hein !... Heiiinnnnnnnnnn !

Mon sodomite se vide dans mes entrailles dans un jet chaud et long. Autant je ne sens pas le sperme quand il gicle dans ma chatte, autant mon cul y est beaucoup plus sensible. Je ressens parfaitement ce foutre qui monte puis redescend vers la sortie. L'homme s'écroule sur mon dos pour se remettre et garde sa queue en place au chaud. Son liquide doit sûrement venir baigner son membre. Il ressortira quand il se désengagera de mon corps. Je me sens moi-même vidée et voudrais profiter de ma jouissance imprévue. Aucun des protagonistes ne s'est dégagé, mais déjà la relève arrive, excitée par nos cris. Le ballet des mains reprend sa danse. L'homme que je suçais en profite pour sortir sa queue et finir de se branler sur mon visage. Il saisit alors ma tête pour la basculer sans douceur en arrière, soulève de deux doigts mes paupières et me gicle une véritable douche séminale sur la face.

— Regarde-moi jouir ! Je veux que tu contemples !

Mes yeux se ferment, piqués à vif par des gouttes de sperme qui les ont atteints. J'éprouve des brûlures et l'irritation des contours qui doit être visible maintenant. Mon visage est baigné de poisse et je déteste cela. Les larmes montent et coulent au coin des paupières qui ne peuvent plus s'ouvrir. Je ne perçois même plus la, lumière environnante. Les hommes doivent former une foule qui la camoufle. Ma peau n'est d'ailleurs qu'attouchements et malaxages. Je me sais prise, fougueusement même, mais la partie basse de mon bassin est totalement insensibilisée suite à mon orgasme.

— Allez-y pour une tournante ! Aux adeptes de se rassembler ! Enfournez-la à la chaîne ! Et que ceux qui attendent leur tour se préparent en se branlant. Je veux du rapide, du brutal, et du foutre à toute volée !!!

Les mots crus fusent de toutes les bouches. Mais mes oreilles commencent à bourdonner et ne me renvoient qu'un chaos de paroles fortes. Je baisse la tête et me laisse faire sans objecter. Dans les mouvements qui me chamboulent le corps en tous sens, je ne peux pas être sûre si telle queue préfère mon sexe et telle autre mon cul. Je sais seulement que tout coulisse dorénavant, ou s'il faut forcer encore l'entrée, ce n'est plus pour moi qu'une percussion plus poussée qu'une autre. Rien ne me transporte, tout me bouscule ! Ce n'est plus du sexe, mais un déferlement torrentiel de pénétrations, des actes débridés et furieux qui n'atteignent plus mon esprit. Quelque part je suis déjà partie ailleurs, vaseuse et dévastée dans l'instant. Je n'arrive plus à reprendre pied. Petit à petit je ne me sens plus percutée, mais bercée par ces ébats. Et je me remémore le doux cahot des transports lors des voyages de vacances, quand je m'assoupissais, le bras appuyé contre la fenêtre, à contempler le paysage fuyant. Mais ma tête ressent malgré tout les queues qui obligent ma bouche à s'ouvrir. Elles s'y branlent, s'enfoncent trop loin, s'y maintiennent ou jouent un ample aller-retour qui malmène mes dents, mes lèvres et mes gencives au passage. Quand elles y jouissent, j'avale ou je laisse le sperme baver de mes lèvres selon ma déglutition. Je sais seulement que ma gorge est enflammée.

Il m'aurait fallu une pause. Je dois prendre une inspiration profonde pour retrouver et mon souffle et mes esprits ! Combien cela dure ? Combien d'hommes ont profité de cet empilage de baise cumulée ? Combien encore ? Parvenir à prendre de grandes inspirations me ravive.

— Oh purée, la queue !

Cette expression anodine me fait revenir parfaitement à moi. Je sursaute même. Une main me lisse le dos, tandis que l'autre flatte ma croupe. Ces mains sont plus chaudes, plus imprégnantes que toutes celles qui me palpent depuis un bon moment déjà. Ces mains font envie. Je les voudrais sur tout mon corps. Cet homme doit être penché sur moi, car je sens un léger parfum d'homme parvenir à mes narines. Un parfum suave et entêtant. Un parfum d'invitation à la chaleur masculine. Toujours en caressant délicieusement mes fesses, si sensibles à cette attention, son autre main vient en faire de même à mon sein gauche. Je suis bien, là. Ses lèvres effleurent mon dos. Un peu de sa langue glisse aussi. Et puis, sans prévenir, ses dents mordent ma peau tendre avec vigueur.

— Ah !

Je pousse un cri de surprise et de douleur. Mais je désire encore sa bouche sur moi.

Il me remord au bas des reins. Un frémissement me chavire.

Tout d'un coup, je ne le sens plus sur moi. D'un doigt, il commence à travailler l'entrée de ma chatte et y applique une boule dure et douce qui doit être son gland.

— Tu vas être douce, tu vas être sage, tu vas être docile ! dit-il d'une voix sûre, grave et posée. Réponds !

Je ne peux que morguer :

— Fais ce pourquoi tu es là, comme les autres, et fous-moi la paix !

Il ricane.

— Bien sûr !... Morveuse !

Son sexe commence alors à presser fortement l'entrée de mon vagin. Je sens qu'il est plus imposant que la série d'hommes précédente. Il s'insère progressivement bien que ma paroi ait du mal à suivre l'élargissement imposé. Mais sa queue entre ! Et elle commence de suite à coulisser avec lenteur. Elle n'est pas monstrueuse comme le laissait imaginer l'expression entendue. Il soupire et semble apprécier l'espace qu'il occupe. Pendant ce temps, des mains continuent de glisser le long de mes cheveux, mes épaules et mon dos. Une main appliquée sur ma fesse, l'autre caresse mon bas-ventre pour venir lover le mont de Vénus imberbe, et part ensuite à la découverte de mon clitoris. Deux doigts se fixent juste sur son extrémité pour le faire réagir. Une décharge électrique violente me prend et je crie de stopper.

— Quelque chose ne va pas ?

— Arrête ! Pas le bout ! Il est trop sensible à ce niveau. Cela me fait vraiment mal !

— D'accord, je vais lui trouver son point faible. Je veux que tu jouisses sous mes seuls doigts !

Tout en activant, profondément mais en rythme léger et régulier, sa queue, il poursuit son entreprise sur mon clitoris. De ses deux doigts, il le maintient fermement et entreprend des mouvements de frottement pendant que ses autres doigts effleurent ma vulve. Entre sa queue besogneuse qui frotte l'entrée de mon sexe et ses doigts alléchants, toute ma zone s'émoustille vite et je ressens davantage tout ce qu'il s'y passe. J'ai retrouvé toute ma sensibilité, poussée, ici, à fleur de peau. Son sexe, assez large tout de même, pousse puis tire la peau de l'entrée de mon vagin à chaque passage. C'est une sensation étrange. Baignée dans un bien-être absolu, je me balance moi-même et le corps et le buste sur ce godemiché vivant. Prête à rechercher le plaisir de nouveau, je saisis des queues à portée de mes mains pour les sucer et les engloutir avec volupté. Je suis avide de la suite.

— Parle-moi ! Dis quelque chose !

Mais il ne le fait pas. J'entends sa respiration se saccader. Il doit même avoir la bouche entrouverte. Son rythme s'accélère et je commence à peiner pour tenir en équilibre ces queues dans mes mains et ma bouche. Je reçois encore des giclées de foutre sur le visage et les épaules. Ma tête doit être badigeonnée, je suppose. Je commence à gémir entre plaisir et frottements irritants. Mon clitoris, lui aussi, mériterait de s'échapper de ces doigts qui le frictionnent. J'en ressens des ondes qui me font pousser de petits cris. Alors, cet étalon particulier se retire brusquement de ma chatte et entreprend de se changer en sodomite. L'entrée, plus étroite, ne s'ouvre pas. Je le sens forcer. Cela m'est douloureux. À ce moment, il crache sur sa bite pour la lubrifier et sur mon trou également. À force de pressions successives, il entre progressivement dans une sensation de déchirement. Un cri aigu sort du plus profond de ma gorge.

— Ah !... Arrête ! Je ne veux pas ! Tu me déchires là ! Ça me fait trop mal !

— Tais-toi ! Laisse-moi faire ! J'y suis presque et c'est bon !

Je tente de me débattre. Mon cul me semble prêt à exploser et le passage, impossible. Mais déjà il semble engagé entièrement et démarre immédiatement une série de coups de reins secs qui lui donnent davantage de plaisir que précédemment. De mon côté je n'arrive plus à sucer, je suis totalement prise par cette sensation de blocage complet de mon cul. Il m'est même impossible de bouger le bassin. Mes yeux sont fermés, maintenant aveuglés des giclées successives qui n'ont jamais été essuyées. Ce sont des brûlures des deux côtés de mon corps. La même impression de merde se fait alors sentir, et cette fois-ci, mes parois ne sont pas ménagées. Je suis remplie comme je ne pourrai jamais l'être, et j'apprécie cela, même la douleur qui l'accompagne. Ce fouteur d'un autre ordre pousse des râles plus bruyants.

— Oh !... Oh !... Oh !... Prends ton pied aussi !

Sa main s'active toujours sur mon clitoris et le presse désormais avec vigueur. Des impulsions le prennent d'office, que je ressens fortement et cruellement. Ces ondes me remontent dans tout le corps. Il sait me maintenir entre jouissance extrême et douleur forte. Ses coups de queue se sont tellement amplifiés, qu'il y va en forcené. Surchauffé de nos deux geignements et du pétrissage délicieux de son sexe dans mes entrailles, il me démonte comme jamais, survolté et terrible. Le clitoris branché désormais sur un véritable courant électrique, je ne peux que gigoter en tous sens, m'aplatir sur la couverture et la mordre en poussant de grands cris !

— Aaaah ! Ah ! Ah ! Ah ! Mon Dieu ! Arrêtez ça ! Je n'en peux plus ! Encore !

— Tu n'aimes pas avoir du plaisir ? Ma belle cochonne !

Il s'obstine dans sa besogne et me rend de plus en plus pitoyable dans mes cris et jérémiades. Je suis épuisée bien avant lui et je le sens forcer la cadence. Sa respiration n'est plus qu'un râle saccadé et puissant. Il est au bord de l'explosion. À bout, je n'aspire plus qu'à son propre orgasme et son éjaculation au plus profond de mes tripes.

— Ah !... Je le sens monter ! Je vais te lessiver complètement le cul !

Et dans d'immenses coups de reins qui m'écrasent le bassin contre le sol dur, je le sens jouir ardemment et pleinement au fond de mon cul. Je hurle de son assaut et des décharges de mon clitoris survolté. Personne ne m'a jamais baisée de la sorte, ni aussi longtemps avec une telle intensité ! Je gis sans force et essoufflée. Aveugle, on me soulève la tête et le torse pour me remettre à genoux. Mon cul, dégagé de son maître, me semble ouvert à tous les vents. Sans pause, je devine des hommes qui m'encerclent et commencent alors des premières giclées de foutre dans mon dos. Tenant à peine à genoux, je voudrais m'étendre encore. Mais on me maintient. J'ouvre alors les yeux pour mieux compter les prétendants au moment où l'on me secoue l'épaule pour me faire réagir. Et je vois au moins dix hommes devant moi, dont la moitié contre mon visage. Les autres sont tout autour. Les giclées fusent immédiatement dans des râles et des mots crus. Je referme de suite les yeux et sens les longues giclées chaudes et visqueuses s'aplatir partout. Les autres hommes ont dû prendre le relais, car la douche est longue et me recouvre entièrement la face pour dégouliner de mon menton et de mes joues.

Le bukkake fini, quelques acharnés de la queue me

rebasculent pour me reprendre par-derrière et finir de s'y vider. Je me sens baigner littéralement dans le foutre. Tous mes orifices en rejettent désormais. Ils devaient être plus de vingt ! Ce n'est pas possible. Subitement le vide se fait autour de moi, et j'entends les voix plus lointaines. Ils sont probablement rassemblés dans la pièce annexe. Est-ce enfin une nouvelle pause que je n'ai pas entendue ? Ai-je vidé tout ce potentiel mâle à moi seule ? Pourquoi me laisse-t-on là ? La fin de leur divertissement érotique n'a pas encore été annoncée cependant. Les minutes s'écoulent, longues.

Alors mon corps se rappelle à moi. Et je l'explore mentalement dans ses moindres parcelles.

Je ne sens plus mon sexe, je ne sens plus mes lèvres. Mon dos, mes cuisses, mon visage sont maculés. Mes cheveux et le reste de mon corps doivent être dans le même état pitoyable. Mes genoux et mes bras sont ankylosés d'avoir gardé cette position si longtemps sur le sol dur.

Ma mémoire est encore floue, ouatée de neige. Je suis percluse, les pensées transies par le défilement de ces quelques heures. Mais me faut-il compter en heures ? Peut-être tout a-t-il été d'une rapidité facile ? À cet instant, je suis bien incapable de remettre un ordre logique à tout cela.

Je suis en attente, encore, de cette dernière salve à laquelle j'aspire malgré mon corps hébété.

Ce parfum suave, exaltant à mon être, imprègne toujours subtilement l'air. Je l'en sens même s'en charger davantage. Il annonce son retour ! Je resterai alors dans cette attente passive !

Je veux sentir son sperme, son foutre chaud gicler dans mes tripes. C'est un sentiment délectable. Et ce besoin d'être possédée, malmenée, violentée. Il me découvre tel qu'il m'a laissée, cuisses écartées, cul offert, l'anus gluant de sperme. Il ne peut pas résister à cette vision d'un trou qui n'aspire qu'à une seule chose à cet instant présent : se faire prendre, être chamboulé !

Il s'approche. Je le sens. La proximité de sa bite électrise le duvet de mon cul. Dans un mouvement conditionné, je me cambre davantage et je m'écarte à sa mesure pour frayer un passage direct à mes entrailles.

Ça y est. Je pressens son sexe à quelques centimètres de mon trou ouvert, et j'en frémis déjà de désir. Cet homme va me tuer sous ses coups répétés. Il ne me ménagera pas. Je sais, déjà, la violence des percussions qui va m'écraser le visage dans les couvertures étendues, là, en vrac. Et ma tête heurtera le sol au travers, puis viendront mes cris de douleur suivis du plaisir que je devrai étouffer en mordant le tissu souillé des autres passages. Il ne me voit pas en femme malgré le trouble qu'il m'inspire, mais en ce que je suis en ce moment, la salope sans identité, le vide-foutre à démonter sans modération. Je ne suis plus rien, à peine un objet chaud et confortable dans lequel ils secouent leur viande pour y lâcher leur surcharge virile.

Et je jouis de cette situation d'humiliation.

Gaëlle Gilin

Lien de soie, lien de toi

Lors de leur première rencontre, personne n'aurait pris le risque de parier sur leur avenir commun. Pourtant aujourd'hui, Lisa et Tristan s'aiment déjà depuis cinq ans...

Lisa a une amie d'enfance, Solenn, qui est mariée à Denis, ami d'enfance de Tristan. Malgré les liens forts qui les unissent à leurs amis, jamais ceux-ci n'ont souhaité les présenter l'un à l'autre. Ils sont si différents, leurs mondes sont si éloignés que tout les oppose. Chacun a le sentiment qu'il y aurait forcément incompréhension entre eux et qu'ils seraient incapables de se supporter, ne serait-ce que le temps d'une soirée. Solenn se méfie du caractère fort de son amie, cela lui a valu quelques déboires et elle apprécie suffisamment Tristan pour ne pas avoir envie de se fâcher avec lui. Quel que soit l'endroit où Lisa se trouve ou la personne qu'elle a en face d'elle, si quelque chose ne lui convient pas, elle ne se privera pas pour le faire savoir. Ses relations avec les hommes ne sont jamais simples à cause de son caractère souvent irascible. Il faut à l'homme une forte personnalité pour pouvoir la contrer, sinon il s'expose à être « bouffé » et, très vite, elle se lasse. Les quelques hommes qui ont traversé sa vie n'ont pas tenu longtemps, face à cette femme à l'aspect fragile et dotée d'un esprit si impétueux. Avec elle, rien n'est jamais acquis, c'est un combat perpétuel, chaque jour il faut tout recommencer, tout réinventer, tout prouver. Chaque jour, ils doivent relever le défi de vivre avec une personne qui peut être tour à tour aussi douce que du miel ou intransigeante. Voulant que ses exigences soient comblées et ses doutes effacés, Lisa est entière, elle se livre peu, mais quand elle décide de donner, elle donne tout et en attend autant de l'autre...

Tristan quant à lui, est un homme qui a réussi, il a vécu et vu tant de choses que plus rien ne semble le surprendre. Il est habité d'une assurance redoutable et se plaît à croire que rien, ni personne, ne peut lui résister. Il collectionne les conquêtes, de la même manière que les voitures ou les montres, aucune femme n'a été assez résistante pour le garder auprès d'elle. Aucune n'a compris réellement cet homme, qui cache tant de fêlures derrière son arrogance. Aucune n'a été assez imaginative pour lui inventer chaque jour un monde nouveau et il s'ennuie rapidement. Solenn et Denis ont régulièrement des discussions à propos de leurs amis respectifs. Ils sont convaincus que tous deux méritent de trouver le bonheur, mais que leur caractère excessif a fait d'eux des solitaires. Ils enragent d'avoir dans leur entourage, deux personnes qui pourraient être heureuses, mais qui sont, sans aucun doute possible, à ce point incompatibles. Ils se sont donc résignés à ne jamais mettre en présence Lisa et Tristan. Pourtant chacun connaît l'existence de l'autre, elle se dit qu'un jour l'arrogance de cet homme l'étouffera, un homme plein de suffisance, qui n'a aucun respect pour les femmes. Solenn le dit intelligent, ce qui le rend encore plus dangereux. Il pense que si cette femme se montre d'un caractère si fort, c'est sans doute pour cacher son manque d'assurance. Quand il entend Denis dire qu'elle a un côté enfant charmant, il pense que c'est une façon gentille de dire qu'elle est capricieuse...

Ce soir-là, Solenn et Denis ont invité Lisa à dîner pour lui présenter un homme de leur connaissance, qui aurait tous les atouts pour la séduire. La jeune femme n'apprécie guère ce genre de mise en scène, mais elle espère ainsi faire taire ceux qui lui reprochent de ne faire aucun effort pour trouver l'âme sœur. À la seule vue de l'homme promis, elle comprend que la soirée s'annonce longue, vraiment très longue. Finalement elle se ravise, lui laissant le bénéfice du doute, sa tenue vestimentaire n'a aucune importance s'il se révèle intéressant. Mais force est de constater, au bout de quelques instants, que sa conversation est en accord avec son costume, insignifiante. Il vient de lui poser une question dont la stupidité l'oblige à réfléchir pour trouver une réponse, sans être acerbe. Un coup de sonnette intempestif vient la sauver de ce mauvais pas. Denis se dresse pour aller ouvrir, il revient quelques minutes plus tard, suivi de Tristan. Il explique rapidement qu'il est venu chercher son manteau, oublié la veille, mais qu'il repart aussitôt, s'excusant de les avoir dérangés. Denis ignorant le regard furibond de sa femme, l'invite à dîner avec eux. Tristan se dit qu'il n'a rien prévu pour la soirée, il est curieux de connaître enfin cette Lisa dont on lui a tant parlé. Il s'amuse déjà de voir comment elle va se comporter, face à cet homme pétri de banalité, que Denis et Solenn se sont mis en tête de lui présenter. Le spectacle promet d'être plus divertissant que celui proposé à la télé, il accepte donc l'invitation...

Lisa ne saura jamais si cette soirée fut la pire ou la plus amusante de sa vie. L'arrivée de Tristan l'a déstabilisée et elle s'acharne sur le plus faible des deux pour mieux cacher son trouble. Elle répond aux questions de façon ironique, elle fait des insinuations que seul l'intéressé ne comprend pas. Elle sait que Tristan connaît la raison de sa présence et de celle de cet homme ce soir. Mais elle s'est promis de faire ciller ce regard arrogant, qui semble prendre beaucoup de plaisir à la voir essayer de se sortir de cette situation. Tristan l'observe un long moment sans rien dire, il s'aperçoit très vite que Lisa est une forte tête, que rien ne semble déstabiliser. Ce qui l'étonne le plus, c'est la façon qu'elle a de jouer avec les mots, de les manier, de les utiliser, pour les remplir d'humour. Bientôt, il a envie de se joindre à elle, non pas pour accabler encore plus l'espèce de pantin tassé dans son fauteuil, mais pour entamer une joute verbale. Il réussit sans trop difficulté à attirer son attention et se lance avec elle dans un de ses jeux préférés...

Quelques jours plus tard, Lisa est surprise d'entendre la voix de Tristan en décrochant son téléphone. Instantanément, ils reprennent leur joute, chacun essayant d'avoir le dernier mot. Leur conversation dure des heures, aucun des deux ne voulant céder du terrain face à son adversaire. Il aime son humour et, malgré ses caprices et son caractère impossible, il a découvert en elle une façon d'être qui l'a séduit. Elle aime l'entendre rire à l'autre bout du fil, très vite ils se mettent à s'appeler plusieurs fois par jour et tombent amoureux encore plus rapidement. Tous les gens qui les entourent les ont mis en garde, leurs différences sont incompatibles. Ils ont tous deux un caractère impossible, ils sont incapables de concessions, cette histoire est vouée à l'échec. Le jeune couple décide de prouver à tous qu'ils se trompent. Ce qui amène leurs amis à penser qu'ils agissent par pur esprit de contradiction, on leur a tellement répété que cela ne marcherait jamais. Lisa et Tristan laissent dire, eux savent combien ils s'aiment, même s'ils ne comprennent toujours pas comment cela a pu se produire...

Aujourd'hui, ils vivent ensemble et bien que les tempêtes et les orages soient fréquents dans leur couple, ils en ressortent plus forts à chaque fois. Il est souvent en déplacement pour ses affaires et ils ont gardé l'habitude de s'appeler plusieurs fois par jour. C'est leur façon de partager le quotidien de l'autre, quand ils sont loin l'un de l'autre. Quand l'éloignement dure trop longtemps, ils assouvissent parfois leurs envies en faisant l'amour par téléphone. Depuis quelque temps, Tristan a mis en place un jeu qui rend folle Lisa et elle cherche un moyen de lui rendre la monnaie de sa pièce. Pour l'instant il est le plus fort, mais elle n'a pas dit son dernier mot. Elle estime qu'il s'est assez amusé à ses dépens et qu'il est temps pour elle de riposter. Il a pris l'habitude, lors de leurs nombreux échanges téléphoniques, de l'exciter, d'enflammer ses sens, de lui faire entrevoir des plaisirs incroyables de volupté. Mais au moment de passer à l'action, il prétexte une envie de dormir ou un rendez-vous important et la laisse seule face à sa frustration. Il l'appelle cinq fois par jour, juste pour lui raconter tout ce qu'il prévoit de lui faire le soir venu. Elle passe la journée à imaginer la scène, exacerbant encore plus son désir et le soir venu, rien, malgré ses protestations et ses suppliques. Aujourd'hui, c'est au tour de Lisa de jouer avec la frustration de son amant. Elle lui a donné rendez-vous dans un petit hôtel où ils ont leurs habitudes. Ils aiment tous deux jouer et leur goût commun pour les jeux de l'amour tient une grande place dans leur couple. C'est dans cette chambre qu'ils se retrouvent pour inventer de nouveaux amusements...

Comme toujours, il arrive en retard, elle l'attend assise dans un fauteuil de velours pourpre. Pour l'occasion, elle porte une guêpière de soie noire, des bas assortis et des escarpins aux talons aiguilles vertigineux. Quand il arrive, elle lui intime l'ordre de se déshabiller et de s'allonger sur le lit. Tristan est impatient de découvrir ce que sa maîtresse lui a réservé et il obéit. Elle se lève, s'approche de lui dans un balancement sensuel de hanches. Elle grimpe sur le lit à califourchon sur lui. Elle attrape les poignets de celui qui est à sa merci, les relève au-dessus de sa tête et les attache aux montants du lit. Elle le regarde droit dans les yeux, se promettant de faire disparaître ce sourire arrogant qui la nargue. Elle est toujours à cheval sur lui et commence à faire rouler ses fesses, caressant ainsi le ventre de Tristan avec son entrejambe. Il sent la culotte de soie qui caresse sa peau se mouiller au fur et à mesure du va-et-vient. Le fait d'être entravé titille son désir, son corps nu s'arc-boute, ses fesses se frottent désespérément aux draps, son sexe tendu appelle. Elle se penche en avançant sa poitrine jusqu'à ses lèvres, sa langue est agile, les coups qu'il assène sont précis, les bouts se durcissent sous l'assaut de ses morsures. Elle entreprend de le caresser uniquement à l'aide de ses pointes dures et encore humides de la salive de Tristan. Elle prend à pleines mains ses seins doux et soyeux, et parcourt le corps étendu à ses genoux, les caresses se font plus insistantes sur la queue déjà dure. Elle frotte ses deux monts, les passe et les repasse, accentuant un peu plus l'excitation du membre dressé. La douceur des mamelons caressant le gland si lisse, c'est de la soie, du satin, elle en fait le tour avec précaution. Elle descend encore un peu, prend enfin la bite entre ses lèvres et commence à le sucer de façon merveilleuse. Elle est tour à tour sa chienne, sa louve, son miel, elle le mord, lui lèche le derrière des couilles et le derrière tout court. Elle devient sa tigresse, se déchaînant entre les cuisses ouvertes et sur la queue offerte à tous ses caprices. Elle lui caresse l'entrejambe, passe ses ongles de haut en bas, elle veut qu'il sente ses ongles dans sa chair, contrastant avec la douceur de sa langue. La souplesse de ses mains, le changement de rythme, touchant légèrement l'extrémité, le massant avec fermeté ou bien jouant avec ses poils, le rendant fou de désir. Il s'agite de plus en plus, la suppliant de venir s'empaler sur lui, pour qu'ils jouissent ensemble. Cette fois-ci, c'est elle qui le regarde avec arrogance, détache une de ses mains et lui sourit...

— J'espère, Amour, que ta frustration sera à la hauteur de la mienne ces derniers temps.
— Que veux-tu dire ?
— Tu le sais très bien, Amour...

Elle se redresse, s'habille et sort de la chambre sans un regard pour son homme. Tristan ne sait pas s'il doit être fou de rage ou éclater de rire. Il sait qu'à jouer avec le feu, on prend le risque de se brûler, surtout avec une femme comme Lisa...

Nadège Goutouly

Vengeance

Il a envie de moi. Terriblement envie de moi. Des mois qu'on ne s'est pas vus. Des mois qu'il me mène en bateau :

— Je ne pense qu'à toi, tu me manques.

— Non, pas ce week-end, je pars avec ma copine.

Maintenant que je l'ai sous la main, je vais lui faire payer. Il s'attend à ce que je m'allonge sur un lit et le laisse me toucher. Il veut lécher la moindre parcelle de mon corps, mais il n'en touchera pas un centimètre carré. Je vais le pousser à bout, je veux l'entendre me supplier. Je l'emmène dans la chambre d'hôtel que j'ai réservée pour la journée. J'ai apporté tout ce qu'il faut pour l'immobiliser. Il va se souvenir de ce rendez-vous.

Nous arrivons dans la chambre. Je l'ai choisie en fonction de critères bien précis. Une tête de lit avec des barreaux. J'ai cherché pendant des jours. Il ne remarque rien. Ne soupçonne pas mes intentions. Jusqu'au dernier moment, il ne verra rien venir.

Je le laisse m'embrasser, m'enlacer. Ses mains parcourent mon corps par-dessus mes vêtements. Il s'aventure sous ma jupe, caresse mes fesses laissées à l'air par mon string. Je passe ma main sur son pantalon. Sa queue est érigée dans l'attente de me pénétrer. Je déboutonne sa chemise et griffe son torse imberbe et bronzé. Je mords son cou, ses oreilles, je lui parle :

— Tu as envie de me baiser ?

Il répond :

— Je crève d'envie de fourrer enfin ma queue dans ta chatte. Je suis sûr qu'elle n'attend que ça.

C'est vrai, mais j'ai trop minutieusement préparé mon plan pour céder au dernier moment. Je le déshabille. Il est nu devant moi. Je suis moi-même en partie dévêtue. Je le dirige vers le lit. Le manœuvre pour qu'il s'installe comme il faut. Je porte tout ce qu'il aime. Un bustier pigeonnant, un string transparent et des bas accrochés à des porte-jarretelles, le tout parfaitement coordonné. J'ai gardé mes escarpins à talons. Je me place à califourchon sur lui. Étends ses bras audessus de sa tête. Je lèche l'intérieur de ses poignets, de ses bras, je poursuis par le torse, je m'attarde sur ses tétons, descends vers son nombril. Il s'attend à ce que je prenne sa queue dans ma bouche. Je passe à côté, je vais mordre le haut de sa cuisse. Puis je remonte encore, j'évite soigneusement de toucher son sexe. Je frotte mon corps contre le sien. C'est le seul contact que je lui octroie. Je chuchote encore à son oreille :

— Je vais te faire ce qu'aucune fille ne t'a jamais fait. Je te le garantis.

J'attrape sous un oreiller la fine corde que j'y ai placée avant qu'il n'arrive. Je n'aime pas les menottes, je trouve ça commun et vulgaire. Les foulards, trop adolescents, trop fleur bleue. J'attache sa main droite à un barreau. Je serre fort :

— Tu n'y vas pas de main morte, mais désolé de te décevoir, on m'a déjà fait ça.

Vante-toi, tu n'auras bientôt plus l'envie de le faire.

Je ne réponds pas. Je fais d'habiles nœuds pour m'assurer qu'il est bien prisonnier. Je déroule le reste de la corde pour attacher sa main gauche. Je serre aussi fort. Ses bras ne sont pas trop tendus, il ne sent pas le danger.

Je me penche sur sa bouche, que j'embrasse avec volupté et lenteur. Sa queue trépigne et chatouille mon ventre. Je m'éloigne. Quitte le lit. Je me place à ses pieds. Debout. Je passe mes mains sur mon corps. Je glisse quelques doigts dans ma bouche, je les lèche, les suce. Il m'encourage.

— Vas-y, touche-toi, petite salope !

Je lui fais signe de se taire. Je passe mes doigts humides sur mes tétons pointus. Les triture, les pince. Je fais glisser ma main jusque sur ma chatte, je la fais passer sous mon string. Je fourre le majeur dans mon vagin. C'est vrai que je suis mouillée. Qu'est-ce qui m'excite le plus ? De le voir bander pour moi, me dévorer des yeux ? Ou de le savoir à ma merci, enfin ?

Je récupère ma main, fais mine de me lécher les doigts de nouveau. Mais je me rapproche du lit et lui donne à sucer lui-même. Il apprécie.

— Je savais que tu serais trempée, petite chienne !

Je m'écarte de nouveau. Me place dos à lui. Dégrafe lentement mon bustier. Je le fais négligemment tomber le long de mes bras et par terre. Puis je m'attaque au string, que je fais glisser avec la même lenteur sur mes hanches, mes cuisses. Je suis nue à mon tour. Je me retourne. Depuis le temps qu'il voulait me voir totalement à poil. Il a vu des photos de moi, mais jamais mon corps en entier. Jamais en vrai. Il sourit. D'un air vicieux et entendu. Il me trouve à son goût. Je ne peux pas lui en vouloir, je le trouve moi-même très séduisant. C'est bien pour ça que je suis folle de lui. Depuis des mois. Il en a joué. À outrance. C'est mon tour.

Je me caresse devant lui, il résiste. Il ne m'a pas encore appelée. Il est orgueilleux. Mais il est de moins en moins calme. Il s'agite. Il ne s'en rend peut-être même pas compte. Je me remets dos à lui, me penche en avant, jusqu'à toucher le sol de mes mains. J'écarte mes fesses. Il voit le trou béant de mon anus, dans lequel je faufile un doigt plein de salive.

— Mais quelle vicieuse tu fais ! Viens me le faire lécher ce cul.

Non.

Je ne parle plus. Il croit que je lui obéis, que je vais lui tendre ma chatte ou mon trou du cul à lécher. Mais j'avance ma bouche vers sa bite toujours tendue. Il est heureux, je vais enfin le sucer.

— Pompe-moi bien. J'ai attendu tellement longtemps...

Je caresse sa verge veinée de bleu avec un téton. Il est sensible à ce premier contact. Il ne dit rien. Ça non, il est trop fier. Mais sa respiration s'accélère. Je chemine sur sa queue avec le bout de ma langue. Je la faufile en haut du gland, dans le petit trou d'où il espère faire bientôt sortir une giclée de sperme. Il ferme les yeux. Souffle. Ma langue devient plus épaisse. Je salive abondamment. Sa queue est recouverte. Je la prends en bouche. Sans presser mes lèvres. Je fais glisser ma bouche, avec lenteur et légèreté. Je sais qu'il s'impatiente. Je m'amuse. Je caresse ses couilles, j'insiste sur le périnée, dénué de poils. Je lèche encore un de mes doigts et le dirige vers son anus, que je titille sans y entrer. Je ne fais rien de ce qu'il aime le plus. Il ne sait pas ce que signifie le terme « frustration ». Il ne l'a jamais éprouvé. Ses caprices, il les assouvit. Sans se poser de questions. Je n'ai pas échappé à la règle. Il savait pourtant que je n'étais pas du genre à me laisser faire. Un moment oui. Mais plus maintenant. Il est en train de l'apprendre à ses dépens.

Je le suce. Plus vite et fort. Il respire vite. Il murmure :

— Continue, tu me rends dingue...

J'alterne les cadences. J'accélère, un moment, puis tout d'un coup, stop. Il ne sait jamais à quoi s'attendre. C'est clair qu'il ne le sait pas. Je m'arrête. J'ai besoin d'un nouvel instrument. Caché sous l'oreiller. Un bâillon. Un bas. Celui que je portais le jour de notre rencontre. Petite plaisanterie sans conséquence. Il ne comprend pas. Puis si.

— Je ne suis pas du genre à crier, tu sais.

Je le fais taire. Je le rends muet. Je ne crois pas que ça lui plaise. Je m'en fiche, ce n'est pas fait pour ça.

Je reviens vers sa queue. Son gland coule de plus en plus. Comme ma chatte. Il me faut une volonté phénoménale pour ne pas m'empaler sur lui avec tout le désir que j'ai accumulé ces derniers mois. J'ai moi aussi rêvé des centaines de fois de me retrouver enfin dans cette situation et pas à l'arrière d'une voiture ou entre deux portes. Aujourd'hui, je ne sais même pas comment j'arrive à m'imposer ce jeûne. Ce sera la millième frustration que cette histoire m'aura imposée. La plus forte et la plus belle.

Il va bientôt jouir. Son gland est gonflé, sa queue plus tendue que jamais. Son souffle court. C'est le moment. Je saisis mon dernier ustensile. Un bandeau. Je le place sur ses yeux. Il se retient de parler. Il serait ridicule avec le bâillon en travers de la bouche. Mais ses yeux laissent voir son incompréhension. Pas encore son inquiétude. Peu importe, il ne peut m'empêcher. Il doit se dire que je lui réserve le grand final. Il ne croit pas si bien dire. Je reprends sa queue dans ma bouche, je le pousse au seuil de l'orgasme. Je sais parfaitement quand m'arrêter pour qu'il effleure la jouissance sans en connaître la plénitude. Je sais combien cela peut faire mal. Je l'attends. Je l'espère. Je me prépare, je dois agir vite. Un dernier mouvement. Je sors brutalement le sexe de ma bouche. En un bond, je quitte le lit. Récupère mes vêtements laissés à côté de la porte d'entrée. Claque la porte. Adieu mon amour !

Élizabeth Herrgott

L'homme emprunté

J'ai toujours trouvé les hommes de loi ennuyeux et redoutables, mais le mien fait mon affaire. Il n'a aucun de ces vilains défauts, de ces vilains défauts comme la vanité ou la suffisance qui caractérisent les autres.

W. a les mains très soignées, manucurées plus que les miennes, c'est normal car ces gens-là parlent beaucoup avec leurs mains, leurs mains ont presque autant d'importance que les traits de leur visage, elles permettent les effets. Ils ne cessent de nous épater, mais nous les craignons parce que nous ne connaissons pas le verdict et que nous l'attendons.

Mais en ce moment il est mon homme, juge, magistrat, avocat, huissier ou notaire, imaginez ce que vous voulez. C'est un homme de justice qui essaie par sa grande honnêteté intellectuelle d'être juste.

L'Homme emprunté, mais pour combien de temps ? Je l'ignore. Le plus longtemps possible serait mon souhait le plus cher. Lui et personne d'autre. Moi qui jusqu'ici avais toujours eu plusieurs amants en même temps, dans des lieux différents, il est maintenant le seul. J'ai éliminé les autres. Serais-je tombée en paradis ou en enfer ? Je pense que les deux seront intimement liés.

Même Abel l'homme tant aimé et vénéré ne m'a jamais donné autant d'inspiration immédiate et je jouis aussi de cela, sûre de lui écrire un petit bijou puisqu'il parlera d'amour, d'amour fou, d'amour lubrique, de grand Amour.

L'homme emprunté, je l'ai emprunté à l'autre femme sans vergogne. Après tout, c'est son affaire à lui, moi je n'ai pas d'homme à la maison. Je n'ai aucun compte à rendre.

Il est 6 heures du soir, à Paimpol en Bretagne le temps est aussi changeant que les individus. Plus froid.

Cependant il n'y a plus désormais de méchanceté dans le monde, il n'y a plus de guerre, il n'y a plus que lui et moi. Je n'y peux rien si mon égoïsme transparaît. Je ne fais aucune excuse.

De quoi suis-je atteinte ? De joie et d'amour. Je suis envoûtée. Qui oserait me condamner pour cela sinon les jaloux, les solitaires ou les insensés ?

Pour l'instant nous ne faisons pas de vraies balades. Qu'importe puisque nous vivons le froid ensemble et que nous nous aimons même si nous ne parcourons pas les kilomètres prévus pour notre santé corporelle.

Une avalanche de scènes tendres et tellement érotiques. Le reste me passe au-dessus de la tête, à moi qui fais tous les jours des emplois du temps de peur de m'ennuyer dans la vie, qui prévois et organise. Ici, je ne me pose même pas la question.

Hic et nunc, ici et maintenant, une devise qui me revient et me convient.

Le ciel se dégage, nous sommes dans nos lectures, nos écrits, bientôt nous sortirons du Cargo pour marcher en longeant le port et les rues médiévales où il est dur d'avancer allègrement sur les pavés anciens, on se croirait à Prague. On s'y tord les pieds, mais c'est si beau. Les heures s'écoulent comme les coquillages sur la grève quand ils glissent sur le sable lorsque la marée s'est retirée.

Le regard de W me rend à moi-même, je n'ai pas besoin de m'agiter dans tous les sens. Le déferlement des vagues dans le port sous les bateaux qui voguent immobiles ou se déplacent à peine me donne le tournis autant que mes sentiments pour lui qui me fait face.

Jean-Baptiste, le fils du patron de notre bar préféré Les Chalus, vient me dire qu'il a lu cet après-midi une dizaine de pages de *Mes Sorcières*.

— Vous êtes une avant-gardiste promue à la grande célébrité.

— Il faudra attendre encore un peu de temps ! lui répondis-je.

Je me sens en ce moment comme la caisse de résonance de toutes mes joies terrestres ; musicales, du Mozart, du Verdi plein la tête, du Wagner qui résonne avec mes origines prussiennes. Mes prénoms sont wagnériens, Élizabeth et Éléonore. C'est Wagner qui a inspiré mes parents dans leur choix et là je n'ai rien à leur reprocher. Mention bien.

W s'apprête plus que moi dans la salle de bains avant l'amour, je l'attends au bar en dégustant un muscadet.

C'est sa nature profonde d'être prêt : c'est-à-dire le plus séduisant possible.

Un homme très féminin sans être efféminé.

Mes effets à moi sont plutôt dans le fait de me vêtir autrement, de me maquiller différemment. Me voici en cheveux, je veux dire sans bonnet ni perruque (j'adore les perruques pour changer de tête, devenir une autre avec une nouvelle crinière, rousse, noire ou blonde) et je suis comme les femmes d'Henri IV, je ne m'astique pas, je baigne dans mon jus pour lui et je sens bon.

C'est à cause de toi, chéri...

C'est la première fois que je l'appelle chéri alors que chéri, je le mets à toutes les sauces ; femmes ou hommes amis sont mes chéris, toujours, à toute heure, comme mes chiens du reste.

En ce moment je suis la femme aimée, en tout cas c'est le sentiment dans lequel je me sens à l'intérieur. Je sais qu'après ces instants intenses, il y aura l'autre femme, la sienne à laquelle il fera ses confidences concernant son travail. De son travail, on en parle à sa femme, pour faire diversion. Peu à sa maîtresse, cependant W m'en parle parce que c'est important, mais pour nous ce n'est pas l'essentiel, car l'essentiel c'est nous.

Le soleil est là en cette fin d'après-midi à la Falaise, il nous nargue, nous provoque et nous fait du bien.

W me dit soudain qu'il a faim, W a toujours faim. Pourtant nous avons déjeuné d'une multitude de coquillages, notre nourriture paimpolaise préférée avec toutes ses saveurs maritimes, ses innombrables senteurs de mer et de sexe.

Nos sauts dans l'amour sont si exaltants que j'ai peur que privés de cet environnement breton, nous ne soyons plus tout à fait les mêmes lorsque nous serons redevenus parisiens lui et moi, et jurassienne pour moi seule.

Je regrette ces pensées qui viennent assombrir mon esprit, ternir ces beaux instants.

Nous ne comptons plus nos verres, nous nous contentons de les boire avec délice. C'est du muscadet, sur lie, sur lit et si bon ici.

Nous nous affalons l'un sur l'autre sans distance, mais nous savons qu'après, la distance va exister.

Avec W, je bafoue sans m'en rendre compte toutes mes habitudes rigides, les conventions établies voire religieuses, les lieux communs les plus figés, les tabous dans tous les domaines, les angoisses en tout genre. J'oublie les zones élevées comme les yeux et le cœur pour ne m'attacher qu'aux zones obscures et cela malgré moi, malgré mes sentiments forts. Je suis entre ses cuisses, je mouille, je me souille. Je le suce et je le lèche comme la plus putassière des chiennes.

Je chatouille les zones poilues de tout son corps qu'il m'abandonne. Comment pourrait-il me résister, lui qui n'a connu hélas qu'une seule femme avant moi, la sienne ?

Il suffoque, se donne, se soulage. Tant mieux et cela sans répit.

Que deviendra alors notre amour ?

Magnifié me dit-il, car l'amour est détruit par le quotidien et les obligations.

Et ce soir, pour changer des coquillages et du muscadet, nous avons choisi un restaurant vietnamien. Il paraît même qu'ici la préfète des Côtes-d'Armor s'y trouve à son aise, ainsi qu'un amiral.

La salle est plus sobre qu'à Paris ou que dans ma province, très claire, lumineuse, vert océan, banquettes et lustres.

Les couples que nous avons sous les yeux se goinfrent, nous, nous nous aimons en mangeant. Nous mangeons, mais différemment.

Murmures perfides des voisins qui nous épient, des

crétins qui nous guettent. On les envoie au diable les jaloux, les laissés pour compte déçus.

À Paimpol on se lâche, on se triture, on se touche les fesses sans honte, on s'exhibe et on est heureux. Tous les regards couvés et sournois nous indiffèrent.

Nos fictions anales sont visibles, nous faisons partie de la tribu des fesses et nous festoyons.

Le qu'en-dira-t-on nous réjouit. Plaisirs pervers certes.

Que nos fantasmes bestiaux les réveillent ! Qu'ils réveillent ces femelles apeurées mais avides !

Jésus Marie Joseph, ils sont tous cathos et impuissants, incontinents même, mais ils prient ces dévots dans les églises bretonnes ou devant les oratoires à tous les coins de rue et dans les chemins vicinaux. Ils nous reluquent, cachés derrière les buissons de camélias ou d'hortensias qui bordent la grève. Ce sont des voyeurs irritables qui oublient les fillettes qu'ils ont déflorées dans les campagnes et le calvados dans les biberons pour donner du courage et du cœur aux mâles d'ici à Paimpol.

Après dîner, nous baisons. Quel amant ! me dis-je intérieurement. Personne ne m'avait fait jouir autant et autant de fois dans une seule journée, dans une seule nuit et il nous reste tous les jours et toutes les nuits à venir. Je l'aime. C'est trop tôt pour le lui dire. Je savoure l'instant dans sa durée. Aucun signe ne m'avertit d'une douleur. Mon avenir, c'est ma passion.

Désormais rien ne peut atteindre cette imprégnation mutuelle, nos brosses à dents côte à côte, nos dentifrices, nos savons et les serviettes de l'hôtel que nous échangeons sans le vouloir, imprégnées de nos corps et de nos parfums. W aime l'eau de toilette d'Issey Miyake, il en a toujours dans sa trousse comme moi

Calèche d'Hermès, ou Miss Dior que je porte en alternance. Rien ne pourra nous faire oublier cette jubilation, ces interférences si importantes, si proches de nos corps même quand ils ne sont pas enlacés. W ne sera jamais dans mes meubles, mais dans le même verre à dents. Je pense que je ne me ferai plus jamais jouir sans lui, une impossibilité après trop de jouissance. Ici à Paimpol.

Comme si la jouissance ne pouvait plus être ailleurs.

J'écris pour ne pas oublier. Pas un geste de lui, pas un mot, pas un clignement de ses yeux, pas un mouvement de sourcils. Jamais je ne voudrais me purifier de son sexe si beau à tel point qu'il sera peut-être le dernier auquel j'aurai envie de m'adresser. Ces mots à lui destinés ne pourront..., ne représenteront jamais assez ce que je voudrais exprimer de lui. Peut-être que la vue du port nous porte.

Oh là là, dans notre grand lit défait aux draps de lin, nos corps mêlés en plein vertige subliminal, je rampe sur son torse par saccades pour que mon clito s'ouvre et absorbe les poils qui s'y trouvent, il s'y colle, s'y accroche comme autant de morpions vindicatifs. Mon héros est satisfait.

Notre fidélité corporelle est intacte et polissonne même à table lorsqu'au petit déjeuner je lui tartine ses toasts de confiture d'orange anglaise ou de miel liquide comme une allusion encore au sexe quand les gouttes tombent et qu'il se lèche les doigts l'un après l'autre avec une feinte ingénuité.

L'instant d'après W est sur moi à califourchon, il me monte et m'inonde. Sans vouloir insister sur des allusions grasses, nous faisons toutes sortes de cochonneries, mais je précise sans aucune vulgarité.

Je ne suis pas ronde de poitrine ni fessue, mais W

préfère de loin les ossements, c'est là sa perversion et c'est pourquoi je lui conviens et qu'il a autant d'intensité dans le désir. Il a l'impression de jouer avec mon squelette qu'il veut apparent. Vais-je lui en faire reproche alors que tant d'hommes et de femmes envient ma minceur ? Je suis en effet légère comme une plume, mon cou est de cygne et ma taille de guêpe. J'ai de quoi le contenter, moi sa porcelaine de Saxe, son petit tanagra. Mon cœur est à nu, il peut l'écouter de si près et sa jouissance en est surmultipliée. À chacun son esthétisme.

Une belle érection s'en suit quand il me regarde, c'est là sans doute notre secret, notre secret amoureux et indestructible, comme me l'a dit une amie voyante.

W me parle : « Tu es fraîche comme la rose chérie avec ton corps frémissant. »

Je reprends volontiers des fraises à la crème qu'il m'offre à la petite cuiller comme s'il me donnait la becquée, mes lèvres dégoulinent de crème comme de son sperme tout à l'heure.

Je suis sa guéparde, sa tigresse avec toutes les avidités propres à cette race et j'ai pour lui toutes les impatiences nerveuses d'une nature sauvage. Dans ma pupille, il détecte mes désirs infinis de sa queue royale.

C'est là que je prends possession de mon homme.

Le Blé en herbe de Colette revient à mon esprit comme un leitmotiv. J'aimais tellement ce livre quand j'avais quatorze ans, mais nous ne sommes plus des adolescents sur la plage.

Ce soir peut-être pour la première fois, en attendant W qui est allé m'acheter des cigares au bar de l'hôtel, j'ai réussi à faire mes ongles proprement comme une grande personne. Jusqu'ici ils sont toujours mal faits, plutôt moches, mais ce soir ils reluisent à mes mains comme des bijoux.

W est pour moi doté d'une beauté irréprochable et moi comment suis-je ? Je ne me vois pas, je n'ose pas le lui demander. Inconvenance. Je me surprends à parler d'inconvenance... W m'a transformée.

Seulement le roulement de son membre me rappelle à la réalité. Nos paroles sont absentes. Que pourrions-nous nous dire ? De plus.

Réflexion de W. : « Quel feu juvénile, chérie ! »

Pour lui, je ne ressemble à aucune autre, la fascination est réciproque.

Tu dresses la tête comme un pur-sang, me dit-il, et moi je suis en extase devant sa bouche de séraphin, devant sa fossette qui se forme lorsqu'il sourit, devant ses yeux malicieux d'un bleu liquide.

Je n'oublie pas cependant de remarquer la mobilité de sa bouche charnue souvent dédaigneuse et autoritaire, je ne me méprends pas lorsqu'il porte la tenue sévère de sa charge avec la contenance de convention rigide qui s'impose. Petit à petit j'enquête, je m'informe pour savoir vraiment qui il est. Derrière cette gravité se cache un tempérament de feu, il est prêt à se déchaîner dans tous les excès que je lui propose, prêt à s'abandonner aux délices de la luxure la plus audacieuse, mais sa contenance parfaite force partout ailleurs le respect, décourage le soupçon. Quel comédien !

Il porte ce matin un grand loden vert qui se marie fort bien avec mon cachemire bleu marine.

Nous sommes le couple de Paimpol le plus élégant.

Le port est calme, le vent est tombé. Je jouis de la vie qui m'est offerte. Quelques nuages passent. Pas entre nous. Porto-Vecchio que j'aime n'est guère plus beau.

W s'extasie sur mon écriture, il en admire le graphisme...

— J'ai veillé à ce que vos écrits ne soient pas dérobés ou emportés par le vent, me dit le patron lorsque nous nous sommes échappés un instant.

— Vous avez raison, ils me sont aussi précieux que mon amant.

Rire de W.

Dans les regards des gens il y a notre bonheur, même lorsqu'ils sont comblés, ils nous envient...

Un parfum de giroflées nous parvient, elles poussent ici partout, dans les vieilles pierres, dans les ruines. Tenaces. Un parfum si fort de fleurs, des fleurs de miel, poivrées. W a humé le parfum de ces fleurs. Je lui ai lu ma phrase sur les giroflées. Nous sommes au diapason.

« Les filles ont ici des corps comme des coques de bateau sous la houle, dit W, elles tanguent au lieu de marcher, cela pourrait être gracieux, ce n'est pas le cas. » Esthétisme bien parisien !

Nous avons dégusté cet après-midi dans une conserverie les produits maritimes du terroir. Fameux. Intérieurement je compte les jours qui nous restent. Nous sommes dans la belle gourmandise du palais et du sexe et mon nouveau parfum à la pivoine que W m'a offert est tellement sensuel...

Les plaisirs pleuvent dans tous mes sens : tout ce que j'aime et que j'attends de la vie.

Le soir au bar de l'hôtel, W va boire son whisky, c'est un rituel dont il a besoin, je le laisse s'en délecter seul pendant que je me prépare à l'amour.

Il me préfère en collant noir, en rat d'hôtel avec un boléro de guépard, les jambes suspendues à son cou. Le collant, j'y ai pratiqué une ouverture afin qu'il accède directement à ma chatte et pour pisser c'est plus pratique, lui pisser dessus, dans la bouche, il adore. J'ai l'impression moi aussi d'évacuer mon sperme.

La pluie et le vent, la mer, le sable, le soleil, c'est tout cela Paimpol et notre amour !

— Te rappelles-tu, chérie, notre premier déjeuner à Paris au Dôme, boulevard du Montparnasse dans ton ancien quartier ? Tu as fait un geste qui m'a ému, ce fut comme un premier baiser ou plutôt comme un premier acte sexuel lorsque tu m'as fait goûter tes plats avec ta fourchette.

— Je m'abandonne à tes mains, elles peuvent me faire tout ce que je veux. Notre première étreinte fut un éblouissement, une stupéfaction, un émerveillement. Tout cela.

Rien ne vaut le contact des corps.

Tu m'as serrée à m'étouffer, tu m'as arraché mes vêtements que tu as jetés dans la chambre. Je redisais ton prénom inlassablement pour me rassurer. La première fois est toujours difficile, je te suppliais d'entrer en moi, j'en avais tellement envie. Après l'amour, j'ai embrassé ta poitrine pour te remercier de m'avoir tant aimée. Je respirais ton odeur qui ne m'était pas encore familière, j'aurais pu rester des heures durant dans tes bras, mais notre emploi du temps ne nous le permettait pas. Avec tes soins attentifs, je me suis rhabillée.

Comme je t'aime, comme je t'aimerai...

J'ai gardé ma peau sans la laver pendant plusieurs jours pour te sentir encore sur moi. Partout. Je frissonne de joie chaque fois que je pense à notre première fois qui alimente quotidiennement mes fantasmes et leur démesure.

Si je te perdais, je perdrais une part de moi-même, mon corps manquerait de ses principaux organes.

Je serais sans sexe, sans âge, sans couleur, et je pense que je ne dormirais plus, moi qui ai toujours des nuits sereines. Je peux me réveiller à toute heure, je lis, je mange du raisin, je me recouche et je dors.

Au matin, je te fais bander à distance avec ma concupiscence verbale. Nous faisons l'amour. Amante heureuse, tu me possèdes, puis nous prenons notre café ensemble.

Si je t'ai rencontré, mon homme emprunté, c'est parce que le but de ma vie a toujours été d'être heureuse, c'est comme écrire. L'inspiration vient comme un accident, un don du ciel.

À présent je ne me souviens plus de ce que nous avons dit pour commencer, je me rappelle seulement de ton regard. Tes yeux ne se détournaient pas, comme si tu avais voulu tout connaître de moi, le moindre trait de mon caractère et de mon esprit.

Je portais, puisque c'était l'hiver, une toque en vison que tu m'as priée de retirer, sans doute parce que celle-ci pouvait enlever quelque chose à ta perception.

Tu m'as ensorcelée, mais il est vrai que je n'attends jamais la jouissance passivement et du dehors. Je la cultive avec un instinct de lutte, de conquête.

W, tu n'es plus libre, tu n'es plus l'homme emprunté, tu m'appartiens, tu es tout à moi... Tu es mien.

J'éprouve avec toi, cher amant, une belle et rare sensation qui me plonge immédiatement dans la béatitude de l'amour, cette béatitude impalpable, proche de la grâce, de l'extase des saints.

Michèle Larue

Le Jardin extraordinaire

« Et si le propriétaire savait qu'une étrangère visite son jardin ? » Depuis que nous avions franchi le portail flanqué d'une haute maison de gardien aux murs rouges, la question me brûlait les lèvres. Nous traversions une forêt de bambous. Les larges épaules d'Ahmed me précédaient. Son corps épais glissait en silence entre les tiges feuillues. Après la pluie s'élevait du sol jonché de feuilles jaunies une odeur de glaise. Le premier paysage, une allée d'immenses *Phœnix robelini* au cœur d'une palmeraie, m'avait estomaquée.

— Où as-tu trouvé tous ces arbres centenaires, Ahmed ?

— Près d'Agadir, le long de la côte atlantique. Le gouvernement voit toutes ces transplantations d'un mauvais œil ces derniers temps. Les arbres arrivent désormais de nuit à Marrakech.

Ahmed avait balisé le jardin de belvédères. Un paysage chassait le précédent grâce à un savant calcul des perspectives. Debout sous un auvent de bois rare, nous communions devant la beauté d'oliviers bicentenaires dont l'allée filait maintenant sous nos yeux. Une végétation arachnéenne baignait les troncs, dans le style d'un jardin anglais.

— Il faut dix-huit jardiniers pour les sept hectares de terrain. J'ai créé ce jardin pour un Allemand qui vient deux semaines par an.

La simplicité maghrébine de ses propos renforçait le sentiment d'intimité que la contemplation avait fait sourdre en moi. Cette fois, sous une coupole de céramique bleue, deux personnes tenaient tout juste, l'une devant l'autre par pudeur, comme dans certains ascenseurs. Je sentais son corps brûlant derrière moi. Une humidité froide montait de la terre. Lyautey disait du Maroc que c'était « un pays froid avec un soleil brûlant ». Poussée par la fierté de connaître les pratiques locales, je posai une question indiscrète.

— Le propriétaire a investi au Maroc au moment où l'Europe a adopté l'euro ?

— Comme la plupart des étrangers qui ont acheté ici. Les Marrakchis ont accepté des valises entières de lires, de marks et de francs. Le Marocain n'est pas très regardant lorsqu'il s'agit d'argent.

Jalouse du bien d'autrui pour la première fois, j'étais curieuse de savoir quelle manne avait permis à un individu de s'offrir le paradis sur terre.

— Dans quel secteur d'activité travaille le propriétaire ?

— La ferraille.

Un ange souillé de toute la suie du Rhin descendit du ciel. Un nouveau belvédère pavé de briquettes formant au sol une marqueterie nous confrontait à une dune de satin semée de cactées géantes. Au-delà de ce désert artificiel, on apercevait l'Atlas. Quelques nuages moutonnaient à l'horizon comme dans un ciel de Michel-Ange. Ahmed m'offrit son bras, manche retroussée au coude, pour descendre les marches. Je m'y appuyai légèrement. Un frisson me parcourut. Devant nous s'étalait un labyrinthe de buis dont chaque carré enfermait un massif de roses. L'étroitesse du chemin l'obligea à dégager délicatement son bras. Il m'invita à le précéder. Le buis m'arrivait à la taille, le parfum des roses gorgeait mes narines sans que j'aie à me pencher.

— Ah, Ahmed ! Ta roseraie ferait pâlir les jardiniers de Versailles !

— J'ai étudié au château de Versailles, après l'école de paysagistes d'Angers. Comme tu peux voir, les roses sont disposées en carrés de couleurs. Roses thé, roses poudrées, roses garance, avant d'arriver aux roses rouges. La Bolchoï, la Botero et la Papa Meilland avec sa teinte de Baccara sont les plus parfumées. Plus tu avances, plus les senteurs deviennent capiteuses.

Me vinrent à l'esprit le jardin de Bagatelle, les serres d'Auteuil et le parc de Cheverny, ce vaste potager sans mystère planté de choux que l'œil embrasse du regard depuis les fenêtres du château, parsemé de tonnelles dont les maigres rosiers grimpants peinent à ombrager le promeneur. Fades parures. L'œuvre d'Ahmed transcendait tous les jardins du monde. Sa contemplation me comblait. Je le suivais du pas feutré de l'humilité. À mes yeux éblouis, ses épaules carrées, ses hanches vigoureuses et son torse trapu appartenaient à un dieu infiniment terrestre. Au détour d'un sentier, une enfilade de bassins parsemés de lotus mauves me coupa le souffle.

— Cinq cents mètres de perspective, m'assena-t-il, clinique.

Ce dieu buriné en chemise bleue possédait un œil rôdé à la perspective en plus d'un nez de parfumeur. Partageait-il l'émotion qui me bouleversait ? Mes sens aiguisés vibrionnaient à toute blinde. Encore grisée par les senteurs des roses, je voulus me rouler sur le dos, mendier une caresse, lui baiser la main, sentir le grain de sa peau sous mes lèvres. Le visage insouciant de la statue d'Aphrodite tapie dans le jardin de l'Infini de Ravello m'apparut. Comme elle, je me rêvais impudique et nue. Il me sembla qu'Ahmed dardait sur moi un regard brûlant. Consciente de l'arrondi de ma croupe et de mes seins, je me baissai lentement sur la margelle d'un bassin pour me soustraire à son désir. À la vue du ciel de lilas nacré reflété par l'eau des bassins à demi rêvés, mon corps se dématérialisa soudain. Je me ramassai sur moi-même comme un oiseau sur le point de prendre son envol. Un battement d'ailes claqua dans mes oreilles. J'empoignai la tige d'un lotus pour garder les pieds sur terre.

— Attention, la tige risque de t'entraîner dans l'eau !

Je tirai plus fort, pressée de défier le danger en arrachant la fleur. La plante se rétracta d'un coup. Je plongeai tête la première.

Dieu parut gigantesque, debout au-dessus de l'eau transparente que ses bras solides écartaient. Il me souleva comme un nourrisson, me berça contre lui et me remit sur pied. Goût d'algues des flèches d'eau douce goulûment aspirées. Derrière un rideau de cheveux mouillés, mes yeux vides s'ouvrirent sur la peau luisante et sombre de son visage. Ses pupilles attentives me dévisageaient. Sa paume écarta une mèche dégoulinante. À travers mes cils, par transparence, le rose de sa chair était bordé de pourpre.

— Je te l'avais bien dit.

— Oui.

J'ai le hoquet. La baignade n'a pas suffi. Galvanisé, le désir tonne. Son bras soutient mon corps de sirène chancelante. Mes genoux tremblent. Nous avançons à petits pas. Droit devant, la végétation recouvre le crépi ocre d'un palais orné de stucs.

— Un *Ficus rampens* au feuillage persistant.

Idem, mon désir *persiste*. Rampens, ma main s'enroule autour de son bras. Je gargouille dans l'espoir qu'il me cueille, levant enfin les yeux vers la villa chimérique.

— L'architecte s'est inspiré de l'Alhambra. Mille mètres carrés avec douze chambres à coucher seulement... Le palais comprend hammam, piscine, jacuzzi et salle de massage.

L'ocre jaune des minarets tranche sur le violet du ciel contaminé par les bougainvilliers. Relâchant mon étreinte, je titube. Y a-t-il une cellule de dégrisement quelque part ?

— Des femmes nettoient les mosaïques chaque semaine.

Derrière les moucharabiehs, des rires fusent. Des ombres courent, bondissantes. Bruits d'éclaboussures. Clapotis. Me prenant les épaules, Ahmed me pousse devant lui, ouvre d'une main le battant de porte alourdi d'arabesques. Sur le parquet sombre de la pièce trône une baignoire ancienne avec sa robinetterie de cuivre. Ici et là brille le velours vert moiré de sofas *king size*. Les mains d'Ahmed me guident vers la moire. Sous leur pression je bascule, je roule sur moi-même, une pluie de gouttelettes inonde mon visage comme un chien trempé qui s'ébroue. La chute d'Ahmed me verse contre lui dans un rebond. Sa langue s'applique à consoler mes paupières closes. Ses doigts fébriles tâtonnent le long de ma cuisse. Je murmure son nom, « Ahmed ! » le « h », guttural, comme dans un râle. Comme l'Allah que loue le muezzin de la mosquée, je psalmodie son nom, « Ah-Med... Ah-Med... » Ses lèvres soufflent une brise fraîche dans l'échancrure de ma robe. Le fin tissu gonfle. Des nœuds complices se dénouent. Deux mains me modèlent comme une femme d'argile. « Ah-Med... » Je râle de bonheur dans le plaisir du râle. Une main raidie contourne mon sexe sans fléchir. Une rude caresse qui soulève mes reins, m'installe sur ses genoux. Il me tient dans ses bras comme une Piété offerte au ciel peint d'une église. J'entends des rires de femmes approcher. Des pieds nus glisser sur le parquet. Une main humide se pose sur mon ventre, des doigts pianotent. Une langue me chatouille l'aisselle. Une bouche s'applique sur la mienne comme une ventouse, aspire mes lèvres. Une onde me chauffe le ventre, part à l'assaut de mon crâne vide. Ma bouche s'emplit d'une eau étrangère d'un goût salé. L'onde parcourt ma peau comme une vaguelette indécise. Époussetage épidermique. Une femme à l'odeur de crin mouillé me couvre la poitrine de ses bras puissants, sa chair molle se colle à la mienne. Son menton glacé rabote le bout de mes seins, ses lèvres me picorent comme un pivert. Ma main attrape la chair d'Ahmed, une poignée d'amour à laquelle je m'agrippe. Me tenir à quelque chose, rester lucide. N'empêche qu'un nez s'incruste dans ma touffe, qu'une paire de doigts indiscrets étire mes lèvres, les écarte. La vague déferle le long de mon corps en soulevant une gerbe d'écume, vigoureuse comme un bras. Est-ce une main ou un poing qui me pénètre ? Illusion. Du personnel de maison n'oserait pas. Mon ventre, mes cuisses sursautent. Une brèche béante s'ouvre en moi, gouffre lumineux aspirant le flot dans un bruit de succion. La vague m'emplit, gronde au fond de mon ventre et me délie de toute attache avant de se disperser. Je dérive sur une mer bleu cobalt, flottant sur le dos les membres épars.

Des gouttelettes tièdes tombent sur mon visage. J'entrouvre prudemment les paupières. Impression d'hôpital, des doigts plongés dans un verre Duralex.

On m'asperge. Visages de femmes penchées sur moi. Linge blanc roulé en turban. Robes informes comme de grands sacs de riz. Ma tête repose sur des coussins moelleux. Le grain de mes jambes scintille de reflets vert olive.

— Ça va, la gazelle ?

— Ça va.

— J'ai dormi, ?

— Vous avez eu un malaise.

Je me lève. Je reconnais la moire changeante du couvre-lit, les lattes sombres du parquet, les pattes de lion de la baignoire. La plus jeune me tend une fleur. Un sourire découvre ses dents rafistolées de métal.

— N'oubliez pas votre fleur de lotus !

— Comme dans mon rêve,

— C'est ça, comme dans un rêve !

Les amis qui m'hébergeaient allaient venir me chercher devant le portail. Seule, je marchai à travers les oliviers et les cactées. Les silhouettes des palmes se profilaient sur le ciel pourpre. En plein milieu de la forêt de bambous, un oiseau brisa le silence. Son chant ressemblait à un miaulement de chatte en chaleur. L'oiseau s'approchait. Les feuilles sèches craquèrent sous mes pas comme du papier froissé. Venue de loin, l'odeur des roses m'assaillit soudain, des effluves variés qui m'arrivaient par vagues, citronnées, appétissantes. Au souvenir d'Ahmed, ma sensualité déborda comme la mousse d'une bière, une faim de sexe chatouillant mon corps. Mes mains avides s'agrippèrent aux bambous. J'inspirai à fond l'odeur d'humus et de roses, les Bolchoï et les Botero. Ma tête s'allégea, mes cuisses s'ouvrirent, mon pubis se tendit en direction des palmes dentelées qui battaient comme des ailes à l'horizon. Mon sexe palpita au rythme des bambous secoués à deux mains, des pulsations sourdes, profondes, renversantes. En s'éloignant, le chant de l'oiseau agit comme une commande à distance, réduisant l'amplitude de mes mouvements comme ceux d'une toupie. J'expirai un sanglot. Mes bras se détendirent. J'avançai dans le silence, d'un pas de somnambule. La nuit tomba sur moi comme un grand voile gris.

Maïna Lecherbonnier

Chambre avec vue

Paris 1870, l'extase hebdomadaire

Je vis au sein d'un de ces quartiers chic parisiens où rien ne transpire, où tout est feutré, dans le royaume du non-dit, le côté obscur du puritanisme.

Je suis la chambre à coucher principale d'un hôtel particulier de très grand standing baptisé la « Villa Maïna », en hommage à une célèbre prostituée, d'origine turque, prénommée Maïna. Elle se fit offrir cette belle demeure par un riche homme d'affaires, où elle vécut paisiblement sa vie de pute et surtout ses extases de femmes pendant trente-deux ans.

J'ai été construite en 1750 par un architecte suisse, un adepte de Voltaire, fasciné par la beauté des corps et de l'espace, et passionné par l'union trouble du plaisir et de la douleur. Il m'a bâtie pour célébrer l'Amour sous toutes ses formes, quels que soient l'époque, l'âge de mes propriétaires et leur façon de décorer ma partie boudoir, bibliothèque ou reposoir. Une spacieuse et superbe salle de bains, revêtue de marbre rose vénitien, prolonge mes soixante-neuf mètres carrés tapissés de velours rouge. Grâce à mes six grandes baies vitrées, j'ai vu sur le tout-Paris.

En 1870, ma propriétaire s'appelle Joséphine. Femme d'une trentaine d'années, veuve d'un noble britannique, qui aurait pu être son grand-père. Elle vient de m'hériter après une rude bataille l'ayant violemment opposée aux enfants d'un premier lit de feu son époux. D'après les conversations intimes qu'elle partage chaque jour à dix-sept heures, autour d'un thé anglais, avec sa meilleure amie, son défunt mari lui a tout appris des perversions des hommes et des femmes.

Elle accède à l'orgasme exclusivement par la sodomie. Elle a d'ailleurs fait installer, très récemment, un miroir amovible sur pied aux armatures en fer forgé, dans un de mes recoins. Elle reste face à lui des heures entières à contempler son cul, à jouer avec lui en lui introduisant toutes sortes d'objets tels que petits vases en cristal, encriers ou coupes à champagne. Elle demande parfois à sa cuisinière de lui apporter un plateau de fruits, qu'elle s'amuse à introduire, un à un, avec dextérité au plus profond de son anus, vingt minutes avant l'arrivée d'un de ses amants réguliers qu'elle prie alors de l'enculer sans attendre.

Veuve joyeuse, oisive à longueur de journée, peu encline aux sorties mondaines, aimant en revanche recevoir à domicile ses nombreux amants, elle me fait profiter chaque jour de sa vie de courtisane du XIXe siècle. Nous sommes mardi. C'est le jour où Charles, le banquier, un très bel homme d'une cinquantaine d'années, lui rend visite. Il sonne le carillon de la « Villa Maïna », à 11 h 30 précises, comme chaque semaine. Joséphine est « sa détente extatique » de l'après-conseil d'administration hebdomadaire. Le maître d'hôtel, parfaitement habitué à la régularité de cette entrevue, vérifie à peine l'identité de notre visiteur par le judas de la lourde porte cochère.

Ce jour-là, je suis toujours fleurie, selon les saisons, par des bouquets merveilleux aux mille senteurs. Quinze minutes avant la venue de Charles, tous les acteurs de la « Villa Maïna » sont en scène, du personnel à qui il ne manque jamais de laisser une pièce à la maîtresse de maison à qui il offre chaque fois une eau de parfum.

Comme un homme pressé, il monte l'escalier central de la maison quatre à quatre. Joséphine l'attend avec l'impatience d'une femme-cul, c'est-à-dire une femme en manque de cul. Elle l'attend, sans robe, sans corset, pieds nus et sans artifice. Elle a relevé ses lourds et longs cheveux bruns en chignon. Son élégance naturelle est son unique vêtement. Elle pourrait être la mère de la future Isadora Duncan ou de Mata Hari.

À moitié allongée sur le canapé en velours de mon petit salon, la tête penchée légèrement en arrière, dès son apparition dans l'encadrement doré de ma porte, elle lui chantonne d'une voix cristalline :

— Bonjour, mon chéri, ton conseil d'administration s'est-il bien passé ? Viens me faire ton rapport précis !

À ces mots, toujours les mêmes, il dépose son haut-de-forme et ses gants de cuir sur la commode en marqueterie Louis XVI prévue à cet effet.

Joséphine écarte un peu ses jambes élancées de façon à laisser entrevoir l'entrebâillement de son sexe déjà bien éclos par les caresses qu'elle a prodiguées à son anus à l'aide d'un godemiché de style Empire. Je suis fascinée par la complicité existant entre la chatte et le cul de cette femme. En effet, alors que Joséphine délaisse parfaitement sa foufounette, celle-ci réagit, tel un tournesol au soleil, aux moindres effleurements que les doigts de sa propriétaire offre à son sphincter, habilement dressé depuis des années à l'orgasme. Automatiquement, sa chatte mouille abondamment.

Charles porte toujours le même costume. À peine entré, empressé comme un homme en manque de sexe, il jette sa veste sur mon lit à baldaquin rose thyrien. Il rejoint alors, dans un élan passionnel, sa belle, les bras largement ouverts.

Comme chaque semaine, elle lui dit :

— N'avez-vous rien oublié, mon bon ami ?

— Suis-je bête ! lui répond-il d'un air ennuyé.

Comme d'habitude, il tourne maladroitement les talons, se dirige de nouveau vers mon lit à baldaquin, fouille dans les poches à rabats de sa veste en tweed et en tire le parfum hebdomadaire de sa maîtresse. Il profite de cette occasion pour se dévêtir de son gilet croisé jaune, de sa chemise blanche au col rabattu, de sa cravate noire, de ses bottines noires, de son pantalon de drap brun clair à carreaux et enfin de son caleçon assorti à celui-ci.

Je me suis souvent demandé si ce rituel parfaitement chronométré – trois minutes – est ou non volontairement orchestré par les deux personnages. Quelle que soit la réponse, c'est dans le plus simple appareil, la queue en rut, qu'il se dépêche de tendre à Joséphine son cadeau. Pendant qu'elle ouvre délicatement le papier de soie et défait le ruban de l'emballage, il se branle énergiquement.

— Excellent choix, chéri ! susurre-t-elle en souriant.

Elle frotte immédiatement, comme à l'accoutumée, ses seins, ses mains, sa chatte et l'intérieur de ses cuisses de quelques gouttes du parfum choisi, toujours différent. C'est d'ailleurs le seul élément de leur entrevue qui soit chaque semaine différent. Il lui déclame sa phrase habituelle :

— Je suis pressé aujourd'hui. Tourne-toi ! J'ai envie de ton cul.

Joséphine se met à quatre pattes sur le canapé, la pointe de ses mamelons caressant le dossier du canapé. Charles, derrière elle, lui écarte un peu les fesses avant de l'enculer. Joséphine semble tendue, mais ce n'est qu'une comédie dont le but est d'exciter un peu plus « son homme du mardi ». Elle adore la manière cavalière dont il l'enfile, sans aucun préliminaire, d'un coup sec des reins. Ses seins lourds, sous les pressions de son amant, se durcissent. Il mate le cul de sa maîtresse avec une telle envie qu'il en salive. L'excitation de Joséphine s'accroît à mesure que le pénis de son amant creuse son sillon et la perfore.

Le godemiché, posé négligemment sur le bord du petit guéridon, n'échappe pas au regard de ce dernier. Tout en continuant à lui labourer son arrière, Charles saisit à pleine main l'objet de plaisir sur la table et l'enfourne dans la bouche de sa compagne.

— Lèche-le, salope !

Joséphine lape le gros gland factice en poussant des petits cris de hyène affamée. Peu à peu, tous les muscles de Charles, à mesure de ses va-et-vient dans l'anus de Joséphine, se tendent. Tel un animal blessé, son buste bascule sur le dos de son amante, ses jambes flageolent. Il jouit. Elle enfonce ses ongles peints dans le rebord du canapé en poussant un long gémissement de satisfaction. Joséphine s'envole dans les limbes de l'extase. Elle semble transportée hors d'elle-même, du monde sensible. La tension extrême des traits de son visage donne le sentiment qu'elle s'unit à un objet transcendant, qu'elle semble voir, toucher, posséder. Elle est en lui, elle est lui.

Il est 13 heures, Charles se rhabille en regardant avec la fierté du vainqueur heureux Joséphine allongée, inerte, enfermée dans son extase, sur le canapé en velours rouge. Il s'approche d'elle, l'embrasse sur le front et lui :

— À mardi prochain !

Paris 1930, extase en quatuor

Une musique flotte à travers toutes les pièces de la « Villa Maïna », décorées de meubles Art déco en chrome et en verre, de miroirs aux formes géométriques inspirées du cubisme. *J'ai deux amours...* La voix de Joséphine Baker m'envoûte par sa chaleur érotique des îles tropicales.

Mes nouveaux occupants, Janet et John, « *The J and J family* », comme ils se prénomment eux-mêmes, sont des Américains qui travaillent dans le music-hall. Ils se sont installés en France cinq ans auparavant, précisément l'année où Joséphine Baker a remporté un triomphe au parfum de scandale avec « La Revue Nègre », ses tenues dénudées et ses chorégraphies trépidantes, séduisant les avant-gardistes et choquant le public bourgeois du Théâtre des Champs-Élysées. Je vis au rythme des fêtes les plus folles de la capitale, du fox-trot et de la rumba, dans une surenchère de plumes et de paillettes.

De mémoire de chambrette, le champagne et l'amour n'ont jamais reçu, depuis ma naissance, en 1750, de plus beaux hommages de la part de mes différents propriétaires. John est magicien au Moulin-Rouge. Hypnotiseur professionnel, il se sert de son talent pour assouvir ses fantasmes en dehors de ses heures de « bureau ». Il demande à sa femme, contorsionniste aux Folies-Bergère, de lui « rabattre » des jeunes filles en fleur, qu'elle invite à visiter la « Villa Maïna » devenue depuis 1925 un lieu de débauche très prisé des artistes les plus en vue de l'époque. Janet a embauché avant-hier une jeune lingère, Nina, pour remplacer la précédente, engrossée par Georges, le chauffeur de John.

La toute première fois que Nina m'a visitée, visiblement très impressionnée par ma grandeur, j'ai été immédiatement saisie par la longueur de ses jolis cheveux blonds et la finesse de sa silhouette. Elle déambulait au milieu de mes soixante-neuf mètres carrés comme une libellule dansant dans les airs. Ses yeux se sont posés sur les premiers numéros de la revue sexy *Esquire*, l'ancêtre de *Playboy*, dans laquelle une *Pretty girl* s'exhibe, cette année-là, encore entièrement vêtue, un peu comme la *Gibson girl*, que Charles Dana Gibson avait dessinée sous l'allure d'une bourgeoise, chic et habillée, pour le magazine *Life* en 1887.

Il est 20 heures. « *Les J and J* » préparent leurs tenus d'apparat, l'un dans mon coin canapé, l'autre dans mon coin reposoir que Janet a rebaptisé « le coin câlin ». Contrairement à beaucoup d'êtres humains, les chambres à coucher parlent toutes les langues de la planète, ce qui me permet de suivre les multiples conversations de mes propriétaires en anglais sans en perdre un mot. Janet hèle, dans un français très approximatif, la jeune lingère du haut de l'escalier central. Elle lui demande de monter à l'étage des serviettes de bain à « Monsieur », ce qui est parfaitement inutile dans la mesure où John a terminé depuis plus d'une demi-heure ses ablutions.

La jeune fille exécute immédiatement l'ordre de sa maîtresse. Elle ne peut cacher sa surprise de voir John habillé d'une tenue d'opéra de drap de laine noir, sans manches, au revers croisé de soie, assortie d'une pèlerine arrivant aux poignets, doublée de soie rouge et d'une chemise blanche au col cassé. Il tient dans la main gauche un nœud papillon blanc, un haut-de-forme de soie noire, des gants blanc et une canne.

— Pouvez-vous m'aider, chère Mademoiselle, à faire mon nœud papillon ?

Troublée, Nina dépose délicatement les serviettes de

bain bleu de Prusse de « Monsieur » sur mon lit *king size*.

— Bien sûr, Monsieur, mais je ne suis pas très experte en matière de nœud papillon.

— Ce n'est pas grave. Laissez-vous guider par votre instinct.

Janet suit l'évolution de la conversation depuis l'entrebâillement de la porte de la salle de bains où elle s'est cachée à l'arrivée de la jeune demoiselle. Elle est habillée d'une longue robe blanche hollywoodienne – aussi célèbre, à cette époque-là, que la petite robe noire de Chanel – en drapé de soie luisant, soulignant les formes de sa poitrine, ses hanches, sa taille tout en les voilant, tombant ensuite en plis naturels jusqu'à l'ourlet.

« La beauté n'est pas un don, mais une habitude » se plaît-elle souvent à dire aux jeunes créatures qu'elle invite. Elle a redessiné en demi-cercles ses sourcils parfaitement épilés, peint ses paupières d'une poudre argentée, mis des faux cils bruns et souligné d'un crayon à lèvres rouge sa bouche. Son teint est irréprochable et transparent comme celui des stars du grand écran.

À peine au contact de John, la jeune fille paraît envoûtée. Celui-ci entame un monologue en langue grecque auquel elle ne comprend pas un traître mot.

En quelques minutes, alors que la ravissante libellule s'affaire à nouer, dénouer et renouer, sans succès, l'élégant nœud papillon, elle se transforme en une véritable petite chienne en chaleur.

Elle déboutonne la chemise et le pantalon de son patron, s'accroupit et entame une fellation avec une gourmandise de petite fille tandis qu'elle se déshabille avec frénésie.

Le sexe en érection, John observe la jeune fille, les

yeux mi-clos, s'abreuver des premières gouttes de son sperme.

Janet, sans un bruit, s'approche de la porte d'entrée, permettant ainsi à son mari de reluquer les généreuses échancrures de sa robe et son décolleté. Elle descend l'escalier en faisant froufrouter les pans de sa traîne. Elle remonte quelques minutes plus tard suivie de Georges, le chauffeur de John, complice depuis cinq ans des ébats du couple « *J and J* ».

Dans l'encadrement de ma porte d'entrée, Janet lui ouvre la braguette, glisse sa main droite sur ses couilles. Il pourrait marcher sur trois pattes tant sa queue est longue et charnue. John relève la jeune fille hagarde et l'emmène sur le lit. Il s'allonge sur le dos et l'attire vers lui.

Hypnotisée par les propos grecs ininterrompus de John, elle se hisse sur lui, en lui faisant face. D'elle-même, elle dirige le pénis de John vers son vagin et frotte son clitoris avec son index comme il lui ordonne de le faire. Plus les caresses s'accentuent, plus de longs gémissements de jouissance s'échappent de sa petite bouche. John poursuit son monologue, tantôt exigeant qu'elle ralentisse le rythme de ses caresses, tantôt exigeant qu'elle l'accélère. Janet et le chauffeur s'approchent du *king size*.

— Assieds-toi, Georges ! lui murmure-t-elle.

Georges s'assoit au bord du lit.

Janet se positionne face à lui.

— Dégrafe ma robe, Georges !

Il s'exécute.

— Caresse mes seins, Georges !

Il s'exécute.

— Allonge-toi sur le lit, Georges, près de Nina.

Il s'exécute en poussant des souffles rauques de plaisir.

— Embrasse-la, Georges !

Il se penche vers elle et lui fait un langoureux baiser dans le cou. Janet s'accroupit face au chauffeur, qui a retiré son pantalon, et gobe goulûment son zob.

À la demande de John, la jeune fille se retourne, s'empale de nouveau sur la bite de son patron, lui offrant ainsi la vue de la cambrure de ses fesses rebondies, et se penche en avant de manière à embrasser à pleine bouche les lèvres du chauffeur.

Janet se relève, écarte les pans de sa longue robe de soirée blanche et s'empale à son tour sur le braquemart du chauffeur. John, toujours allongé sur le dos, son phallus limé par la jeune lingère, tend la main gauche vers la table de chevet et saisit un porte-cigarettes. Il en tire un fume-cigarette en argent, puis approche froidement le porte-cigarettes de l'anus de sa conquête. La texture glacée de l'ustensile fait frissonner la demoiselle.

Janet pompe avec ténacité la queue du chauffeur, mais retire sa bouche juste avant qu'il n'éjacule, ce qui déclenche un râle d'énervement de Georges. À la demande de John, Nina happe à son tour le pénis du chauffeur et en aspire toute la longueur tout en continuant à limer la bite de son patron. Janet approche ses mains de la poitrine de la donzelle et lui malaxe les seins tendus d'excitation.

John sort le fume-cigarette du cul de sa recrue, le porte à sa bouche, et le suce longuement en regardant fixement sa femme toujours affairée à pincer, mordiller et embrasser tendrement les mamelons de la jeune fille. John l'enfonce de nouveau dans le sphincter de sa belle puis le ressort et le suce encore et encore.

La langue et la salive de la jeune fille poussent à bout l'excitation du chauffeur qui éjacule violemment au fond du palais de celle-ci.

John ordonne alors à la jeune fille de se mettre sur

le ventre. Il confie le fume-cigarette à sa femme, et pénètre brutalement la chatte trempée de sa conquête en levrette. Janet repose délicatement le fume-cigarette sur la table de chevet et ordonne à Georges de se mettre à quatre pattes. Groggy, celui-ci s'exécute. Janet fait tomber sa robe à terre, saisit un godemiché long de 26 centimètres caché sous un des multiples oreillers du *king size* et le sangle à sa taille. Pendant que John laboure avec précision les entrailles de la lingère, Janet se positionne derrière Georges et l'encule brutalement sous l'œil attentif de son mari. Georges pousse un cri de déchirement. La jeune fille, sous les assauts de plus en plus rapides et profonds de John, enfonce ses doigts dans l'édredon et pousse un cri de libération.

John se relève immédiatement, saisit un martinet caché sous un des coussins du lit et frappe d'un coup sec les fesses de la demoiselle qui hurle de douleur.

— Lève-toi, Nina ! Va sucer ce chien de Georges !

En pleurs, elle s'exécute. John s'approche de son épouse affairée à enculer le chauffeur et la sodomise à son tour. Janet hurle de joie, augmente ses va-et-vient dans le sphincter de son amant.

Les cris de douleur et de plaisir à la fois qui émanent de la bouche du chauffeur excitent Janet autant que les coups de reins de son mari dans son anus dilaté de plaisir. La vue des seins lacérés de la jeune lingère, suçant avec hargne le braquemart de Georges, augmente son extase. Sa chatte, excitée par les frottements du gode, s'humidifie de jus. Elle explose, se retire de l'anus de Georges et se libère de l'étreinte de son époux bien attentionné.

Sa sensibilité émotionnelle et sa motricité corporelle semblent inhibées dans l'extase hypnotique qui balaie l'ensemble des pores de sa peau. Elle est parfaitement immobile. Les battements de son cœur semblent suspendus et les oscillations respiratoires de son thorax arrêtées. Elle est dans un état léthargique voisin de la mort.

John ordonne à la jeune lingère et au chauffeur de se retirer et embrasse langoureusement son épouse, écroulée au milieu des coussins du *king size*.

Paris 1950, extases adolescentes

Paris a pansé ses blessures. Après avoir moi aussi été occupée, me voici libérée. Ces dix dernières années n'ont pas été de tout repos, mais j'ai pu faire une étude comparative sur le sexe à travers les nationalités qui m'ont colonisée entre 1940 et 1944 tels que des Français résistants, des Allemands occupants et des Américains libérateurs.

Samedi après-midi. Frédéric vient d'avoir vingt et un ans... Il est l'aîné d'une famille de quatre enfants et partage mes soixante-neuf mètres carrés avec sa sœur, France, de deux ans sa cadette. Tous deux m'ont tapissée de posters jazzy que les G. I. nous ont légués avant de s'envoler vers d'autres cieux. France comme Frédéric sont bien décidés à ignorer la révolte, à avoir la vie facile et à profiter de la grande nouveauté de l'époque : les grands magasins. Qu'il est beau ce monde nouveau de la consommation où le design se place au service de la séduction ! Ils m'ont décorée de tables en forme de haricots, de fauteuils en forme de coque, de verres tulipe, de lampes en cornet, de vases taillés et de cendriers de verre aux formes arquées.

Comme tous les jeunes, Frédéric adore les caves de Saint-Germain, fréquentées par les « Lorientais » du clarinettiste Claude Luter. Il s'y délecte des swings de

Sidney Bechet et de la « trompinette » de Boris Vian jusqu'à point d'heure. Il est également un fervent partisan du mouvement *New Orléans Revival*, lequel accorde une nouvelle vie aux vétérans du jazz de La Nouvelle-Orléans.

Cet après-midi, Frédéric, par l'intermédiaire de France, a invité Isabelle à la « Villa Maïna » pour écouter un disque de chants extatiques accompagnés de pianos, orgues, tambourins et guitares, qu'il passe sans interruption sur le phonographe offert par ses parents pour son anniversaire.

À 16 heures, la porte d'entrée de la « Villa Maïna » claque. Deux voix dans l'escalier hurlent en chœur :

— Frédéric, nous sommes revenues de la faculté !

France et Isabelle, malgré le fait qu'elles soient plus jeunes que Frédéric, sont un peu plus en avance que lui question bagatelle, d'après les confidences d'alcôve que les deux jeunes filles se sont échangées à maintes reprises dans ma partie boudoir. Elles montent en courant l'escalier en chantonnant un des tubes de leur star Mahalia Jackson : *Move On Up a Little Higher*. À peine les deux jeunes filles me pénètrent-elles que Frédéric se précipite vers le phonographe pour mettre une énième fois son fameux disque.

Les filles sont habillées à l'identique. Toutes deux portent un ample jupon blanc bouffant jusqu'aux mollets, un corselet assorti, un petit chapeau blanc, des gants blancs, un sac à main blanc et des ballerines blanches. Elles semblent ainsi vêtues, déguisées en petites dames, presque clonées au modèle de leurs mères. Pourtant les deux jouvencelles rêvent, l'une comme l'autre, du chewing-gum, des jeans et des tee-shirts *made in America*.

— Vous allez voir, les filles, c'est un disque qui réchauffe les corps ! leur dit fièrement le jeune puceau du haut de ses vingt et un ans.

Dès les premières notes de musique, France entraîne son amie vers son frère et passe ses bras autour du cou de celui-ci, un peu surpris par cette double vivacité féminine. Isabelle, telle une gogo danseuse, fait immédiatement onduler ses formes contre lui. Frédéric ne peut cacher son émotion. France lui ôte sa veste décontractée de tweed, style cardigan sans col, fermée par trois boutons, son foulard-cravate de soie bleue à pois rouges et sa chemise blanche.

La musique est douce et évocatrice. France se rapproche d'Isabelle et l'incite à s'agenouiller. Elle dirige la tête de celle-ci à la hauteur du sexe de son frère. Après une légère hésitation, Isabelle déboutonne le pantalon étroit du jeune homme et absorbe goulûment son membre en érection. Alors que sa main gauche joue le rôle de tuteur, l'autre lui caresse les bourses. France se positionne derrière son amie, lui enlève son petit chapeau blanc et frotte son ventre contre sa chevelure.

Elle l'embrasse sur la nuque, défait un à un chacun des boutons de son corset et fait glisser ses jupons à terre pour la libérer de toute entrave vestimentaire. Isabelle est mince mais dotée de formes généreuses. Ses gestes sont à la fois naïfs et raffinés. Elle fera sans doute partie, dans quelques années, de ces femmes désirables qui sont dames au salon et putains dans la chambre à coucher.

Frédéric glisse sa main dans les longs cheveux d'Isabelle, tout en faisant jouer, dans un mouvement de balancier, sa queue jusqu'au fond de sa gorge. Je n'imaginais pas la petite Isabelle aussi gourmande, que dis-je affamée !

Nus, Frédéric et Isabelle recomposent le jardin d'Éden façon *Rythm' and Blues*. Enchevêtrés, ces deux corps à peine sortis de l'adolescence, font fi de toute pudeur.

France s'agenouille à son tour devant le phallus de son frangin, colle sa joue droite à la joue gauche de son amie. Par de petits coups de langue sur les couilles de son frère, elle accompagne alors son intarissable amie dans le butinage de la bite de Frédéric. Les deux coquines semblent s'en donner à cœur joie. Le disque prend fin. France se relève et le remplace par celui du récent concert de Duke Ellington enregistré à Paris : *Live in Paris*. Elle rejoint les deux jeunes gens et murmure, d'une voix polissonne et aguichante, dans le creux de l'oreille de Frédéric :

— Veux-tu que nous t'initiions à l'amour entre filles ?

Avant même qu'il ne réponde, France et Isabelle se relèvent, saisissent chacune une des mains de Frédéric et le font asseoir dans un petit fauteuil. Les deux donzelles s'allongent sur le petit lit de France jonché de livres achetés sous le manteau, sur les rapports psychologiques filles-garçons, de façon à faire face à Frédéric. France choisit un chapitre au hasard et le tend à Isabelle.

— Lis-nous quelques phrases, ma belle !

Au son de Duke, Isabelle débute sa lecture : « *En 1930, l'actrice Norma Shearer a déclaré sans vergogne, dans le film* La Divorcée : *"Heureusement que j'ai découvert qu'il n'y avait pas qu'un homme au monde alors que j'étais encore assez jeune pour qu'on veuille de moi. Aujourd'hui je ne veux plus rien rater."* »

Tout excitée par la lecture à haute voix d'Isabelle, France relève sa jupe et retire sa culotte en coton blanc. Elle s'allonge sur le dos, branle son clitoris puis frotte énergiquement avec sa paume toute la surface de sa chatte. Les grandes lèvres sont trop courtes pour recouvrir la totalité de l'abricot. Isabelle lui prend doucement la main.

— À toi de lire maintenant, lui ordonne-t-elle en lui tendant le livre coquin.

France se relève à moitié, le saisit, un peu hagarde, choisit une page au hasard et débute sa lecture : « *Certains scientifiques assurent que le clitoris est la partie la plus innervée du corps féminin. Son gland abriterait à lui seul plus de 8 000 fibres nerveuses, soit deux fois plus que le pénis.* »

Isabelle dégrafe la robe de son amie et en extrait deux petits seins en forme de pomme, pointant d'excitation. France s'allonge de nouveau sur le dos, la tête sur l'oreiller. Elle a tous les avantages physiques pour jouer les vamps, mais son visage d'une exceptionnelle beauté exprime une authentique passion bien trop intimidante pour qu'un homme ose la faire basculer dans son lit.

Isabelle écarte avec autorité les cuisses de France. On ne distingue pas seulement la fente, mais aussi le clitoris pointant entre les petites lèvres et même le premier centimètre d'un vagin juteux et disponible. Isabelle embrasse ses poils pubiens, caresse ses hanches, suce sa vulve, enfonce son index dans le vagin de sa meilleure amie. Tandis qu'elle tient le livre d'une main, France plonge la seconde dans les cheveux d'Isabelle. Très rapidement, France, envahie par le plaisir, abandonne le livre.

Elle exécute un demi-tour afin de plaquer sa bouche sur la grotte d'Isabelle, de façon à goûter cette cyprine gluante qui embaume progressivement toute la chambre. À la vision de ce 69 lesbien, Frédéric attrape sa queue et se branle au rythme des clapotis des deux filles enlacées. Quelques minutes plus tard, c'est au son de *Bluetopia* que les trois jeunes gens se rejoignent dans des cris langoureux de jouissance. Ceux-ci ressemblent à une sorte d'extase mystique !

C'est une union parfaite de leurs trois âmes qui, en cet instant, se sentent exister pleinement.

Paris 1970, extase psychédélique

Le quartier est calme, les barricades de 68 ne sont plus qu'un souvenir. Un nouveau vent souffle sur Paris qui me rappelle l'après-1936 et ses avancées sociales, une époque où les gens se plaisaient à rêver d'un idéal de liberté, d'égalité et de fraternité. Pour autant, la jeunesse montante des années 70 n'est pas gâtée, souffrant du chômage, de l'inflation et de l'ennui.

Je suis dans le vent ! La communauté des « Enfants de l'Amour » a emménagé il y a quelques mois et m'a parée d'un mobilier multicolore et d'une dizaine de lits en ferraille recouverts en jean, matière réunissant toutes les classes sociales, permettant soi-disant à tous de s'exprimer, qu'il s'agisse de mode, de philosophie ou de politique. Une odeur de hasch parfume l'air ambiant. Tous les titres que l'on a pu entendre à Woodstock servent de musique de fond. Je vis dans un univers psychédélique.

Richard et Mary sont les gardiens des lieux. Ils squattent avec les membres de leur communauté la « villa Maïna », achetée l'an dernier par un oncle richissime de la jeune femme, pour réaliser un placement financier. Les membres de cette communauté ont l'ambition de redéfinir « le beau et le sex-appeal » sous la forme d'une thèse qu'ils envisagent de publier dans six mois. Pour certains, le beau c'est l'idéal de naturel des hippies ; pour d'autres, c'est l'artifice scintillant des stars du disco et pour d'autres encore, c'est l'attitude agressive des marginaux révolutionnaires.

Ce jeune couple d'une vingtaine d'années a le don de prendre n'importe quel prétexte pour faire l'amour. Tous deux sont des militants actifs du mouvement « *Peace and Love* » et vivent des revenus de leurs parents, ceux-ci ayant épousé leurs convictions de peur de se fâcher avec leurs enfants chéris. Je suis ainsi devenue un vrai palais des courants d'air, de réunions organisées, de manifestations théâtrales version hippie, de soirées où tout et tous se partagent.

Richard possède une garde-robe d'une originalité surprenante. Il est aujourd'hui habillé d'une sorte de veste sans col, brodée, tombant à mi-cuisses, boutonnée bord à bord, les manches rapportées étant évasées aux poignets, et d'un jean serré bleu à pattes d'éléphant. Il adore emprunter les accessoires de Mary et porte un collier de lacet de cuir aux fausses perles fluorescentes et des bottes en cuir aux bouts pointus et à talons hauts.

Assis sur un tabouret en bambou, rapporté d'Asie par l'oncle de Mary, peint en rose bonbon, Richard entretient une conversation animée sur la guerre du Vietnam avec un de ses potes italiens de passage, lui-même vêtu de façon assez excentrique.

Mary pénètre dans la chambre, les bras chargés de cigarettes, d'encens et de plantes aphrodisiaques. Elle possède un rayonnement mystérieux et érotique. Sa réserve naturelle semble masquer une grande force dynamique. Sa bouche sensible et le regard intense de ses yeux verts aux paupières souvent mi-closes lui donnent un éclat dangereux et captivant, exacerbant les obsessions sexuelles les plus extravagantes. Elle pourrait être une des idoles de la séduction désespérée ou du désespoir séduisant de la génération « *no future* » à venir des punks. Elle est de celles que l'on a envie de voir se prostituer dans un bordel le jour et cajoler un mari la nuit. Ses vêtements stricts lui donnent un look hippie soigné.

Elle pose « son panier de ménagère » sur une table en plastique de jardin à l'origine blanche mais devenue violette grâce à la généreuse contribution d'un des membres de la communauté de l'amour, et se tourne vers Richard, le renverse sur un matelas, s'affale sur lui et l'assigne d'un : « Tu dis n'importe quoi ! » tout en l'embrassant fougueusement.

Pas en reste, John lui retourne son baiser tout en la faisant basculer sur le dos en passant la main sous son pull noir afin d'atteindre ses petits seins parfaitement cylindriques, telles deux oranges pulpeuses.

Le pote italien se lève calmement, allume un pétard, se blottit contre un de mes murs, les jambes en tailleur, et murmure un poème hindou.

Richard ôte d'une main experte le pantalon de Mary, descend le long du corps de sa princesse, la couvre de baisers jusqu'à la lisière de sa forêt vierge. Elle ne porte pas de culotte, comme d'habitude. Sa langue se fraye un chemin à travers sa toison pour atteindre son clitoris. Mary s'abandonne aux petits coups de langue de son compagnon, les mains dans ses cheveux bouclés. Elle ondule des reins à chaque pointe de jouissance. Ses gémissements en viennent à couvrir la musique de Joan Baez et font trembler les armatures de ce pauvre lit en ferraille, lequel vit à une cadence infernale depuis leur arrivée. L'explosion orgasmique de Mary retentit dans toute la maison.

— Baise-moi ! Maintenant j'ai envie de jouir par l'intérieur.

Richard s'exécute. Il déboutonne sa veste et défait son pantalon. Son sexe en érection est très imposant. Il pénètre Mary avec un mélange de violence et de douceur. Sous l'envahissement, les deux petits seins de son amie se dressent comme des I et dansent sous ses coups de reins répétés de plus en plus puissants.

Leur communion est émouvante. Mary enlace les fesses de son amant de ses longues et fines jambes. Ils ne font plus qu'un dans leur balancement.

Dans mon indiscrétion, j'entends Mary susurrer à Richard :

— Prends-moi par-derrière, j'ai envie !

Il hésite, son énorme sexe n'ayant pas dégonflé, il craint de lui déchirer les chairs. Mary se retourne et prend sa queue jusqu'à la diriger à l'orée de son cul. Devant le fait accompli, il introduit doucement son phallus, force un peu le passage.

Mary a un geste de recul mais elle est maintenue fermement par son amant agrippé à ses hanches. Tandis qu'il la lime en faisant attention de ne pas la blesser, Mary, à quatre pattes, ondule de plus belle comme si elle voulait dévorer ce membre qui la défonce de plus en plus profondément.

Elle pousse un grand soupir de jouissance, ce qui déclenche immédiatement l'éjaculation de Richard. Celle-ci est tellement forte que le petit cul de la jeune femme déborde de sperme. J'ai l'impression de vivre une extase hystérique, une espèce de catalepsie. Son visage exprime une joie sublime. Son extase se mêle à des accès d'exaltation, d'excitation lubrique, répondant à son insatisfaction instinctuelle ou affective permanente.

Épuisée et repue, elle lance à Richard :

— Tu vois, c'est nous qui avons raison. Faites l'amour pas la guerre !

Mon romantisme de chambre à coucher est comblé. Je trouve cette époque enivrante.

Paris, l'an 2000, extase équivoque

Patrick, quarante-deux ans, et Alfredo, cinquante-trois ans, sont coiffeurs dans le show-biz. Ils se sont rencontrés en 1997, à Miami, chez des amis communs, transsexuels.

Patrick est l'archétype du gay friendly très complexé, faisant tout dans l'excès et la démesure comme pour assumer son homosexualité. Alfredo, d'origine chilienne, est exactement son opposé, mesuré, bien dans son corps et sa tête. Il estime que la disparition des frontières politiques et économiques doit s'accompagner de l'abolition des frontières masculines-féminines.

Je n'ai pas à me plaindre. Jamais personne ne s'est occupé de moi à ce point. Je suis bichonnée comme une princesse. Décorateur à ses heures, Patrick m'a transformée en salon de coiffure.

Après cinq semaines de liftings (peintures, tapisseries, mobiliers, luminaires), je suis devenue l'antre préféré d'une clientèle parisienne bigarrée, argentée, et déjantée en même temps.

Ainsi relookée, je me trouve très désirable, et mes nouveaux propriétaires semblent de mon avis. L'ambiance est d'un style techno parade. Trois fois par semaine, Patrick et Alfredo organisent des soirées à thèmes dans mes soixante-neuf mètres carrés. J'adore cette nouvelle vie faite de mixages humains et de diversité culturelle.

Il est 22 heures. Un étrange énergumène, que je n'ai pas entendu entrer dans le vaste hall de la « Villa Maïna », transformé en salle d'attente, me pénètre.

— C'est ici, la soirée mousse ?

L'énergumène est habillé d'une sorte de combinaison body de Nylon extensible noire à l'encolure échancrée et aux emmanchures dégagées par une fermeture Éclair partant du plexus, qu'il a laissé ouverte. Il porte également par-dessus la combinaison une sorte de coquille de protection qui recouvre ses parties génitales, un faux nez phallique et une canne en cristal en forme de godemiché.

— Entre, André, lui dit Alfredo. Je te présente Patrick, ma petite copine ou mon petit copain, ça dépend des jours...

Patrick, vêtu d'une chemise de coton bleue et d'un pantalon ample crème en lin, s'approche de l'énergumène, en fumant une cigarette. Il en tire une bouffée. Avant même qu'il n'ait le temps de cracher la fumée, l'énergumène l'embrasse à pleine bouche. Leurs lèvres se séparent trente secondes plus tard. Un petit nuage de fumée s'échappe de celles-ci. C'est la première fois que j'ai l'impression qu'un baiser peut faire des étincelles !

— Bonjour, André. Que fais-tu dans la vie ? lui dit Patrick, un peu surpris de la spontanéité de leur invité.

— Je suis gynécologue, lui répond André en souriant.

— André a toujours été attiré par les trous ! précise Alfredo en s'esclaffant.

— C'est vrai. C'est d'ailleurs de là que vient ma vocation. Depuis l'enfance, je ne peux voir une crevasse sans m'imaginer une vulve, ni une porte sans m'imaginer une bouche, leur répond André en souriant

— Ça te fait bander, ce métier ? lui demande Patrick, intrigué par cet aveu.

— Je bande presque toujours, que je reçoive une adolescente préréglée, une femme enceinte ou une prostituée atteinte d'une maladie vénérienne. J'aime toutes les fentes, jeunes et élastiques ou boudeuses et molles. Peu m'importent les poils, les petits boutons ou les lèvres disgracieuses. Toutes les moules ont leur saveur. À mes yeux, elles sont toutes belles.

Alfredo défait son pantalon et s'approche de l'énergumène.

— Suce-moi, comme avant, André !

Celui-ci s'accroupit avec l'élégance d'une danseuse étoile et lape doucement le gland – et uniquement le gland – d'Alfredo. André doit certainement bien connaître les fantasmes de ce dernier pour savoir qu'il déteste que ses amants lui aspirent la queue en entier. D'une main, André lui caresse les poils du sexe, la raie du cul. Il stimule sa prostate comme s'il voulait réveiller un mort ! Puis il introduit un index dans l'oignon, puis un second doigt. Alfredo se déhanche par petits à-coups. Petit à petit, il semble trouver la vitesse de croisière de son plaisir à mesure des va-et-vient de la langue d'André sur son gland et de sa main dans son cul dilaté, déjà prêt à recevoir un cornet de glace.

Quelques secondes plus tard, Alfredo déverse un liquide brûlant sur les joues, le torse, les genoux de son bienfaiteur comme s'il voulait se décharger de sa fureur, ou l'avilir. Celui-ci frémit comme s'il avait froid. Pour autant, il écarte davantage les mâchoires pour avaler l'ensemble de la mixture, de la pisse d'Alfredo.

André se relève avec une dextérité surprenante. Il défait les boutons de sa ceinture de chasteté. Un minuscule gode attaché par une sangle aux deux côtés de la coquille de protection en jaillit. Il sort d'une poche de la combinaison une petite seringue qu'il pique dans l'objet en plastique. Le gode grossit en quelques secondes comme un sein dans lequel on aurait injecté de la silicone.

André brandit sa canne.

— Mets-toi à quatre pattes ! ordonne-t-il à Alfredo

sous les yeux sidérés de Patrick qui allume une autre cigarette.

Alfredo s'exécute immédiatement. André fait claquer dix fois de suite le gland de la canne en cristal sur les fesses de son ami qui ne dit pas un mot. Seuls les sursauts de ses fesses témoignent de la douleur corporelle qu'il doit ressentir. André enduit généreusement le gode en plastique épais et veiné de lubrifiant qu'il sort d'une seconde poche de sa combinaison.

Il est attentif à ce que ses doigts coulissent parfaitement sur l'objet et que rien ne puisse s'accrocher. Il fait alors glisser la monstrueuse matraque de haut en bas dans la raie des fesses d'Alfredo qui se décontracte peu à peu et qui va même progressivement à la rencontre de la bite en plastique.

Excité, Alfredo commence à tripoter sa queue de nouveau en rut. En quelques secondes, il répand un jet bouillant de pisse sur mon sol dallé. En revanche, aucune goutte de sperme ne jaillit de sa queue. Il réserve sa semence à Patrick. C'est sa manière de lui être fidèle, dit-il.

André pousse un hurlement de lionne. Son extase est brève, intense, éblouissante, sublime. Son esprit se livre à une espèce d'étourdissement qui ressemble à l'accession de l'Éternité, du néant et du plein en même temps. Il paraît être tellement aux anges qu'il semble en devenir un, lui-même. Il semble ainsi se métamorphoser, en quelques secondes, en un être asexué, ou bisexué masculin et féminin à la fois.

Les deux amants se relèvent. André ôte sa coquille de protection, puis sa combinaison extensible noire. Une plantureuse chatte apparaît, gainée d'un string, confectionné tout autour du clitoris de centaines de petites perles rondes comme des œufs.

Patrick recule de surprise. Alfredo lui prend la main avec tendresse.

— Je te présente Andrée, mon ex-petite copine.

Le carillon de la porte d'entrée sonne. De mes six baies vitrées, j'aperçois des dizaines d'androgynes, plus rieurs les uns que les autres. La soirée mousse va pouvoir commencer.

Marie Lincourt

Le Trapéziste

Alice s'avance dans la queue. Le guichet est pris d'assaut, le spectacle ne va pas tarder à commencer. Déjà les enfants impatients piétinent sur place, tirant leur mère par la manche. Mais cela ne sert à rien. Il faut attendre son tour.

L'émotion commence à la gagner. La même émotion, intacte, retrouvée, que lorsque ses grands-parents l'emmenaient au cirque, petite ; elle a toujours gardé, enfoui en elle, le souvenir de ses rires et de ses frayeurs, de ses battements de cœur aussi. Et elle en a souvent parlé à David, son mari, qui lui a fait cette surprise-là aujourd'hui, pour ses trente ans.

Assise au troisième rang, elle éprouve de nouveau cette tension qui met tous ses sens en éveil.

Une demi-heure déjà ! Elle ressent le spectacle plus qu'elle ne le voit. Une odeur de sueur flotte autour d'elle qui, mêlée aux mélopées de l'orchestre, aux grondements sourds des fauves en cage, joue sur ses nerfs et sans qu'elle sache pourquoi, les électrise déjà.

Puis le décor disparaît subitement et la scène s'enveloppe d'obscurité avant de se rallumer sur un groupe de trapézistes volants.

Trois hommes à demi nus, aux torses luisants, aux pectoraux de fer, surgissent alors devant elle, moulés dans leurs collants de stretch qui dévoilent avec complaisance leurs culs rebondis, leurs sexes comprimés mais dont la bosse tend indécemment le tissu de Nylon trop fin, leurs cuisses aux muscles longs et denses. L'un d'eux retient son regard, elle sait très bien pourquoi.

Brun, les cheveux légèrement bouclés, les yeux très noirs, il émane de lui une force étrange et animale. Aussitôt l'attention d'Alice est captée et demeure prisonnière de l'homme.

Elle ferme les yeux et revoit les images qui la hantent. Car ce n'est pas la première fois qu'elle voit l'homme. Elle l'a rencontré, voilà deux semaines, aux puces de Saint-Ouen. Immédiatement son image avait retenu son attention. Il lui avait souri et elle avait baissé les yeux, comme une écolière de pensionnat religieux. Puis ils avaient engagé très vite la conversation. Il l'avait ensuite conduite à son cirque, où en cette heure encore matinale, il n'y avait personne sur la scène.

— Je travaille au trapèze, avait-il avoué, voulez-vous essayer de monter dessus ?

Elle avait accepté, refoulant sa peur pour lui plaire, mais l'homme, conscient de ses craintes, n'avait hissé le trapèze que d'un mètre au-dessus du sol. Assise en équilibre précaire sur la barre, elle l'avait vu s'approcher d'elle et lui caresser les jambes. Elle s'était renversée en arrière et laissé faire, tout à son plaisir de découvrir des horizons nouveaux. Puis il avait hissé le trapèze de quelques mètres et les caresses de l'homme étaient devenues plus précises. Ses mains étaient remontées sous sa jupe tandis qu'il s'était assis à ses côtés, la coinçant contre les cordes qu'elle agrippait avec inquiétude. Les mains de l'homme, infiltrées à la recherche de son sexe, avaient écarté le slip de soie qu'elle portait et s'étaient glissées comme deux voleurs dans l'interstice déjà humide de ses lèvres. Elle avait fermé les yeux tout en se raccrochant encore davantage aux cordes qui lui blessaient les doigts. L'homme avait de nouveau élevé le trapèze, si haut qu'elle en tremblait presque. Le danger était devenu encore plus présent dans son esprit et c'était ce danger même qui décuplait ses émotions et lui mettait les sens à vif. L'homme, habitué au vide, ne semblait éprouver aucune gêne. Il se baissa sur le trapèze pour guider ses lèvres et sa bouche vers le sexe d'Alice. Elle eut peur pour lui, pour elle, et n'osa bouger, cambrant le ventre et écartant ses jambes pour l'aider à mieux la fouiller. Il la suça longuement, voracement, tandis qu'elle se mordait les lèvres jusqu'au sang pour ne pas hurler de peur et de jouissance entremêlées. L'angoisse du vide augmentait chaque fois davantage son plaisir où la peur de la mort et le désir intense qu'elle avait de lui croissaient dans le même temps. L'homme enfin fit monter le trapèze en haut du chapiteau. Il se mit debout, bien en appui sur la barre, et plaça une jambe de chaque côté d'Alice, lui présentant un sexe démesurément bandé qui pointait, arrogant et agressif, hors de son slip. D'un léger mouvement des reins, il appuya son gland sur la bouche entrouverte d'Alice. L'obscénité de la scène excita violemment Alice qui sortit sa langue pour sentir la force et le goût de l'homme. Il poussa alors plus avant son bassin, envahissant la bouche vaincue devenue impatiente. Alicia le lécha avec entrain, enfonçant la virilité jusqu'à la limite de l'étouffement. Des larmes perlèrent à ses yeux tandis que sa langue torturait de plaisir la hampe. Puis le trapéziste se retira de ce fourreau soyeux où il ne voulait pas prendre son plaisir, et s'accroupit devant elle. À califourchon sur elle, il la chevaucha un moment avant de la pénétrer brutalement d'un simple coup de reins. Cette fois elle hurla pour de bon. La douleur la cuisait, la rage d'être prise sans ménagement, la peur de tomber, tout vint s'emmêler dans son esprit. Les cordes s'enfonçaient dans ses chairs, la blessaient jusqu'au sang tant elle les serrait. Elle se laissa faire, poupée docile incapable de résister tandis qu'il la labourait à demi accroupi sur elle. Le vertige la prit, elle resserra les muscles de son sexe autour du sien comme si eux seuls pouvaient l'empêcher de tomber. La jouissance irradia tout son être. Elle sentit sa chatte la brûler, la queue de l'homme devenir si dure qu'elle s'imaginait traversée du sexe jusqu'à la tête. Elle accompagna le mouvement, brûlée par la douleur et le plaisir en même temps, jusqu'au moment où il explosa enfin en elle, avec une violence qui semblait ne jamais devoir finir. Elle faillit lâcher prise tandis qu'elle se sentit envahie de vibrations qui l'emplissaient tout entière et la faisaient trembler de la tête aux pieds en une extase sublime qu'elle n'avait jamais connue jusqu'alors...

Maintenant, sous le chapiteau, elle le voit se recueillir un instant, ses paupières se rapprochant à demi comme celles d'un fauve, pour mieux se concentrer et rentrer en lui-même. Puis il les rouvre et son visage prend une expression grave.

Là-haut, les trapèzes l'attendent. Il n'y a pas de filet ! Le danger sera plus grand et plus grande aussi l'angoisse des spectateurs. L'homme se dirige d'un pas décidé vers la corde lisse et elle a soudain la sensation de le voir se détendre comme un tigre pour s'élancer dans une ascension rapide vers le sommet.

La corde glisse, légère et souple, entre ses mains, entre ses cuisses... En proie à une émotion grandissante, Alice doit fermer les yeux à son tour. Inexplicablement, elle est devenue soudain la corde autour de laquelle il s'enroule et elle éprouve la force primaire de l'homme, son contact physique, sa douce chaleur. Son imagination enflamme son esprit et son corps.

Elle perçoit bientôt des picotements au bout des doigts, qui s'étendent peu à peu dans tous ses membres et dans son ventre aussi...

La main d'Alice fouille à tâtons sous le manteau qui recouvre ses cuisses. Instinctivement, elle trouva la fente de sa jupe et s'infiltre dans l'échancrure à la recherche de son sexe. Alice n'a mis aucun dessous et sa main le trouve aussitôt, offert et déjà brûlant de désir.

David, les yeux rivés sur la scène, ne s'aperçoit de rien.

Écartant d'un doigt léger ses lèvres déjà entrouvertes, Alice le fait glisser doucement le long de son clitoris. Un frisson la parcourt !

Puis elle rouvre les yeux pour voir les muscles de l'homme, qui monte à l'assaut du chapiteau, durcir sous la peau et se gonfler sous l'effet de l'effort. Instinctivement, elle redresse le dos, comme s'il allait la prendre à nouveau.

L'homme vient de toucher au but ! D'une simple pression du bassin, il se propulse sur la passerelle, face au trapèze. Le danger fait grandir encore l'excitation d'Alice.

Soudain l'homme se cambre pour mieux prendre appui et s'élance dans le vide à la rencontre de son partenaire. La tension dans la foule monte d'un cran. Le roulement du tambour lui fait écho et Alice en ressent les vibrations dans son ventre et plus bas encore, dans le creux déjà tout mouillé niché entre ses cuisses.

Là-haut, séparé de l'homme par un vide absolu que ne comble aucun filet, l'autre trapéziste, le receveur, attend tête en bas, bras tendus.

Soudain Alice s'imagine à sa place, mais dans la position inverse, accrochée seulement par les bras, les jambes écartées, prête à le recevoir.

Il s'élance à sa rencontre ; elle l'accueille toutes cuisses ouvertes et il se fiche en elle, brutalement, par la seule accroche de son sexe pointé !

Et elle s'imagine ce sexe agrandi, qui la pénètre par la force du plongeon qu'il fait, et la transperce. C'est brutal, immédiat, blessant mais d'une jouissance jamais égalée !

Alice enfonce son doigt encore plus profondément, tout au fond de son nid ruisselant, et son ventre se met, malgré elle, à onduler légèrement. Oh, comme elle le désire à nouveau, cct homme volant, juché là-haut sur son perchoir, qui s'apprête à s'élancer dans le vide !

Les roulements du tambour se sont encore amplifiés et le ventre d'Alice danse, danse, brûle d'un feu intérieur, dévorant, secoué d'ondes de désir qui la parcourent en tous sens. Elle vibre comme un diapason vibre dans le vent, comme électrisée par mille courants.

Le trapéziste s'élance enfin. Un saut périlleux dans le vide. Il frôle le corps du receveur. « Oooh ! » Un remous secoue l'assistance. Tout le corps d'Alice se met à trembler. Son ventre n'est plus qu'une boule dure, de désir, de peurs et de folies entremêlés. Une boule dans le ventre ! L'angoisse et le désir confondus se sont nichés là, et l'un se nourrit de l'autre. Les deux grandissent en même temps. Plus la peur monte, plus l'envie de posséder, et d'être possédée par cet homme, devient aiguë. Elle revoit sa queue tendue devant ses lèvres, c'en est presque douloureux. Ses nerfs courent à fleur de peau. Elle est comme écorchée vive. Un souffle d'air la fait tout entière frissonner. Elle ferme les yeux de nouveau, juste un instant, pour la ressentir encore davantage, cette brûlure qui la consume.

Son clitoris est gonflé de désir, sa chatte hurle à l'envi. C'est comme une démangeaison qui ne lui laisserait aucun repos et, plus elle la frotterait, plus elle en réclamerait. Elle veut être ouverte, dilatée, béante de ce désir de l'homme.

Tétanisée sur son siège, elle a les jambes molles et le souffle coupé, des perles de sueur glissent sur son front.

Jamais jusqu'à ce jour le besoin d'être possédée ne s'est fait autant ressentir, impérieux. Elle est comme une femelle en chaleur que rien ne calme. Et peu à peu dans son cerveau tout s'embrouille...

L'homme achève sa pirouette dans les airs et d'un ultime effort désespéré, des reins, des bras, de tout le corps, réussit enfin à se rattraper par un bras au pied de son partenaire !

Alice pousse un cri qu'elle étouffe de sa main. Oh, que n'eut-il pu se raccrocher à elle, à son ventre, à ses seins, à ses fesses !

Oh, que n'eut-il enroulé ses jambes à ses propres jambes, à son torse, à son cou !

Son esprit l'a transportée là-haut, tandis que sa main continue à la fouiller sans relâche, fébrilement, faisant durcir son clitoris toujours davantage et couler sa chatte affamée exacerbée de désir. Elle se cambre encore plus dans son fauteuil, et enfouit cette fois deux doigts, puis trois, malaxant son sexe dans un nerveux va-et-vient qui la fait trembler, l'amène au bord du spasme libérateur tandis que son esprit continue ses délires. Elle est seule au milieu d'une foule dont les yeux ne lâchent plus le trapéziste qui, là-haut, dans le halo de lumière, frôle la mort à chaque instant. Et David s'est joint à cette foule, étranger parmi les autres.

Il n'y a plus désormais qu'un souffle et qu'un cœur qui bat à l'unisson de celui de l'homme. Et plus le désir enflamme Alice, et plus elle devient prisonnière de ses fantasmes. Elle retient sa jouissance, comme elle retient son souffle, esclave de sa peur et de ses angoisses.

L'homme commence à fatiguer, ses mouvements se font plus lents. Alice, exténuée dans son fauteuil, le suit des yeux en apnée, parcourue de mille ondes, de mille décharges, qui secouent son corps tremblant ; elle n'est plus qu'une vibration, qu'un courant nerveux. Elle a depuis longtemps échappé au rationnel, échappé à ce fauteuil où elle est rivée, échappé à son corps même.

La vibration s'amplifie encore davantage, si forte, si dense, qu'elle a le sentiment d'exploser alors même qu'un éclair traverse son esprit, qu'une lueur l'éblouit, et soudain elle se sent aussi légère qu'une bulle, remplie d'un bonheur absolu tandis qu'elle perd pied totalement, et quitte un instant cette foule et ce cirque, dans une extase totale où elle monte là-haut, tout là-haut, contre le corps du trapéziste.

Marie-Jeanne Marti

L'Apprenti

Je leur avais bien dit qu'il fallait se méfier. Notre mère le disait, nous étions trop embrassantes, trop affectueuses.

Consuelo serrait ses poupées à les étouffer et Constantia nous mordait d'amour, disait-elle. De nous trois c'est moi, Cornilia, la plus douce – paraît-il ; encore que l'ours de Consuelo y a laissé ses oreilles à force de les lui pincer. À présent, nous voilà avec bien des ennuis si la chose venait à se savoir.

Pourquoi est-il entré aussi, ce jeune crétin ?

On ne lui demandait rien que de livrer la farine sur le perron et de s'en aller. Pourquoi a-t-il voulu entrer ? Comme si c'était drôle une pâtisserie...

C'était vendredi, il manquait de la farine. On a téléphoné au fournisseur et le patron nous a dit :

— Je vous envoie mon arpette, prenez-en soin, il est tout jeune il débute dans le métier.

Puis il a ricané. C'est Constantia qui l'a eu au téléphone puis elle a raccroché en le traitant de connard entre ses dents. Dans la ville, nous passons pour des filles faciles, d'où la réflexion du marchand de farine. C'est vrai qu'aucune de nous ne crache sur un beau garçon.

Le jeune est arrivé avec un sac de jute sur l'épaule, tout de blanc vêtu, tout propre, comme un ange dans son nuage de farine. Il était grand et bien foutu, salement bien foutu, il s'est avancé jusqu'au milieu de l'office et a posé le sac d'un coup sur la table, han ! Puis il nous a regardées toutes les trois comme un gourmand qu'il était, sans doute prévenu par son patron qu'il allait en visite chez trois bonnes affaires.

Nous, on se tenait là, les mains dans les gamelles, du blanc jusqu'au coude. On matait son engin gonflé à travers le pantalon de toile et on commençait à saliver. Consuelo avait la poitrine un peu débraillée, c'est elle de nous trois qui a les plus gros seins, ils lui pétaient à travers la blouse de Nylon blanc, pointes en avant.

Comme elle voit qu'il lui regarde la poitrine avec insistance, elle s'approche de lui et, ouvrant sa blouse d'un coup, découvrant ses deux globes laiteux, elle lui dit :

— Ben prends, sers-toi de tout.

Le jeune nous regarde toutes les trois d'un air un peu niais, puis, timidement, tend la main vers les seins de Consuelo et en pince un bout. Voyant que personne ne lui dit rien, il s'enhardit et prend le nichon de ma sœur à pleine main puis l'autre avec l'autre main et commence à jongler avec : Hop, hop, l'un puis l'autre, tandis que Consuelo, les yeux mi-clos, trouve ça vraiment bien à son goût. Au bout d'un moment, Consuelo ouvre les yeux et lui met la main au paquet, celui-ci a pris des proportions qui semblent gigantesques. Bien vite, elle le déboutonne et en fait émerger une bite de belle taille et raide. Il fallait voir.

Consuelo grimpe sur la table et nous l'assistons pour enlever sa culotte ainsi que celle de l'apprenti qui se retrouve sans froc et cul complètement nu en moins de deux. Elle remonte ses jambes, cale ses fesses sur le rebord en bois rugueux et prend la bite du jeune homme en main, d'autorité, pour se la fourrer. Cela dure vraiment bien peu de temps, car l'arpette a les couilles pleines et ma sœur jouit vite. Quelques va-et-vient et quelques gémissements plus tard, la chose est faite. Le gars fait un geste pour rengainer son outil, mais Constantia l'arrête :

— Eh toi, tu crois quoi, que tu viens te vider les couilles ici comme un malpoli ? C'est mon tour maintenant.

Sur ses mots, Constantia reprend le sexe du livreur de farine en main et, en quelques frictions sèches, le ranime aussitôt. Elle prend la place de Consuelo sur le rebord de la table, remonte sa blouse jusqu'à la taille. Je m'aperçois que cette cochonne ne porte pas de culotte. Sans ménagement pour le garçon qui n'en croit pas ses yeux, elle attire fermement son bassin vers le sien, lui intimant par ce geste d'œuvrer à son plaisir.

La deuxième fois, en toute logique, est plus longue, l'arpette apprend à jouir et à faire jouir, ma seconde sœur prend son pied deux fois et assez bruyamment, ce qui a pour effet de nous exciter foutrement Consuelo et moi, surtout moi qui n'ai pas eu encore mon coup.

À présent nous sommes tous à poil dans la pâtisserie. Il y fait chaud, le four brûle pour rien, les tartelettes et les gâteaux en rangs serrés, tout crus, attendent pour être enfournés, mais pour l'instant ce n'est pas non plus leur tour. Constantia, repue, est allée fermer la porte à clef et décrocher le combiné du téléphone pour que nous ne soyons pas dérangés.

C'est à moi maintenant, mais pour rebander, à présent, monsieur a des exigences ; il veut que je le suce. Je le fais sans regret, car il me remplit la bouche en moins de temps qu'il ne faut pour l'aspirer. Penché sur lui, alors qu'il est couché sur la table, je le pompe jusqu'à refaire de sa colonne le monument impressionnant que l'on sait. Dès qu'il est prêt, je viens m'empaler jusqu'à la garde.

Sa bite est si ferme et grasse à la fois que je jouis comme jamais, je n'arrêterais pas de le chevaucher tellement c'est bon, mais il faut une fin à tout, il gicle en beuglant et sa bite rétrécit immédiatement. Quel dommage !

Nous ayant – croit-il – contentés toutes les trois, notre ami va pour se rhabiller, mais Consuelo s'estime lésée.

— Ça n'a pas duré assez longtemps, proteste-t-elle, il l'a sabotée, il faut qu'il recommence.

Il rigole, gêné.

— J'suis pas une machine.

— C'est ce qu'on va voir, lui rétorque Consuelo en lui enfonçant un doigt dans l'anus. Tu vas voir, cette méthode-là est radicale, même les petits vieux arrivent à bander de cette manière.

Le jeune proteste de nouveau, il est fatigué, c'est bon, il reviendra. Mais Consuelo ne veut rien entendre, elle le branle et lui travaille l'anus tant et si bien qu'il rebande en effet. Elle l'allonge encore sur la table et fait comme moi tout à l'heure, elle s'empale.

Si on devait tout reconstituer avec un juge, eh bien je crois que c'est là que ça a dérapé, Il y a eu comme un effet de groupe. Une espèce de ferveur s'était emparée de nous trois. En voyant Consuelo qui allait et venait sur ce beau mâle en haletant, le tableau nous excitait. On avait goûté de cette jeune bite et on était accro, je crois que c'est ça, quelque chose était en train de faire son chemin dans nos têtes comme quoi le jeune, on ne le laisserait plus partir.

Constantia s'en va prendre une grosse courgette dans le panier à légumes pour se la mettre dans le vagin en regardant notre sœur se faire prendre, moi je me frotte la chatte à califourchon sur une chaise puis, au bout d'un moment, on a voulu les rejoindre. Comme j'ai sucé le jeune homme, je veux maintenant qu'il me fasse pareil, qu'il me bouffe la chatte. Je me mets au-dessus de son visage, les cuisses de part et d'autre. Je descends ma chatte à la hauteur de sa langue et il s'avise de me laper comme un jeune chiot. C'est divin, mes lèvres du bas répandent une quantité incroyable de foutre dont je lui barbouille copieusement le visage. Constantia s'empare ensuite d'une carotte, elle la trempe dans de l'huile et commence à délicatement introduire le légume dans l'anus de l'apprenti, c'est là qu'il s'est mis à paniquer.

— Laissez-moi, vous êtes folles ! il disait, mais nous, on n'entendait plus rien.

Consuelo s'astiquait sur sa bite comme une forcenée, moi, je m'étais carrément assise sur sa gueule pour le faire taire et Constantia qui lui avait complètement rentré la carotte dans le cul se finissait en se frottant le clito sur lui, à califourchon elle aussi, mais sur son torse.

Le tableau devait être terrible : trois sœurs, bien en chair et tendres d'âge et de croupe, s'agitant convulsivement sur un corps d'homme cloué sur la table par des femmes et des légumes, au centre d'une inquiétante cuisine où brûlait en pure perte un fourneau digne de Landru ; trois sœurs menant sabbat, à califourchon sur un balai humain, le visage révulsé par l'extase montante ; trois formes blanches, noyées dans les brumes de la farine que leurs souffles faisaient voler, violaient un homme, « en réunion ». Nous n'étions plus présentes à nous-mêmes.

Que pensait chacune de nous en cet instant où la vie de ce gars a basculé ? L'orgasme emporte l'entendement, il produit un état mental abolissant toute réalité. Dans la dernière ligne droite du plaisir, seul compte cet ultime galop et peu importe les sacrifices engagés, la sensation en est trop forte. Quelles visions occupaient la rétine de Constantia et Consuelo en cette minute de jouissance si brève mais si fulgurante ? Je me rappelle à peine avoir aperçu l'apprenti s'agiter, battant l'air de ses bras en signe de détresse et de désespoir. Le fourneau penchait de biais sous mes yeux plissés, le sol tremblait dans la chaleur, je nous ai entendues crier en même temps, cris surnaturels de créatures transportées, piaillements monstrueux qui résonnaient dans la pâtisserie chômeuse virant au rouge.

C'est Consuelo qui s'est aperçue la première que ce petit con ne bougeait plus, le sentant débander sous elle, elle donne quelques coups de reins désespérés en lui intimant l'ordre de ne pas faire la limace. Je me rends compte alors que son bras pend, inerte, en dehors de la table et qu'il ne respire plus.

Pour sûr, ça nous calme. On fait cercle autour de lui et on constate qu'on a commis l'irréparable ; l'apprenti est mort, étouffé sous nous.

Il est 16 heures, le four est en train de s'éteindre, les gâteaux toujours pas cuits et on a un cadavre sur les bras, *mama mia* !

Alors on s'est rhabillées en attendant de trouver une solution.

Constantia propose de le sortir à la nuit tombée dans un grand sac, de l'emmener dans une voiture et de le foutre à la baille.

Consuelo dit qu'il faut tout raconter à la police en disant qu'il a eu une crise cardiaque en posant le sac de farine. Mais les heures ne collent pas.

Alors on a sonné à la porte et là je crois bien que notre dernière heure de liberté était comptée. Sûr que son patron venant le chercher, il va tout découvrir.

Pourtant non, c'est une cliente du haut de la ville qui nous passe commande d'une trentaine de pains-surprises et d'amuse-bouches pour la fête d'anniversaire de sa fille, le lendemain.

L'idée me vient alors de cuisiner des pâtés et des terrines d'un genre très nouveau qui feront sortir notre ami d'ici en toute discrétion et par la grande porte encore !

Ainsi, toute la nuit, Consuelo, Constantia et moi, Cornilia, on travaille l'apprenti au corps, pour lui faire rendre toute sa substance et son parfum et faire entrer ce grand garçon dans trente-cinq petits moules en fer blanc.

Il devient trente-cinq terrines d'une saveur délicate typique à celle qui émane de la peau des jeunes hommes et dont le parfum de cuisson traduit à merveille le pied sublime que nous venons de prendre.

Les terrines confectionnées et rangées sur le plan de travail, nous faisons disparaître les vêtements du jeune homme dans le four et quand son patron vient le lendemain pour savoir quand nous l'avons vu pour la dernière fois, nous lui montrons le sac de farine a demi vide sur la table, d'un air désolé. Oui, il est bien venu livrer mais après... où est-il allé ?

— Il semblait si pressé..., ai-je ajouté dans un soupir.

Et tandis que nous devisons aimablement avec le patron du défunt, ce dernier sort sur des plateaux d'argent, apportés par les extras de la cliente.

Nous n'avons cependant laissé partir que trente-quatre petits pâtés, car, réunies à nouveau autour de la grande table en bois, tel un autel sacré par le foutre, nous avons fait du trente-cinquième le repas le plus sain qui soit, plantant dans le centre du pâté un couteau bien pointu pour faire parts égales, en sœurs, et déguster, dans un silence religieux, les restes de notre amant.

Lise Michel

Plaidoirie

Bandante comme une étoile de hard, la schtroumphette de sex-shop, ses cheveux décolorés en chignon volcanique. Roger ne se départit plus d'un sourire honteux de vice depuis qu'il l'a rencontrée. Il était célibataire et en manque de sexe. Il a vu un bar show girls, on l'a amené dans une petite salle obscure où se trouvaient assis quelques hommes. Il a pris place pour regarder la fille qui se déhanchait sur l'estrade. Toute en mollesse, elle repoussait de son corps le désir qui s'y enroulait depuis la gorge jusqu'au sexe, elle enlevait un à un les vêtements qui l'oppressaient, le soutien-gorge sauta de la poitrine gonflée, le slip hésita de l'avant vers l'arrière puis disparut. Toujours insatisfaite, elle offrait en boudant sa croupe, jambes écartées, ses seins tout comprimés. Lui, il avait une érection insoutenable et cette salope qui pleurait d'être baisée, il lui en aurait donné... Il se prenait la verge avec circonspection, histoire de ne pas exploser avant la fin du spectacle. Elle était sur les fesses, son intimité dépliée, un doigt dedans façon « mode d'emploi ». Sûr que si elle avait pu, elle aurait sorti ses tripes pour les montrer aussi. Elle finit par se relever en le regardant et l'entraîna du regard vers le mystère des coulisses. Il alla immédiatement s'enquérir auprès de l'ouvreuse. Elle lui fit part des tarifs du salon. Quand il retrouva sa strip, elle était dans une petite cage transparente pour une baise virtuelle. Elle suivit ses instructions avec un plaisir extra-professionnel. À la fin, elle lui demanda l'autorisation de jouir avant qu'il ne parte. Elle se lança alors, toute remplie d'instruments, dans des cris de hardeuse. Rassasiée, elle lui proposa de se revoir.

Ils sont allés au restaurant et puis chez elle. Elle a baissé la lumière et mis de la musique d'ambiance puis s'est retirée dans la salle de bains. Il avait une de ces envies... Il reprend sa respiration, et tâche de se concentrer sur les poissons dans l'aquarium, la collection de poupées Barbie et les posters de Pamela Anderson, mais dans cet univers rose de plumes et moumoutes, tout doux partout, il ne pense qu'à ça. Elle apparaît débordante, des seins au sourire, ses yeux, ses cuisses, tout déborde. Il essaie d'être calme, mais toi ma salope, tu vas l'avoir ta bite. Elle en peut plus la chatte de vitrine, t'en fais pas... Hum, les gros nichons, je te les avale, vas-y lèche-les... Elle est impeccable, il ne pouvait pas rêver mieux, il est sur le dos, comblé, elle lui titille les poils du buste avec une bouille de Brigitte Bardot. C'est vrai, tu as aimé, hum, j'ai encore envie de toi...

Ils habitent chez elle depuis. C'est une humble fierté que la sienne, celle d'un salaud comblé par une pute et d'un homme gêné par la femme qui lui parle d'amour. Elle s'est encore fait siliconer les seins, elle est passée à 95. Il n'en peut plus, il la prend dans tous les sens, oui, oui, ils sont très beaux, ils sont surtout bandants. Elle ne sait pas si ça la flatte ou la vexe. Elle se met à lui parler animaux, enfants, plantes vertes. Il lui passe la main dans le corsage, l'œil lubrique. Elle n'aime pas le décevoir, elle se tait et elle lui touche la bite, mais c'est plus fort qu'elle, il y des larmes qui montent. Ben alors, bébé, qu'est-ce qui t'arrive ? Viens là, je vais te faire du bien, t'as besoin d'une bonne bibite, hein mon chat... Il la tripote, mû par une excitation incestueuse. Elle a cette bouche de pute même quand elle pleure. Allez, ça va les calmer tous les deux. Elle sent les mains empressées sur son corps et regarde ses gros seins. Elle comprend qu'aucune partie de son corps n'éveillera la compassion. Par une fatalité qu'elle ne s'explique pas, elle ne rencontre que des hommes à salopes. Les femmes ne sont pas mieux. Les hommes au moins sont plus gentils et elle ne veut pas croire que c'est seulement pour la baiser.

Le lendemain, d'une voix blanche, elle lui demande de partir. Il se sent volé. Qu'ils baisent ou s'expliquent, ces deux-là, c'est pas une sinécure pour le voisinage. Tu vas te faire les voisins maintenant ! Ah non, intervient celui d'en face, c'est le genre de femme retournée de l'intérieur vers l'extérieur qu'on aurait honte d'emmener dîner, qu'on regarde même pas, sinon elle croit qu'on veut la baiser. Pour le voisin, tout ce qui déborde, c'est la marque de la poufiasse. Elle lui souhaite de ne rencontrer que des maigres inaptes, par nature, à la poufiasserie, et des laides, qui n'en ont pas l'audace. Puis à l'étudiante du bout, elle me trouve provocante, la Demoiselle ? Cette liberté de poufiasse lui coûte l'exclusion, c'est assez cher payé, non ? On parle des laissés pour compte, des incompris et des exclus sans faire allusion à la poufiagédie. Les voisins d'à côté n'ont rien dit, toujours courtois lui et sa femme.

Il est enfin parti en l'insultant de tous les noms qui explosent salement sur la façade d'une femme. Silence des parties communes, la minuterie s'éteint. Les voisins d'à côté la trouvent là. Ça va aller ! mais les larmes redoublent. Oui, elle veut bien un thé.

Ils ne lui tiennent pas rigueur d'ignorer que la femme naît de l'intérieur, que son désir meurt à la lumière. C'est un silence qui la repose.

La grosse mange quand on le lui reproche, la poufiasse caricature la féminité quand on l'en blâme, paradoxe de la souffrance.

Elle nargue l'assistance, un genre de Carmen, poing sur la hanche. À cette différence qu'elle choisit de s'avilir et qu'elle y invite les autres, bossue bouffonne : « Alors la poufiasse, tu t'aimes ? tu nous en montres un peu plus, Madame la Pouf, rien qu'un bout de chair mais y'a de la salope dans cette viande, allez, donne-toi, c'est rien qu'un corps avec une tête de poufiasse au-dessus. »

Les gens à morale n'ont pas le moral. Elle, elle est toujours de bonne humeur, et parle au monde entier si elle est à la porte du chez-elle délabré, verrouillé de l'intérieur parce que le monde peut lui dire qui elle est, l'aider à réintégrer sa coquille, lui en donner une autre, ou colmater celle-ci. Femme de l'extérieur au service des autres. Elle ou les autres, c'est pareil et elle leur sourit sans arrière-pensée. Elle ne comprend pas leur mépris. Le sien la conduit à l'autodestruction. Mais le leur a le mérite involontaire de la renvoyer aux lieux abandonnés couleur hématomes de son intérieur. Sobre, elle pense en constatant les dégâts et les fentes qu'il n'y a pas d'endroits au monde où s'abriter.

Évidemment qu'elle est sensible. Elle aimerait qu'on le voie malgré sa provocation aveuglante. Ces mots « je ne dis pas ça contre toi » sont sans effet sur elle, elle dit oui et puis elle a l'impression de se laisser pisser dessus et que ça l'asperge à l'intérieur. Elle voudrait dire avec véhémence : « Je ne suis pas d'accord », et puis renonce en fin de phrase à sa défense, autant écoper un navire qui prend l'eau. Elle pressent la profondeur des faibles, des excentriques, empathie de persécutés qui gardent un poing dans la bouche pour étouffer la douleur de leur plaidoirie avortée.

Bien sûr qu'elle est sensible, c'est le monde qui ne l'est pas, mais ce serait le comble de l'impudeur que d'afficher ça aussi. Non, elle ne fléchira pas, et puis, elle sait qu'un salaud ne voit que des salopes. Un sourire, un bout de peau, une rougeur, tous les détails sont malléables. On vit dans un monde où le sexe est suggéré à chaque affiche, avec une poésie parfois qui laisse rêver que les gens ont de l'amour pour lui, mais il n'en est rien. Une jolie paire de fesses reste un cul à baiser.

Parfois elle prétend jouer les crapauds-poufiasses pour justifier sa provocation, on lui laisse entendre patiemment qu'il n'y a pas de princes charmants.

Cambriolages, parasites, mycose, vers de peau, transparence, trous de serrures, vis-à-vis, cloisons fines, sadiques, le corps n'est jamais à l'abri des intrus, le corps est une maison cambriolable, abandonnable, qui prend le vent, la moisissure et laisse s'installer qui veut le détruire. Alors elle a besoin de le désacraliser. Ce n'est qu'un corps après tout, son viol n'atteint peut-être pas autre chose que la chair, quelque chose d'important, à moins qu'il ne soit normal de vivre en permanence dans l'éventuelle dépossession de soi-même. Elle s'habille sans se cacher, elle a froid à l'intérieur, mais veut braver la peur dont elle est ivre.

La femme du voisin l'accompagne à la porte. Ses beaux yeux lui disent que la liberté n'est pas à ce prix, qu'il y a un être qui en souffre... un être en elle.

Une voix chaude qui la bouleverse jusqu'aux eaux

troubles de sa douleur. Il émerge en reprenant bruyamment sa respiration au milieu des sanglots. Et elle ne sait pas qui d'elle ou de l'être a le plus souffert.

Alors la poufiasse, tu t'aimes ?

Plénitude

Une plénitude l'emplit de reconnaissance pour la vie.

Cela se produisit sur une petite île rustique. Là, nez au vent, elle déféquait à l'écoute des bruits du monde, en arrêt, en extase d'un temps retrouvé et densifié, en harmonie soudainement avec le monde et elle-même. La vie affluait, limpide, par les canaux purifiés, aridifiés de sa solitude. Discrète et présente à la fois, elle se surprit à rire de bonne âme avec les gens. Un jeune Italien de son âge lui plaisait. Entre eux, pas de mots, une conversation de sourds-muets et de l'espace pour être au-delà des mots.

Un jour, à la plage, tandis qu'il se baignait, elle fut prise d'une idée, qui serait comme un tribut à sa nouvelle sérénité. Des hommes la regardaient à la dérobée, ennui des mâles sédentarisés. Elle commença à frotter ses jambes l'une contre l'autre pour y sentir l'abricot pulpeux à leur intersection. Les regards autour se rigidifièrent en biais. Elle luttait pour se convaincre que rien de ce monde n'est réel. Comme disent les Russes : la réalité serait rêve et les rêves, réalité. Alors, dans les deux cas, elle devait se masturber. Bien sûr que tout le monde allait la regarder, elle connaissait les règles prévisibles de la réalité. Elle voulait justement les consumer. La main dans la culotte, elle regarde au loin son Italien, le cœur battant, et écarte un peu plus les jambes. Les regards autour d'elle se resserrent en étau à son champ de vision. Elle poursuit, somnambule. Elle a réussi, elle ne peut plus reculer dignement. C'est à elle qu'elle se doit cette jouissance. Elle tremble comme une feuille sur son transat. Son cerveau bourdonne, elle ne veut d'autre tête-à-tête dans cette foule estivale, qu'avec elle-même, prête à mourir plutôt qu'échouer à élargir son espace sensuel. Ce corps est à elle, prouve-le, pense-t-elle, personne, ni eux ni les meurtrières vicieuses de l'omnipotent géniteur, personne ne peut m'en empêcher. Ses jambes flageolent tandis qu'elle s'acharne à vouloir faire sortir ce petit diable d'orgasme, avorton de la société qu'elle veut lui rendre une bonne fois pour toutes, qu'il ne lui reste plus en travers du vagin, plus jamais. Tiens, société, reprends-le ton putain de plaisir atrophié, reprends-le, pense-t-elle, tandis que des hommes s'approchent l'air de rien, en feignant d'aller se baigner, le sexe en érection sous leur pauvre slip de bain, animaux ridicules de domestication. Elle voit par ses yeux entrouverts et embués de larmes ces ombres mouvantes à contre-jour. Elle force sa témérité jusqu'à écarter davantage les jambes. Au loin des exclamations outrées parviennent, les gardes-côtes peut-être, les gendarmes de la petite île, elle pense qu'il lui faut jouir vite, vite. Elle tire le slip sur le côté et dévoile au grand soleil sa petite fente courageuse. Elle y passe un doigt de plus en plus rapide. Et puis son Italien paniqué qui ne sait plus s'il doit intervenir ou rester à l'écart du scandale, il s'agite autour du transat, et finalement, lui balance une serviette sur le corps comme on jette un seau d'eau sur les sexes ventousés des chiens qui copulent. Les gens autour s'éloignent un peu pour laisser passer les gardes-côtes. On rit jaune.

— Mademoiselle, nous vous rappelons que vous êtes dans un lieu public, veuillez cesser immédiatement cette provocation.

Quelle provocation, bande de faibles ? On étouffe sur cette planète, les chattes puent le poisson à force d'être scellées sous slip, les bites s'étiolent, ça pue. Elle rejette la serviette, c'est sa dernière chance de leur vomir un orgasme de sauvage, elle frotte encore plus ses doigts entre les grosses lèvres, des mouvements frénétiques d'une rare rapidité, son avant-bras a une crampe. On la traite de malade... prévisible réalité. Kamikaze de l'honneur au nom de sa liberté, elle attire à elle l'orgasme phénoménal qui la propulsera loin du cul de bouteille poussiéreuse où ils gisent, loin des bourdonnements bienséants qui s'en élèvent, râles de morts. Elle est transportée de force, elle se frotte où elle peut, contre les gardes-côtes vigoureux, machines au service de la stérilité des mœurs, elle parvient à passer encore une main entre ses cuisses, ça vient, elle se transforme en corps, en sexe, rien que ça, tant que ça, à tel point qu'elle étale en traînée gémissante sa jouissance à travers la plage. Ses râles suivent le sillon de ses pieds mous dans le sable. Air alourdi de chaleur, de silence pesant en désir et réprobation. L'orgasme à son paroxysme la saisit, l'immobilise, bouche entrouverte, tête renversée, elle se sourit à l'intérieur, sacrifice à son propre autel dont elle salue l'ampleur. Émotion recueillie, silence en son âme pacifiée, au milieu des insultes. Et puis elle se met à marcher sur ses jambes cotonneuses, sans plus se laisser porter par les vigiles maintenant. Ceux-ci s'arrêtent, l'observent, se demandent quoi faire d'autre. Leurs sexes, accusateurs, pointent. Ils lui demandent, éprouvés, au nom de tous : « Alors ça y est, elle est calmée la petite dame ? Elle va laisser les gens tranquilles ? C'est quoi ça ?

Comme si y'avait pas des endroits pour ça, non mais vraiment ! » et la libèrent. Oui, elle va les laisser tranquilles, elle a le sexe qui bat la chamade, son cœur aussi, elle est le soleil et la mer, elle est dans chaque fibre de son nouveau monde. Oui, elle va les laisser à leurs mots croisés, les gens, à leur baignade fatigante, aux pâtés de sable avec les enfants qu'on tripote sous prétexte de les cajoler dans la pénombre de la chambre parentale, les laisser à l'étalage décent de crème solaire dans le dos, aux rêves libidineux qui leur mouillent le fond de la culotte, à leur branlette en apnée cachés dans les toilettes, à leur partie de jambes en l'air autorisées, balisées. Elle va les laisser. Elle a la tête remplie d'étoiles. Elle va se baigner. Mélanger à l'eau salée celle des larmes de sa seconde naissance, la mouille de son dépucelage. Elle va se baigner et puis elle retournera sur son transat, parce que dans son monde à elle, c'est dans l'ordre des choses désormais d'être un tout.

La commerçante

Madame Rapin vit dans l'attente du week-end. On s'amuse bien, elle a des replis de gourmandise pudique sous le menton quand on la taquine là-dessus. Elle n'a pas la prétention d'être belle, mais comme la plupart des boulangères, elle est appétissante, fraîche comme si elle sortait de la fournée du matin. Elle ondule de la voix d'une façon prévisible en parlant aux clients, le nez en l'air et les yeux ailleurs quand elle est de mauvaise humeur. Une voix forte, qui monte et descend, toujours tranchante. Elle a un bon rire facile, et aller chercher son pain chez Madame Rapin, ça met du baume au cœur. Bien sûr, il y a un régime de faveur pour les habitués, elle est encore plus câline alors, elle leur fait même des petites confidences, tant pis pour ceux qui attendent, elle est trop bavarde, vous m'excuserez ? oui, on l'excuse. Son mari est du style jovial, pépère, mais il faudrait quand même pas le prendre pour un con, il est cordial mais il se respecte. Et puis avec sa Mimine, ils se respectent aussi, on rigole, on se fait des blagues osées, des grivoiseries aussi grasses qu'eux, on a ses copains, ses copines chacun, mais le mari, la femme, c'est sacré, on se respecte dans la rigolade. Leurs amis leur ressemblent. Des commerçants aussi.

Le dimanche, on se retrouve les uns chez les autres. En fait, c'est plutôt le samedi soir. On se rassemble pour dîner. On commente la bonne bouffe, on se ressert en rigolant, on parle fort, on se marre bien avec des histoires de bonne femme et de cul, et les femmes ne sont pas en reste. Elles marchent davantage aux allusions, et puis elles mangent de bon appétit, moins que les hommes quand même. Quand on est tous un peu faits, on va au salon pour le dijo. Les femmes sur les genoux de leurs maris affectueux et un peu échauffés, et puis on parle. On est entre amis, tranquilles, les femmes retrouvent leurs seize ans, elles aiment bien prendre des petites mines boudeuses avec leur double menton. On se raconte des histoires drôles, c'est qu'on commencerait à avoir la gaule ! et elles, elles rigolent en se tortillant sur leurs gros culs. Mais ouais... Tiens, le père machin fait des gros bisous dans le décolleté de sa grosse. Il a l'air mutin en marmonnant, ça se voit qu'elle se sent irrésistible. Alors, ma Mimine, on veut une petite visite ? Ben oui, lui faitelle en regardant l'assistance par en dessous, elle feint de rougir... On pose une devinette, des hypothèses parviennent, étouffées dans la chair. Chacun reste en couple, toujours prêt à rigoler même un sein à l'air, ou la main dans le slip.

Si on se mettait à l'aise ? Le salon est grand, y'en a qui se lèvent pour aller sur le canapé derrière, près de la cheminée, d'autres sur le tapis devant, ou dans les coussins, même sur la table, encore encombrée des restes du festin hebdomadaire. On se concentre sur sa Mimine mais on est pas contre le partage... Tiens, regarde comme elle mouille ma pupuce. Ah ouais... Il faudrait que tu lui mettes une grosse sucette là-dedans... Vas-y toi... La pupuce garde les yeux mi-clos, son dos allongé sur la table, sa bouche se contorsionne tandis que ses yeux essayent de survoler son corps pour voir ce qui se passe au bout de son tronc, là où ses jambes s'arquent, où la chair est nue, entre la robe relevée et les jarretelles. Sa chatte y fait un point noir, à peine fendue de rouge, offerte sur un plateau de riches bourrelets. On se ressert du vin. C'est bandant de voir Pupuce baisée par un autre. Une vraie salope, c'est clair, elle fait pas sa pute pour l'exciter lui, elle l'est. Oh, nom de Dieu, laisse-moi lui bourrer le cul ! fait-il en reprenant une gorgée de vin. L'autre donne un dernier coup et sort raide, les yeux furieux de désir. Tiens, salope va ! Elle se laisse faire, on dirait même qu'elle n'a pas noté le changement de bite. Ouh que ça l'excite ! Sa grosse poitrine se balance mollement, sa tête roule, elle ne fait même plus la jolie, terrassée elle est. On va lui remplir l'autre trou.

On commence à se rapprocher de la table. Les femmes reprennent de la bouffe. Mimine s'enfonce un gros grain de raisin dans la chatte : qui c'est qui veut partir à la chasse au raisin ? et elle écarte ses jambes, assise sur le rebord de la table. Le boucher, plutôt taciturne dans sa boutique, relève le défi. On va fendre cette chair de chatte hein, hum, c'est tendre, allez... Ça lui rappelle le foie de veau. Il lui arrive de se branler dans cette viande, si douce. Sa femme aime bien qu'il lui en enfonce, elle se branle et il essaie de rentrer tant qu'il peut dans le trou obstrué. Quand la viande est bien tiède, il la tire du vagin de sa femme, qui se frotte les seins avec d'autres pièces. Il passe le morceau sur sa bite en feu, il en mord un petit bout, il lèche, suce, tout en fourrageant avec sa verge l'intérieur de sa femme. Ce faisant, il enfonce le morceau en plus de sa bite. Petit à petit il n'y a plus un millimètre de libre dans le con de sa femme. Elle est pleine, s'enfonce un doigt dans le cul et la voilà partie à crier. Lui aussi, il a une bite décuplée, ou une chatte de môme, il ne sait plus, il remue de plus en plus fort et violemment, la viande prend la forme qu'il faut, s'il éjacule, ça va gicler de gicler. Elle a déjà eu trois montées d'orgasme, le dernier un raz-de-marée vocal. Il n'en peut plus et ça éclate, dedans dehors, sur le ventre flasque de sa femme exténuée. Une longue traînée blanche et filandreuse. Oh putain... allez c'est pas le tout, y a des clients qu'attendent, on rajuste les vêtements et on repart.

Alors là, il laboure la chatte gonflée de la mère Rapin. Sa bite est aspirée, bien calée dans le con congestionné. Le grain de raisin offre une petite résistance à son exploration, mais il finit par se fendre juteux et s'écrase au fond de la paroi, mélange son jus aux autres.

Il y a deux petites graines qui viennent frapper contre les muqueuses. On dirait les fameuses petites graines à faire des enfants, elle trouve ça drôle, elle lui raconte. Il fait « hon » pour dire oui, tout en allant chercher plus loin, il rajoute d'autres grains de raisin, jusqu'à ce que sa bite soit bien prise. Les grains éclatent. Il lui remplit la bouche aussi, elle croque et bave aux commissures des lèvres. Elle s'accroupit sur la table, on lui enfonce une banane dans son cul qui suinte, ça rentre tout seul, elle est aux anges. Mimine enlève la peau des kiwis et se les passe sur les seins, et puis les mange, les fourre dans la bouche des autres, les passe sur les chattes brûlantes. Son mari lui en enfonce un en entier et la prend en levrette tout en se gavant du spectacle des deux autres. Les gros nichons de la boulangère frôlent le gâteau à la crème sous elle, elle en a les bouts tout blancs et la pointe de ses cheveux si soignés aussi. C'est la coiffeuse de la rue Saint Maurice qui lui fait le brushing, Madame Junin. Elle se caresse le bout des seins, relève la tête gentiment de la boulangère en lui faisant une moue condescendante. Elle a toujours aimé sa candeur, elle pose la bouche sucrée-rosée de la boulangère sur ses tétons à elle, puis y passe la chevelure brillante qu'elle a coiffée quelques heures auparavant. La Mimine se laisse faire, en relevant le buste, elle tartine de crème celui de la coiffeuse, puis plante un doigt dans la pâtisserie vers sa bouche, dans la pâtisserie vers la bouche de la coiffeuse qui le garde délicatement en savourant. Quelqu'un titille la chatte de cette dernière. Elle est une femme seule et attirante, on lui fait des câlineries sans oser aller plus loin. À un moment, tout agacée, elle se retourne vers l'auteur de ces caresses, le maintient à hauteur de ses genoux, par le crâne, elle l'amène lentement à sa chatte. On s'incline toujours avec obséquiosité. Et comme elle est douce avec les femmes, impérieuse avec les hommes, tout le monde la respecte.

— Allez mon beau, fais-moi du bien, là, tout doux, bien, bien...

Elle a un pied appuyé sur l'épaule de son bienfaiteur. Elle a le même air que dans sa boutique, le sourire en moins, mais ça ne change pas grand-chose, elle porte de tout petits souliers pointus comme des ciseaux. Elle veut des caresses mesurées, sinon, elle garde à portée de main un chat à neuf queues dont elle n'hésitera pas à se servir.

— Là, tout doux, montre-moi cette belle bite, elle me veut du bien elle aussi, n'est-ce pas ?

L'autre opine.

— Alors mets-là où elle me fera le plus de bien.

Elle pose le bout des fesses sur le bord de la table et écarte les jambes en compas, les pointes de ses talons aiguilles piquées dans le tapis dessous.

— Oohh, bien, tout doux, passe la langue sur le bout de mes jolis seins. Je te regarde : ne te goinfre pas. C'est beaucoup mieux. Hum, pas mal. Maintenant il me faudrait la même chose dans l'autre trou, tu comprends ?

Oui il comprend, tout ce qu'elle veut, il peut boire sa pisse, lui sucer le troufion, ne plus bander, tout ce qu'elle veut. Pendant ce temps, sa copine, co-gouine diraient certains, copine affirment d'autres, bref la Mimine lui suce les seins et passe son doigt entre les jambes, elle a très peu de poils, juste assez pour être pubère, son clitoris déborde de la fente, un pubis très soigné. Elle va décharger, la coiffeuse, à ce rythme, là, elle oublie d'ordonner quoiqu'il soit, allez s'il veut la déchirer un peu trop vite, elle n'a rien contre parce que ça commence à lui chauffer l'arrière-train d'une manière insupportable, elle va jaillir, tiens une bite là, elle va bien venir se fourrer dans le petit nid rose...

— Oui, allez, prends-moi bien, c'est qu'elles sont bonnes ces bites, allez ma chérie, touche-moi les seins, tu le fais si bien, gentille que tu es mon ange. On s'active, elle a faim la rombière, oh la la...

On l'entend plus, la coiffeuse décoiffée qui ne sait plus rien articuler, ça sort en monosyllabes. On la ramone énergiquement de tous les côtés, ça va la calmer, elle veut pas montrer qu'il lui suffit de ça pour retrouver le sourire et lui faire perdre le métal dans ses yeux, elle veut pas, mais en vérité rien de tel qu'une bonne bourre pour amadouer la coiffeuse. Elle adore. Oh la, elle hurle, elle a d'immenses spasmes qui passent en vagues sur son corps, et de grandes aspirations qui la font onduler des pieds à la tête, la bouche ouverte et le visage allongé, méconnaissable. Que c'est bon de la baiser, celle-là aussi. Elle les dirige à la baguette, elle sait ce qu'elle veut, mais à la fin, elle ne sait plus rien.

On est tous pleins de bouffe dans les cheveux, les yeux, le cul, on se boit une rasade de vin, et on commence à reprendre un peu de sérieux. On a le cul qui bat la chamade, du sperme, du foutre, tout ça mêlé. On irait bien se doucher, on rigole encore. Avachies sur le canapé, les copines sont dans les bras l'une de l'autre, la tête de la coiffeuse coincée entre les gros seins de la boulangère, elles se sont branlées après, en matant les autres. On commence à se rhabiller, on se voit demain, on attaquera le gigot, pas trop tôt tout le monde dit. Vers 14 heures, et les enfants viendront, on vous apporte les pâtisseries, oui un Saint Honoré Madame Junon. Allez, à demain, on se laisse aller à quelques gros bisous pâteux, compliments grisés, attouchements et petites fessées appréciatives. Allez, à demain.

Emmanuelle Poinger

08 869 869 869 Extase

S'il ne se décidait pas à jouir dans les minutes suivantes, elle allait mourir de soif. Sa gorge la brûlait tant elle parlait depuis des heures sans interruption. Ce client difficile était son septième appel de la nuit et elle était épuisée.

Animatrice de charme d'un réseau téléphonique pornographique, elle avait rapidement compris que ce métier était beaucoup plus fatigant qu'on ne pourrait le croire.

Ce client-là faisait partie de la catégorie « peine à jouir », les plus rentables pour le réseau... Cela faisait maintenant plus d'un quart d'heure qu'elle lui débitait toute une litanie d'horreurs sado-masochistes, option qu'il avait choisie en appelant et, malgré tous ses efforts, il ne se passait rien.

À bout d'arguments, et avec une petite pensée d'excuse pour son employeur qui la payait à prix d'or pour que la communication dure le plus longtemps possible, elle sortit sa botte secrète, qu'elle ne gardait que pour les situations désespérées : elle arrêta de parler et se mit à simuler vocalement un orgasme violent. Les sons rauques et la respiration saccadée déclenchaient immanquablement, même chez les plus récalcitrants, la délivrance de leur semence. Il commença à donner des signes révélateurs de l'approche de l'orgasme et elle l'accompagna, calant ses propres ahanements sur les siens. Elle lui réserva son plus beau hurlement de jouissance simulée lorsque lui-même cria son plaisir... Comme d'habitude, enfin libéré, il ne prit même pas le temps de dire un mot aimable, il raccrocha sans demander son reste. Au prix où la minute était facturée, chaque seconde avait son importance !

Elle se leva pour aller chercher un soda dans le réfrigérateur, et, en passant devant le miroir de l'entrée, se lança un sourire désabusé... Si ce client, et tous les autres d'ailleurs, pouvaient imaginer à quoi ressemblait réellement la « Natacha » de leurs fantasmes, la voix rauque qui les emmenait au-delà du plaisir ! Lorsque Natacha enlevait son costume, elle s'appelait Andrée et pesait plus de 130 kilos ! Et malgré les délicieuses insanités qu'elle susurrait d'une voix chaude à travers les ondes à de parfaits inconnus qui payaient pour les écouter, elle n'avait jamais fait l'amour !

Jamais aucun homme ne l'avait prise dans ses bras...

Elle faisait jouir tous les soirs entre cinq et quinze anonymes par téléphone alors qu'elle ignorait tout du plaisir à deux puisque les trésors de sensualité qu'elle renfermait au fond d'elle étaient prisonniers d'un corps déformé par la graisse.

Les seuls regards que les hommes lui jetaient dans la rue étaient chargés de dégoût ou de pitié.

Elle avait bien été abordée par deux ou trois pervers en quête de records malsains, mais elle avait encore assez de fierté pour ne pas céder à ces pauvres maniaques.

L'obésité est une vraie maladie... Son médecin la mettait régulièrement en garde contre toutes les horreurs qui la menaçaient : cholestérol, diabète, hypertension, problèmes cardiaques, sans parler de sa colonne vertébrale qui craquait déjà lamentablement sous le poids de son carcan de graisse.

Elle avait tout essayé, mais, de régimes débiles en privations frustrantes, elle avait grossi inexorablement, depuis sa plus tendre enfance où, privée d'amour maternel par les hasards de la vie, elle avait ; inconsciemment comblé le vide affreux qu'elle ressentait en se remplissant de nourriture.

Après de brillantes études, elle avait cherché du travail, mais son corps distendu s'était aussi révélé être un handicap supplémentaire dans ce marché de l'emploi sursaturé.

La faim justifiant les moyens, elle avait fini par accepter un poste « d'hôtesse » téléphonique dans une société spécialisée dans les conversations coquines...

On lui avait installé une ligne spéciale à domicile sur laquelle, huit heures par jour, à des heures prédéfinies avec son employeur, Andrée devait être là pour décrocher. Elle touchait un salaire fixe plus un pourcentage sur les communications où elle était spécifiquement demandée.

Comme d'autres travaillaient derrière une caisse enregistreuse, elle débitait des insanités à des inconnus pour qu'ils restent en ligne le plus longtemps possible, les appels étant facturés des sommes astronomiques.

Son pseudonyme était Natacha et le mannequin qui lui prêtait son physique dans les publicités de la société était une blonde sculpturale avec des seins refaits, une bouche à faire damner un saint, entrouverte sur des dents parfaites, et un cul tout simplement indécent... Une sex-bomb avec le QI d'une huître...

Les deux femmes s'étaient croisées un jour à l'agence. Andrée était prête à la haïr, mais il ne lui avait pas été possible d'en vouloir à la pauvre fille d'être si belle tant cette dernière était idiote.

À elles deux, elles étaient la femme parfaite dont rêvaient les clients du site.

Elle vida d'un trait une canette de diet-coke et en ouvrit aussitôt une seconde qu'elle savoura à petites gorgées, pendant qu'elle se confectionnait un sandwich au salami, mayonnaise et cornichons. Un must.

Le téléphone rose sonna de nouveau. Elle retourna vers son outil de travail en soupirant : même pas le temps de dévorer quelques gâteaux secs, à défaut du sandwich... Quel rythme !

Elle décrocha et découvrit avec plaisir qu'il s'agissait de Pierre, un client régulier avec lequel elle aimait discuter. Ils avaient pris l'habitude de parler de tout et de rien avant d'entamer le vrai sujet de la conversation et, progressivement, elle s'était prise d'amitié pour ce gentil bonhomme qui cherchait autre chose qu'une simple excitation...

Elle lui avait déjà conseillé à plusieurs reprises d'arrêter de l'appeler et de se mettre en contact avec des clubs d'amitié, de rencontres, mais il revenait toujours vers elle.

— Seule vous m'intéressez, Natacha, et seule vous arrivez à déclencher le désir chez moi... Je vous écoute, vous me faites jouir, et après, je suis en condition... Je vais chez ma chérie du moment, et en repensant à votre voix, à vos mots, je suis un dieu en rut et je la régale. Si je ne vous appelle pas avant, je suis incapable d'être bon... Je bande mou et je suis éjaculateur précoce. J'ai besoin de vous, Nat...

Ce soir-là, alors qu'il lui disait pour la trentième fois : « Vous êtes si belle ! », elle se sentit submergée de culpabilité par la supercherie du réseau, se trouva incroyablement complice d'un mensonge de masse et ne put s'empêcher, dans un besoin aigu de vérité et de sincérité, de le détromper, bafouant en une phrase toutes les clauses spéciales de son contrat professionnel.

— Pierre, je n'en peux plus... Il faut que je vous dise : je ne suis pas belle... Je ne ressemble en rien à la jeune fille de la pub.

— Arrêtez, Nat, je sais que vous êtes belle...

— Pierre, ça suffit, revenez dans la réalité... Arrêtez de vous ruiner avec ces appels fallacieux. Je ne m'appelle pas Nat, je m'appelle Andrée et je suis obèse !

Sa voix se brisa, et elle se mit à pleurer comme un enfant, délivrée de son mensonge... Elle n'entendit plus un mot sur la ligne et préféra raccrocher, peinée de le voir réagir comme tous les autres mais soulagée d'avoir mis un terme à cette histoire qui devenait trop difficile à gérer.

Elle respira profondément et attendit l'appel suivant, impatiente de reprendre sa litanie avec un parfait inconnu, pour chasser la tristesse qui s'insinuait en elle, insidieuse.

Elle n'attendit pas longtemps, le téléphone se mit à vibrer aussitôt.

Mais il ne s'agissait pas d'un inconnu, c'était encore Pierre.

— Andrée, vous pleurez toujours ? Pourquoi avez-vous raccroché ? J'ai eu un mal fou à obtenir la ligne de nouveau !

— Pierre, laissez-moi tranquille... Je n'aurais jamais dû... C'est une faute professionnelle. Merci de ne pas vous plaindre à mon employeur, j'ai besoin de ce job...

— Andrée, donnez-moi votre numéro de téléphone personnel, je vous rappelle après votre boulot.

— Je ne peux pas, je n'ai pas le droit...

— S'il vous plaît...

Le ton était tellement suppliant qu'elle céda.

— Merci Andrée. À quelle heure finissez-vous votre rôle de Natacha ?

— 2 h 50.

— Je vous rappelle à 2 h 55.

À deux heures cinquante cinq précises, sa ligne personnelle se mit à sonner.

— Andrée, c'est moi, Pierre...

— Qu'est-ce qu'une obèse de vingt-cinq ans peut faire pour vous, Pierre ? Vous êtes encore un de ces malades qui cherchent les expériences difformes... Après moi, vous chercherez une naine ? Une femme poilue ?

— Je ne suis ni malade ni pervers... Et j'ai toujours envie de vous. Pourquoi êtes-vous si triste ? Ce n'est pas un drame d'être obèse !

Elle eut un rire amer.

— Comment pouvez-vous dire ça ? Combien pesez-vous ?

— Je ne sais, pas... Quatre-vingts, quatre-vingt-cinq kilos, je pense...

— Pour ?

— Un mètre soixante-dix-neuf. Je ne suis pas très grand.

— Mais vous êtes mince ! Savez-vous seulement ce que peut être la vie de quelqu'un qui a en permanence un sac de quatre-vingts kilos sur le dos ? Savez-vous ce que c'est que de ne plaire à personne ?

— Andrée, comment pouvez-vous dire cela ? Vous êtes la meilleure maîtresse du monde !

— Arrêtez de plaisanter, je vous l'ai dit... Je suis immonde ! Et s'il vous en faut une preuve : je suis encore vierge... Aucun homme n'a jamais voulu de moi !

— Moi, j'ai envie de vous...

— Non, vous avez envie de la blonde aux grosses lèvres de l'affiche.

— Andrée, pensez-vous que je sois idiot au point de penser que cette greluche refaite puisse être la femme merveilleuse qui me fait rêver depuis 6 mois ? Je sais bien que c'est une tromperie éhontée de vos patrons, mais moi, je m'en fous. Pour moi, quel que soit votre physique, vous êtes belle, et j'ai envie de vous, vous pouvez être grosse, petite, jaune, noire ou même verte, je m'en fous... Vous êtes belle et tous ceux qui vous disent le contraire sont des idiots.

Elle pleurait doucement en l'écoutant.

— Vous n'avez jamais fait l'amour avec un homme ?

— Non.

— Vous n'avez jamais joui ? ajouta-t-il, incrédule.

Elle se mit à rire, à travers le voile de larmes qui brouillait sa voix.

— N'exagérons rien non plus, Pierre ! Je vous rappelle que je suis la voix de Natacha et donc, je connais quand même quelques petites choses à l'émoi des corps ! Je sais m'occuper de moi !

— Ainsi donc, si je vous suis bien, vous êtes une adepte de la masturbation en solitaire, mais connaissez-vous le plaisir ?

— Disons que mes exercices m'apportent plus une délivrance qu'un véritable plaisir. J'ai le sentiment qu'il faut être deux pour vraiment ressentir du plaisir.

— Je partage votre avis. Il faut être deux, mais pas forcément ensemble. Vous savez ce que l'on va faire ?

— Non.

— On va inverser les rôles. Vous m'avez donné

tellement de plaisir que ce soir, c'est moi qui vais vous faire jouir.

— Pardon ?

— Exactement, je vais vous faire jouir par téléphone, comme vous le faites vous-même avec les autres...

— Mais je ne... Ce n'est... Enfin...

— Faites-moi confiance... Vous avez un téléphone sans fil ?

— Oui...

— Alors déshabillez-vous, allez vous allonger sur votre lit, éteignez toutes les lumières électriques, allumez quelques bougies, mettez en fond sonore votre disque préféré, faites brûler de l'encens... Vous avez un vibromasseur ?

— C'est très embarrassant, comme question...

— Oui ou non ?

— Oui.

— Alors prenez-le aussi et prenez un foulard de soie. Je vous rappelle dans cinq minutes.

Elle suivit ses consignes à la lettre et cinq minutes plus tard, il rappela.

— Andrée... Non, ne parle pas, écoute-moi. La seule règle du jeu, c'est que tu ne parles pas... Tu m'écoutes... Et tu te laisses porter par les émotions... Mets le haut-parleur de l'appareil pour avoir tes deux mains libres... J'entends que c'est fait, le son a changé... Maintenant, prends le foulard et bande-toi les yeux... Je vais te prendre par la main et, ensemble, nous allons partir en voyage au pays de l'extase...

« Tu m'entends, ma belle, je ne te promets pas une jouissance à la petite semaine, je vais te conduire à l'extase... Et ce voyage m'excite au-delà de tout ce que tu peux imaginer...

« Tu sens comme je suis dur, tu sens comme je

bande pour toi ? Je me branle pendant que je te parle, mais en réalité, ce sont tes lèvres qui sont sur ma queue. Vas-y, avale-la toute entière, mouille-la bien, n'aie pas peur de la tremper... J'adore ça... Maintenant que je suis dur comme du bois grâce à ta bouche, mets-toi à quatre pattes, montre-moi ton cul, je vais te remplir ta petite chatte toute neuve qui ne connaît pas encore le mâle... Et tu sais pourquoi elle ne connaît pas le mâle ? Parce qu'elle est à moi, elle le savait et elle m'attendait. Elle savait que quelque part, sur cette terre, ma queue était déjà à sa recherche... C'est une bonne petite chatte, ça, elle mérite que je la remplisse bien profond... Tu as ton gode ? Tu es trempée... Je le sais, je l'entends... Je sens presque l'odeur de ton sexe avide de plaisir, avide de mon sexe... Tu es prête... Enfonce-toi l'engin dans le fond de ton ventre. Mais ne fais pas semblant, d'un geste ample et puissant, en une seule fois... Je te rappelle que c'est moi qui t'enfile... Et je fais ça d'un seul grand coup de reins. Oh, comme je suis bien dans ton ventre, Andrée... Tu es si chaude, si étroite... Je me demande si tu es aussi étroite ailleurs... Tu es vierge aussi du côté de la lune... Ne réponds pas, ce n'est pas une question c'est une certitude, mais tu ne vas pas le rester, je vais aussi te déflorer de là... Ne proteste pas, tu verras, tu aimeras, je saurai te conduire dans les dédales des plaisirs de Sodome... Mais pas tout de suite, tu n'as pas encore assez joui... Je veux t'épuiser de plaisir, je veux te donner tant de bonheur sexuel que tu ne pourras plus te passer de moi, de ma voix, comme je ne peux plus me passer de la tienne...

Je vais et je viens, j'accélère la cadence, et au moment où tu crois que je vais exploser tant mon rythme est devenu insoutenable, je me retire. Allonge-toi sur le dos... Écarte les jambes... Allez, dépêche-toi, écarte tes jambes, pas de fausse pudeur... Fais-le, puisque de toute façon, dans ma tête, elles sont écartées, alors joue le jeu... Je veux me branler entre tes seins... Attrape les à pleines mains et fais-m'en un fourreau chaud et accueillant. Je m'y perds avec une volupté incroyable. Tu es belle, Andrée, je te jure que tu es belle... Un jour, je te baiserai comme ça avec la Webcam allumée. Tu as une Webcam ? Ne réponds pas, je suis sûr que oui... Tu le feras. Je ne te demande pas si tu es d'accord, je te dis que tu le feras... Quand je te le demanderai. Et je ne te le demanderai que lorsque tu seras prête. Je suis bien entre tes seins... C'est si doux, si chaud... Pendant que ma queue se noie dans cet océan de bonheur, j'attrape dans chaque main tes tétons, et je les caresse d'abord doucement, pour les faire durcir, et lorsqu'ils sont durs, habitués à la caresse, préparés comme je le veux, j'augmente la pression jusqu'à les pincer très fort... Je sais que cela te surprend... Tu grimaces même sous la douleur, mais tu comprends vite, ma princesse, je vois que tu as saisi... Derrière cet instant désagréable se cache un monde de volupté, et tu en redemandes... La prochaine fois, tu prévoiras deux pinces à linge sur ta table de nuit, elles t'aideront à ressentir mieux la caresse que je te prodigue actuellement mais que tu hésites à reproduire en l'état. Tu ne serres pas assez fort... Appuie... Avec les pinces, tu n'auras pas le choix... Tu auras mal avant d'avoir un vrai plaisir... Tu seras si belle, avec tes tétons pris dans l'étau des petites pinces... Elles seront toutes petites, comparées à la masse de ton abondante poitrine, mais si parfaitement cruelles... Oh ! cette idée m'excite encore plus, tu sens comme j'ai encore grossi ! Tu me fais plus d'effet que n'importe qui... Jamais aucune femme n'a provoqué chez moi des envies aussi contradictoires : j'ai à la fois envie de te contraindre et de te dorloter, je veux t'apporter plus de plaisir que tu ne peux même l'imaginer, mais en même temps, j'ai envie de blesser tes chairs pour les punir d'être aussi désirables... J'ai envie de te posséder partout, de m'introduire dans chaque millimètre perméable...

D'ailleurs je quitte tes seins pour m'introduire sans ménagement dans ta bouche, m'enfonce jusqu'à la garde mais tu m'avales d'un bloc, sans hoqueter, sans haut-le-cœur, tu es une princesse, une déesse du plaisir... Comment as-tu pu essayer de me faire croire que tu n'étais pas désirable ? Tiens, rien que pour ce mensonge, j'ai envie de te punir... Mais non, tu es trop belle, je suis trop fou de toi pour te punir... Mes pulsions sont si violentes, tu me rends fou, je suis fou de toi, de ton corps, de ton sexe... Tiens, d'ailleurs, je vais m'y réintroduire... Tu y es ? Tu arrives à suivre ? Ton gode est de nouveau dans ton ventre ? Alors, règle-le sur la vibration maximum et branle-toi le clitoris de toutes tes forces avec tes doigts, je veux t'entendre hurler de bonheur...

Et quand tu auras joui, j'irai exploser tout au fond de tes reins. Ne proteste pas, je t'avais prévenue dès le départ... Allez viens, ma douce, viens ma bien-aimée, je t'entends geindre, je t'entends gémir... Vas-y plus fort, je veux entendre ton plaisir déferler sur les ondes. Oui, là c'est du vrai, c'est pas le chiqué que tu sers à tes pauvres malades de clients, là tu vas vraiment décharger, tu vas me supplier d'arrêter tant cela aura été fort, mais c'est moi qui décide de quand on arrête de jouer ! C'est moi le maître du jeu... Pour une fois, tu n'es pas celle qui orchestre, tu dois suivre ma propre partition, mais je ne veux que ton bien. Tu ne le regretteras pas, laisse-toi guider par ma voix, je t'ouvre les portes du paradis sensoriel, et je te les ouvre parce que c'est là qu'est ta place, tu es la prêtresse du plaisir, et toute ta vie devrait lui être consacrée, dans sa totalité. Tu es faite pour jouir et pour faire jouir les autres... Tu es faite pour l'extase !

Oui, j'entends, ma biche, j'entends ma princesse... Tu viens de décharger ! Je suis si heureux, je t'entends geindre de cette vague de plaisir inouï qui vient de te submerger... C'est ma queue qui t'a donné ça... Tu aimes ma queue ? Non, ne réponds pas ! Reprends tes esprits, récupère tranquillement, respire parce que je te l'ai dit, c'est dans ton anus que je veux jouir... Et je suis au bord de l'apoplexie... J'ai envie de ton cul comme je n'ai jamais rien désiré d'autre. Je veux me perdre entre tes fesses, jouir au plus profond de ton fondement et après, si la vie s'arrête, peu importe., Tout me sera égal... Ça y est, tu as un peu récupéré ? Non, pas encore tout à fait, mais n'attendons plus, ton corps est tout alangui du plaisir que tu viens de prendre. Tu es parfaitement détendue : te pénétrer ainsi par la voie sacrée n'en sera que plus agréable, et moins pénible pour toi. N'aie pas peur, tu verras, c'est comme pour tes seins, derrière la douleur se cache la porte de la félicité. Dure à ouvrir, mais cela vaut la peine d'essayer. Allez, ma princesse, mets-toi de nouveau en levrette. Si, ma belle ! Je t'ai dit, c'est moi qui commande. Tu n'as pas le choix. Et ne ralentis pas l'action, fais-le dès maintenant, tu sais bien au fond de toi que tu vas finir par céder, alors fais-le le temps que tu es toute humide. Ha, voilà que tu t'installes... Si tu savais comme tu es belle, vue de là. Si tu savais comme ma queue est dure pour toi ! Tu as ton gode ?... Tu sais que c'est mon pénis que tu tiens dans ta main ? Alors, un petit passage éclair entre tes lèvres pour l'humidifier, et je viens me poser tout doucement contre ton anneau sacré. Ça y est, tu es prête ? Serre les dents, je m'enfonce... Tout doucement d'abord... Tu résistes. Je force et tout d'un coup, l'ouverture cède, tes résistances s'effacent... Je m'engouffre au plus profond et je commence à te fouiller. J'ai l'impression de lire dans ton âme. Mes doigts qui s'étaient arrimés à tes fesses pour ne pas te laisser te dérober, se promènent maintenant sur ton dos... Je sens que tu te détends, tu te laisses faire, sans plus gémir. Je prends un plaisir indicible à labourer tes reins, et je veux partager ce plaisir avec toi. Je veux que tu ressentes cette extase lunaire si troublante. Tu as recommencé à gémir. Mais ces gémissements me rassurent... Ils ont changé de modulation... Je sais ainsi que tu es maintenant en train de prendre du plaisir dans cette sodomie à distance ! Mais quel panard ! Tu es vraiment la papesse du sexe, que dis-je, la déesse... Mon Dieu, t'imaginer à quatre pattes, dans ta chambre, un gode dans le cul, à écouter ma voix et à prendre ton pied pour la première fois de cette façon me rend dingue. Je n'ai jamais été aussi dur, aussi puissant, aussi viril, et c'est pour toi ma princesse... Je suis au bord de... Je n'arrive même plus à te parler tellement je... Oh, je viens, oh, prends tout, c'est pour toi... Pour toi, prends tout ! Ooooh...

Ils jouirent ensemble et elle découvrit cette nuit-là le sens réel du nom du réseau qu'elle animait : **08 869 869 869 Extase...**

Ils se rappelèrent souvent...

Les âmes romantiques se plairont à croire qu'ils se rencontrèrent et qu'ils s'aimèrent, malgré leurs différences. Enfin comblée, elle perdit les quelque 60 kilos qui gâchaient sa vie depuis son adolescence. Ils vieillirent ensemble et Andrée lui réserva l'exclusivité de sa voix incroyablement sensuelle.

Les plus sceptiques se contenteront de la vérité : Andrée tomba amoureuse de cette voix sans corps ni visage qui lui apportait à distance le sentiment d'être aimée.

Pierre l'appela pendant quelques mois, sans jamais lui proposer de rendez-vous.

Un jour, il rencontra une jeune et jolie jeune fille avec qui il décida de faire sa vie.

Il continua à appeler Andrée, mais pour lui parler de son bonheur avec la jeune femme. Il ne prononça plus jamais le mot extase sans l'associer immédiatement au prénom de sa dulcinée. Il invita Andrée à son mariage où elle découvrit son physique pour la première fois. C'était un très charmant jeune homme.

Il l'invita à danser un slow au cours de la soirée, malgré le regard réprobateur de sa toute jeune épouse. Ce fut la seule fois de sa vie qu'un homme la prit dans ses bras.

Le temps passa et, à la demande de sa femme, Pierre coupa tout contact avec Andrée.

La vie reprit son cours, sans surprise. Andrée continua à faire fantasmer des inconnus en attendant le prince charmant. Elle continua aussi à se torturer en alternant les phases de régimes draconiens avec des périodes de boulimie tout aussi cruelles tant la culpabilité ôtait toute saveur aux aliments.

Elle mourut seule, d'une crise cardiaque, à cinquante-sept ans.

On l'enterra le jour des dix-huit ans du fils aîné de Pierre...

Noémie Ray

Basta

Nous roulons depuis trente minutes vers une maison située sur la rive sud du fleuve Saint-Laurent. Il fait une nuit d'encre. Une relation de Benoît nous a invités chez lui pour une soirée érotique particulière. Je ne sais rien de plus. Curieuse, je le mitraille de questions. Benoît fait la sourde oreille. Il pousse le volume de la radio en riant. Je dois lui hurler de cesser de battre le rythme de la musique sur le volant et de me répondre. Trop fier de lui, il avoue que je vais jouer dans l'un de mes fantasmes. Se tournant vers moi, il ajoute qu'après cela, nous pourrons passer à autre chose.

Je détourne la tête, préférant sentir sur mes joues brûlantes le vent froid qui s'engouffre par la vitre baissée de la portière que lui dévoiler l'effet que cela produit sur moi. De quel fantasme s'agit-il ? J'en ai plusieurs ! Mais cela n'a pas d'importance au fond, la sensation de basculer du côté de l'érotisme sans borne est follement grisante, quelle que soit l'envie.

Sans quitter des yeux la route tortueuse, Benoît fait courir une main sur mes cuisses vêtues de noir. Ses doigts appréciateurs me signalent également que je peux lui faire confiance. Il insiste toujours pour m'accompagner dans mes transgressions, qu'il ait envie ou non, comme ça tout est limpide entre nous deux et rien de mal ne peut m'arriver. Il dit que c'est de moi qu'il me protège. Libre à lui d'y croire.

Je serre mes cuisses l'une contre l'autre. Il cherche à les écarter. Je tiens bon, il continue. Je résiste, il me pince. Je me contracte, il pince plus fort. Benoît réussit à saisir une grande lèvre à portée de ses doigts. Il la prend et la malaxe pensivement. Mes soupirs lui rappellent que nous devons décider du code. Oui, fait-il, sifflant mon prénom entre ses lèvres, quel est le mot magique ? Définir le *safeword* est ma prérogative. Poussant mon sexe humide contre ses doigts, je réponds : *basta*.

L'endroit est au bout d'un chemin privé, à un jet de pierre de la rive. À part les lumières de Montréal qui miroitent au loin dans l'eau noire, les lieux entourés de taillis épais baignent dans l'obscurité. J'aime les ténèbres, car elles évoquent la notion de glissement vers des états qui ne me sont pas familiers. Et cette nuit, derrière la porte entrouverte, un autre « Je » naîtra. Nous nous engouffrons, Benoît et moi, à l'intérieur de la maison sans dire mot.

Une fois entrée, je réprime un fou rire. La scène donne l'impression de jouer à *Donjons et Dragons*. Au beau milieu du salon éclairé par quelques bougies et des braises rougeoyant dans l'âtre se dresse le maître des lieux. Grand, costaud et poilu. Si ce dernier avait été affublé d'une cagoule, il aurait été bourreau. Le pantalon de cuir noir moulant qu'il porte ne dissimule en rien la protubérance sur sa cuisse. Un sexe long et large sur lequel mes yeux se sont rivés. L'homme a suivi mon regard et m'inspecte à son tour, de la tête aux pieds. S'il savait que je mouille autant sous son regard froid et calculateur, m'étiquetterait-il de coquine ou de tordue ? Benoît fait les présentations.

Alain, notre hôte, a une voix douce et, curieusement, presque féminine.

La pièce est meublée sommairement, çà et là de vieux fauteuils défraîchis, une table de bois et quelques toiles crasseuses accrochées aux murs. Des anneaux vissés au plafond et au plancher ajoutent à l'ambiance glauque. Sentant mon appréhension, Benoît fait un pas vers moi. Mais l'autre l'a devancé. Je n'ai plus envie de rire lorsqu'Alain dépose lourdement ses mains sur mes épaules. Il me fait subir ses yeux gris. Subjuguée, je m'abandonne à l'excitation qui gicle hors de ma chatte, la répulsion qu'il m'inspire est occultée sous ce torrent voluptueux. Hormis les traits fins et réguliers du visage, l'essence de cet homme massif a cristallisé autour de sa bouche. Une bouche aux lèvres charnues et sanglantes qui lui dévore le bas du visage, comme si elle avait été taillée à coups de hache. Un jouisseur primaire si fabuleux, en fait, que je l'imagine capable de se repaître de mon corps avec son souffle chaud.

Alain libère mes épaules de la lourde cape de velours pourpre qui les couvre. Je sursaute au contact de ses mains qu'il a introduites sous mon chemisier. Elles suivent précautionneusement le profil du cou et des épaules, jaugeant, supputant la peau fine entre leurs doigts épais. Poussant plus loin son exploration, il fait éclater les boutons de mon vêtement diaphane un à un, sans sourciller. Benoît observe avec intérêt le colosse s'attaquer systématiquement au moindre obstacle qui le sépare de ma nudité. Nos halètements n'en forment bientôt plus qu'un seul.

Se plaçant à côté de moi, Benoît s'empare de ma main et la pose sur sa queue brûlante. Elle palpite déjà sous mes doigts. J'aime sentir Benoît vivre dans ma paume, sinon enflammer mon ventre et mon petit trou quand il me prend. Sa queue est brûlante pour moi. Il me demande de faire glisser son sexe rapidement. Je l'enserre avec fermeté, sachant qu'il adore ça. M'ayant explorée jusque-là sans parler, Alain me traite à présent de salope, de belle salope qui va prendre une raclée. La brute s'échauffe violemment, excité par mes seins nus qui ballottent devant ses yeux. Il les pince et tire leurs pointes sans ménagement, se gaussant de leur forme et de leur grosseur, ravi d'entendre mes gémissements accompagner les râles de Benoît.

La douleur et le plaisir se confondent dans mon vagin endolori et je leur crie de me fourrer puissamment avec leurs grosses queues. J'ai envie de me faire jouir et fais glisser mon autre main sur mon ventre. Alain devine mon intention et fait signe à Benoît de passer derrière moi et de saisir mes poignets. Je frissonne. Mes paupières sont closes, comme pour mieux me donner à la caresse chaude et humide de la langue entre mes seins. J'entends Alain lancer d'une voix enrouée de lui faire la figue avant qu'il ne me dévore, avant qu'il ne fasse son affaire à mon petit cou blanc.

Mon excitation est à son paroxysme quand Benoît se joint à Alain pour me mordiller. De minuscules morsures, pour érotiser ma peau, m'expliquent-ils, voyant jaillir mes larmes. L'un saisit un mamelon entre ses dents, tandis que l'autre me mord le bas du dos. Je les prie de continuer, de ne pas arrêter. Ma chair meurtrie me procure des sensations trop puissantes pour que je veuille mettre un terme à leur brutalité. J'ordonne à Benoît de mordre mes fesses, de sucer mon clitoris. Il écarte plutôt mes jambes brusquement. Son comportement fait sourdre en moi un plaisir étrange, proche du renoncement.

Je l'implore de me chuchoter des mots d'amour, des insultes. Benoît refuse, sachant fort bien ce qui surgira en moi.

Benoît comprend mal pourquoi la peur me rend plus vivante et, paradoxalement, plus libre. Pour lui, le sexe est une démangeaison superficielle qu'il soulage en tirant un bon coup. Mais moi, j'ai découvert qu'en me projetant hors de moi, souvent avec violence, ma jouissance n'en est que plus vertigineuse. Ces quelques instants d'absolu valent bien toute une vie !

Je suis prête, m'informe soudainement Benoît, à ce qu'il couvre mes yeux d'un bandeau. Pour décupler mes perceptions sensorielles, tient-il à préciser. Déroutée, je l'entends commander à Alain d'arracher mes vêtements. Ce dernier s'exécute sur-le-champ. Résignée, je comprends qu'il existe un accord tacite entre eux et que mon libre arbitre n'est qu'illusoire. Après avoir réduit mon chemisier en lambeaux, Alain s'en prend à ma jupe retroussée qu'il déchire d'un seul coup. Puis, il enlève tout rageusement, à l'exception de mon porte-jarretelles qu'il effleure du bout du doigt avant de mettre la main sur ma chatte. Là, il palpe la fine dentelle noire et joue un moment avec le fil du string qu'il tend entre mes fesses avant de le rompre. Après quelques contorsions, j'aperçois sa langue pointer entre ses lèvres. Mes allées et venues et mes gémissements leur font comprendre que je veux être prise immédiatement.

Ils rient. Alain s'éloigne, il semble qu'il ait quitté la pièce. M'exhortant à être plus passive, Benoît me susurre à l'oreille notre *safeword*. Oui, oui, *basta*, je n'ai pas oublié, lui dis-je, contrariée par son ton moqueur. J'essaie me presser contre son sexe, mais il tient mes poignets de telle manière que je suis incapable de bouger. Alain revient, les bras chargés de tiges de métal, me dit Benoît, qu'il dépose sur le sol. Tout ce que j'entends est le cliquetis des pièces de métal et des chaînes qui se heurtent. Puis, ils me soulèvent et me glissent dans une structure triangulaire froide et rigide. Alain fixe prestement mes poignets et mes chevilles aux montants de métal. Je ne pourrai pas tenir longtemps ainsi écartelée, fais-je entendre. Alain rétorque que mes fesses ouvertes et ma vulve béante le font bander. Une secousse fait vibrer la chaise, m'électrisant de la tête aux pieds au moment où le sol se dérobe sous mon corps.

Les grincements de la poulie pendant que l'on me hisse ne me disent rien qui vaille. Alain m'interrompt sèchement. Un autre tour de manivelle et me voilà hissée plus haut ; l'on pourra se glisser aisément sous moi, ai-je compris. Déchaînée, je cherche en vain à défaire mes liens. L'un parle à voix basse pendant que l'autre se positionne sous mes fesses. Une secousse fait baisser la chaise d'un cran. Puis, une autre. Soudain, je sens une queue se présenter à l'entrée de mon vagin. Moi, grenouille obscène, je supplie que l'on me fasse descendre plus bas. Peine perdue. Mon corps tournoie, arrimé langoureusement à la bite que je reconnais maintenant être celle de Benoît, à la façon dont il la fait entrer et sortir presque gentiment.

Les mains sur mes épaules sont celles d'Alain. Pourquoi n'y ai-je pas pensé plus tôt ? Benoît a donc mis en scène mon fantasme de strangulation. Ces envies d'ivresse des sommets qui me taraudaient et que je croyais secrètes...

Benoît enfonce sa verge lentement. Il la retire tout aussi lentement, calquant son rythme sur celui des mains puissantes caressant sagement ma nuque. Je crie lorsque Benoît bute au fond de mon vagin. Puis, une odeur fauve frappe mes narines. Alain, excité par mes cris de plaisir, force mes lèvres avec sa queue, alternant ses poussées et ses pressions avec les assauts de Benoît dans mon ventre. Incapable de taire mon envie de nous observer tous les trois, je supplie Alain d'enlever le bandeau. Après quelques hésitations, il accepte.

J'ouvre mes lèvres sur son gland épais et violacé, le mouillant avec le bout de ma langue pour débuter. Respirant bruyamment, Alain desserre quelque peu son emprise et me commande de le prendre plus loin dans ma gorge. J'ai du mal à enfourner sa queue volumineuse. Je lève les yeux. Est-ce ma langue qui le mouille ou le fait de m'étrangler qui le fait râler si fort ? Son sexe se tend dans ma bouche et j'ai de plus en plus de difficulté à respirer. Il ouvre et ferme ses yeux par intermittence, geste qu'il reproduit avec ses mains et ses étranglements.

Benoît ouvre grands ses yeux d'abysse, pour me montrer toute la passion, voire la tendresse qu'il m'infuse dans chaque coup de butoir. Je lui offre à mon tour un visage tourmenté, défait par le plaisir extrême qu'il me procure... que tous deux m'offrent sans retenue. Me sentant proche de jouir, Benoît accélère le rythme. Il passe habilement sa bite en feu de mon con à mon cul, le plus loin possible, dans un mouvement ample. Le bonheur m'anéantit.

J'entends la voix à peine audible de Benoît conseiller à Alain de ne pas y aller trop fort, pour ne pas marquer la peau. Alain cesse aussitôt Ce sont mes couinements qui le convainquent de continuer, car il a senti que j'y suis presque, que je vais jouir très vite et très fort. Alain reprend de plus belle. Benoît ne me quitte plus des yeux. Les deux hommes ne sont plus que soubresauts, gémissements et râles assourdissants. Arc-bouté, Benoît se répand avec force en moi, tandis que l'autre libère son foutre sur ses mains, sur mes seins et sur mon visage.

Il me pousse des ailes. J'aime les sentir se déployer

dans mon dos, une sensation euphorique, comme quand j'étais enfant et que je jouais à faire l'oiseau ; les bras tendus montant et descendant de chaque côté du corps. Je pose un regard léger sur mon tortionnaire qui, lui, m'observe attentivement. Je vois, sans trop comprendre, le plaisir sensuel quitter peu à peu ses yeux et faire progressivement place au doute, ensuite à la peur. Souriant faiblement, je lui fais signe de continuer encore et encore. C'est si bon, tout va bien, je suis en contrôle.

Autour de moi, les formes, les sons et les couleurs s'estompent dans un univers feutré agréable. Immense, me voici coincée dans un corps étriqué. Je ris. Je ne sais plus qui je suis ou si je jouis. La chaleur irradie. C'est l'extase.

Mon retour à la réalité est brutal. Prostrée sur le sol glacé, je suis incapable de bouger. J'aimerais rassurer Benoît ; il sanglote contre moi. J'ai atrocement mal à la gorge. Puis, ma mémoire émerge ; j'ai forcé la note tout à l'heure et je me suis évanouie. Pendant qu'il me berce dans ses bras, Benoît m'explique qu'après avoir joui, il s'est absenté quelques instants avant que je jouisse à mon tour. Parti aux toilettes, il n'a pas pu crier *basta*. Alain a réalisé trop tard que j'étais inconsciente. Moi je me rappelle d'avoir eu très sommeil, suis-je enfin capable de prononcer, dans un filet de voix rauque.

Dorénavant, il me faudra trouver ce point de non-retour ; un détail capital que je me promets d'explorer. Mais, une autre fois, me dis-je, béate, avant de perdre à nouveau conscience dans les bras de Benoît.

Montréal, 2006

Françoise Rey

Ça plane pour moi

Cher Docteur Didier Roy,

Mon mari a insisté auprès de votre secrétaire pour obtenir rapidement un rendez-vous avec vous. Il a décidé que vous deviez, une fois de plus, changer mon traitement. Avant de vous rencontrer en sa présence, je voudrais vous expliquer exactement mon point de vue, qui est tout de même celui de la principale intéressée et vous résumer mon histoire.

Être malade, ça n'est jamais drôle. Mais il y a des maladies plus nobles que les autres, des maladies qui vous posent, vous auréolent d'un prestige grave, vous dotent d'une considération respectueuse, admirative pour le courage qu'elles supposent, ou des maladies rares, des cas d'école qu'on étudie comme une œuvre d'art. Ma maladie à moi ne suscite ni révérence ni compassion, seulement un étonnement goguenard, une incrédulité à la limite de l'injurieux. Ma maladie à moi, il est difficile de la prendre au sérieux.

Elle me tomba dessus il y a quelques années, insidieusement d'abord. L'habitude me vint doucement, au terme de repas de famille un peu copieux, de m'endormir au dessert. Autour de moi, on disait : « La Nini est pompette ! » On ricanait, on se poussait du coude. Plus tard, il m'arriva de piquer du nez dès l'apéritif. Les commentaires évoluèrent. On dit : « Nini n'est pas faite pour l'enseignement, ça la tue ». Et Robert, mon mari, en rajoutait. Il disait : « C'est sûr, elle en rêve la nuit, elle prend des rognes, elle distribue des colles à deux heures du matin, elle engueule ses potaches, elle boxe, elle tricote des paturons, impossible de fermer l'œil quand elle a ses crises ! » Il amusait la galerie avec le récit de mes agitations nocturnes. J'aurais pu me venger et l'amuser à mon tour en narrant ses inerties à lui, car si je soubresautais de partout quelquefois en croyant avoir maille à partir avec une classe indisciplinée, lui ne soubresautait plus jamais de nulle part depuis longtemps, j'avais dans les poignets et les rotules le ressort que je lui aurais souhaité ailleurs, mais bon, ma réserve naturelle, celle de mon état éveillé, m'interdisait ce genre de confidences frustrées.

Le comble, c'était que je me tortillais la nuit, mais me paralysais de plus en plus souvent dans la journée. Mes crises de somnolence, irrépressibles, s'accompagnaient d'une incapacité totale à bouger, ne fût-ce que le petit doigt. Quand je sentais le sommeil me gagner, il était inutile de chercher à lutter : mes paupières se plombaient, mon menton plongeait, mon cou ployait, parfois mes bras et mes jambes devenaient épouvantablement mous, et tout mon corps s'effondrait alors, où que je sois, dans une chute spectaculaire qui, lors des premiers accès, effraya mon entourage, mais finit par devenir une sorte de spectacle réputé quant à sa cocasserie. Une ère d'humiliation terrible venait de commencer pour moi.

Après les photos vexantes prises par le farceur de service, l'oncle Julien, qui immortalisaient chacune de mes siestes intempestives lors des agapes traditionnelles (celle de la communion du jeune Quentin était, à ce qu'il paraît, la plus irrésistible, j'étais avachie sur mon assiette et coiffée de la corbeille à pain par les soins facétieux du photographe), vinrent les interludes organisés par mes élèves, qui avaient remarqué que, à la moindre émotion, je piquais du nez sur mon bureau. Car je ne m'endormais plus seulement dans les moments de passivité, qui favorisaient le repos du corps et de l'attention. Mes roupillons devant la télé, au cinéma, pendant un banquet interminable ou durant la simple attente à un feu rouge étaient dépassés. À présent, je devais me garder de la moindre aspérité d'humeur, de la moindre oscillation de mon moral, qui entraînaient irrémédiablement ce que les médecins, consultés désormais avec angoisse, nommaient la maladie de Gélineau. Un énervement passager, une inquiétude naissante, la tentation d'un éclat de rire, et c'était la cata. Comprendre la catastrophe cataplectique. Mes muscles ne m'obéissaient plus, ma mâchoire béait, mes bras me trahissaient, mes genoux se séparaient sous le bureau depuis lequel je tentais de dispenser, avec de plus en plus de difficulté, le savoir et la méthode. En fait, très vite, je fus dans l'incapacité d'exercer mon noble métier. Toute leçon virait à l'exhibition clownesque. Un gamin récalcitrant, avant d'avoir pu le remettre à sa place, je versais sur la table. Un autre faisait de l'humour, même effet ridicule et tétanisant. Pendant les interrogations écrites, je dormais. Les rencontres parents-profs, les réunions pédagogiques, les conseils de classe me voyaient dans ce triste état de loque somnolente. Comme aux repas de famille, on s'interrogeait du regard, on incriminait une possible ébriété ; certains disaient : « Elle doit faire des folies de son corps toute la nuit... » Les parents s'inquiétaient, les élèves s'amusaient à provoquer mes crises, l'administration cherchait un moyen élégant de me signifier que j'avais besoin de repos...

Un fait qu'en toute autre circonstance on se fût accommodé à trouver tragique eut raison de mon entêtement à éviter le congé maladie. Un jour glauque et sinistre d'hiver, je rentrais du lycée, en train, puisqu'il ne m'était plus possible de conduire même sur une toute petite distance. Par cette heure creuse de milieu d'après-midi, la rame était déserte. Pour ne pas sombrer, je m'appliquais de toutes mes forces à lire à haute voix une copie à la limite de la débilité, lorsqu'une silhouette massive se dressa soudain devant moi. Vous imaginez la suite ? Moi aussi... Je ne peux que l'imaginer, vu que la surprise et la frayeur me coupèrent instantanément bras et jambes, et que je tombai illico dans ce que je nommerai mon coma émotif des grandes circonstances. Car c'était une grande circonstance, si j'en croyais, un peu plus tard, l'état de mes vêtements dépenaillés, de mes collants massacrés, et l'endolorissement d'une partie de ma personne que ma pudeur n'osait nommer devant le policier qui reçut ma plainte. Policier déjà passablement agacé par le flou artistique de ma déposition. Il faut dire que notre échange était plutôt surréaliste :

— D'accord, le jour baissait, mais le train était éclairé, non ?

— Si.

— Et vous étiez occupée à...

— Corriger des copies.

— Donc votre agresseur, vous l'avez vu ?

— Euh... pas vraiment.

— Il est arrivé derrière vous ?

— Non. Devant moi. Planté d'un seul coup devant moi. Je ne l'avais pas entendu venir.

— Bon. J'admets. Vous avez la tête baissée, le regard sur votre travail. Soudain, vous sentez une présence.

— Oui.
— Vous levez la tête ?
— Oui.
— Donc, vous le voyez ?
— Je l'entraperçois seulement.
— Mais pourquoi ? Comment ? Vous fermez tout de suite les yeux ?
— En quelque sorte... Je m'endors...
— Vous vous endormez ! Vous vous endormez ? ? ?... Vous êtes sûre de ne pas vous être endormie avant ? De ne pas avoir rêvé ?
— Euh ! Quand j'ai retrouvé mes esprits parce que le contrôleur me donnait des claques, j'étais plutôt mal en point. Il peut vous le dire. Il m'a promis qu'il témoignerait.
— On aura surtout besoin de l'attestation d'un médecin. Votre histoire ne tient pas debout.
— Mais j'ai déjà un dossier, je peux vous l'apporter !
— Attendez ! Vous prétendez avoir été violée il y a une heure, et vous avez eu le temps de constituer un dossier ?
— Non ! C'est un dossier antérieur. Un dossier selon lequel je suis en butte aux manifestations de Gelineau.
— Gélino ? Ah ! Mais si vous connaissez votre agresseur, ça change tout ! Il vous poursuit ce Gélino ? Vous harcèle ? Depuis quand ?

Je vous fais grâce de la suite de la déposition. Certes le viol est un traumatisme qui m'avait été en partie épargné. Mais j'aurais donné n'importe quoi pour être en mesure de fournir un témoignage digne de ce nom, une description précise du violeur et de la nature de ses actes. Le scepticisme du flic, qui se demandait si je ne me moquais pas de lui, me fut une douleur plus insupportable encore que l'imagination que je me faisais de mon agression, et que les courbatures intimes qu'elles m'avaient laissées. Le docteur qui m'examina à des fins juridiques ne se fit pas prier pour m'octroyer l'arrêt de travail que j'avais toujours refusé jusque-là, et mon inactivité soudaine inaugura une période de nouveaux événements qui ne laissèrent pas de me troubler...

*

Mon congé maladie me permit d'abord de me détendre davantage dans la journée, de céder au sommeil aussi souvent que j'en éprouvais le besoin. Mais du coup, je dormais encore plus mal la nuit. Nous avions pris l'habitude, Robert et moi, de faire chambre à part. Mes somniloquies le dérangeaient. Et de toute façon, il ne se passait plus rien entre nous depuis des années. À la faveur d'une de mes récentes insomnies, j'entendis un soir une porte, sans doute celle de la chambre, s'ouvrir doucement. Les précautions qu'il prenait visiblement pour éviter de faire trop de bruit m'alertèrent. Robert n'était pas du style à se mettre en quatre pour respecter mon repos. Je tendis l'oreille pour savoir où le conduisaient ses pas feutrés. À ma grande surprise, je dus admettre qu'il se rapprochait de ma propre chambre. Puis, toujours très délicatement, ma porte s'entrebâilla. Dans l'obscurité, je pouvais suivre mentalement la progression de Robert vers mon lit ; en cinq enjambées, il fut à mon chevet, s'assit au bord du matelas qui s'enfonça un peu sous son poids, il se pencha vers moi, car je sentis son souffle sur mon visage, et il se mit à me caresser la joue avec le dos de la main. Cette tendresse était si inhabituelle qu'elle fit battre mon cœur comme celui d'une jeune mariée... Malheureusement, l'émotion ressentie me priva de la fin de l'épisode, car une torpeur irrésistible m'envahit à l'instant même où Robert s'attaquait au premier bouton de ma chemise de nuit... Le lendemain, je me réveillai solitaire dans mon lit désert, ma chemise était sagement boutonnée jusqu'au menton, et je me résignai à penser que j'avais été victime d'une série d'hallucinations auditives et tactiles... Je ne pouvais pas croire qu'il s'agissait d'un simple rêve, les sensations ressenties avaient été bien trop réelles et concrètes. À moins que Robert, épié toute la journée et apparemment à cent lieues de se souvenir des événements de la nuit, ne jouât un jeu étrange et pervers, à moins encore qu'il ne fût somnambule...

Le scénario mystérieux se reproduisit la nuit suivante, et celle d'après, et celle encore d'après, chaque fois complété d'une séquence supplémentaire. Robert ne se contentait plus de rester assis au bord du lit, il passait au-dessus de moi, s'allongeait à mon côté, me chuchotait de drôles de choses, d'une logique approximative qui me fit vraiment penser qu'il souffrait aussi, sans le savoir, d'une maladie du sommeil. Ainsi, il me demanda, avec une sorte de réprobation indignée, bien avant les premières lueurs du jour : « Tu es encore couchée ? », ou bien répondit à ma question (idiote j'en conviens) : « C'est toi Robert ? » avec une assurance confondante : « Non ce n'est pas moi ! »

Ce dernier dialogue, amputé de suite pour cause rituelle d'endormissement intempestif de ma part, m'incita à trouver le courage, le lendemain, d'aborder le problème à la vive clarté du néon de la cuisine : « Tu sais Robert, quand tu viens la nuit, tu peux rester jusqu'au matin si tu veux, ça ne me dérange pas ! » Le regard effaré qu'il m'adressa me brûla d'une honte affreuse. La stupéfaction horrifiée que j'y lus, indubitablement sincère, traduisait plus chez Robert la peur que je lui fisse des avances que celle de me voir atteinte de réelle démence. Je n'insistai pas, et décidai de m'assurer par moi-même si oui ou non il quittait nuitamment sa chambre pour venir me rejoindre. Ce jour-là, après notre coucher respectif, je me relevai subrepticement et disposai sur la poignée extérieure de sa chambre une allumette. Puis réglai mon réveil sur une heure ultra-matinale, pour être certaine de me lever avant lui.

Dans le creux de la nuit, j'entendis ses pas, puis ma porte, je sentis son corps enfoncer le matelas à mon côté, son souffle et ses mains sur moi, des mains qui, de soir en soir, prenaient de l'audace, ou bien était-ce moi qui tenais le coup de plus en plus longtemps, et profitais ainsi chaque fois davantage de leurs investigations... On n'avait toujours pas franchi cependant les limites d'un flirt un peu poussé, en tout cas mes souvenirs s'arrêtaient aux portes du dicible, le reste me demeurait une énigme urticante... Donc, cette nuit-là, il assura son pouvoir sur moi, m'émoustilla de caresses patientes et savantes et, comme d'habitude, quand je fus sur le point de réclamer, du geste et du soupir, un assaut plus glorieux et plus complet, le rideau tomba sur mon urgence, et je ne m'éveillai que beaucoup plus tard, à la sonnerie de mon réveil. Je ne portais aucune trace tangible, solide, je dirais même liquide si la bienséance ne m'en défendait, de la visite de Robert, aucun signe qui prouvât qu'elle avait pu s'achever comme je l'avais ardemment espéré avant de m'endormir. Je me hâtai en silence vers la porte de mon mari, pour y trouver, bien sage pour la poignée, l'allumette témoin de son immobilité. Il n'avait pas bougé de sa chambre, et pourtant il était venu dans mon lit ! Il m'avait embrassée, caressée, entreprise, et m'avait parlé, oh ! peu ! pour dire encore une fois : « Non, ce n'est pas moi ! » Il avait raison. Il était de bonne foi. Ce n'était pas lui... La prodigieuse absurdité de cette dernière réflexion me procura une sorte d'accès de panique. J'essayai de réfléchir vite, et le résultat de mes cogitations m'agita de tremblements nerveux. Si ce n'était pas lui, c'était quelqu'un d'autre ou personne. Dans le premier cas, j'étais en danger. Dans le second, j'étais folle...

Je ne balançai pas longtemps à choisir quelle situation me déplaisait le moins. J'optai pour la menace de l'inconnu, mystérieusement nanti des clefs de l'appartement, mystérieusement averti du plan des lieux et des habitudes des occupants... Sans rien dire à Robert, je fourrai dans mes draps une bombe lacrymogène, et sous mon oreiller le grand couteau affûté qu'il affectionnait pour découper les gigots. Piètres précautions dénuées de tout réalisme, puisque, je l'ai déjà expliqué, en cas de réel péril, je tombais sans délai dans les pommes, d'une part, et que, d'autre part, les visites de mon insaisissable noctambule m'avaient jusqu'alors plutôt frustrée que molestée.

Le soir même, en cherchant mon sommeil, je me rassurai à tâter, à travers le duvet de mon coussin, la forme oblongue et dure de mon arme, dont le manche débordait ma paume d'un renflement solide. Je ne me sentis pas m'endormir ni bouger. Je n'entendis pas non plus les pas furtifs et désormais routiniers dans le couloir, ni ma porte. Simplement, à un moment donné, j'ouvris dans le noir les yeux élargis par une brutale crise de conscience : la forme oblongue et dure, le manche renflé me chauffaient la main d'une présence intime, battaient d'une vie propre, coulissaient suavement entre mes phalanges extasiées et... Mon Dieu !

Ah ! Je poussai un cri, un vrai cri d'exaltation heureuse, un cri de jouissance pour tout dire, un seul, mais tonitruant sans doute, intrigant en tout cas, puisqu'après un court moment de lutte brouillonne pendant lequel Robert devait à la fois masser son pied endolori par un choc contre le fauteuil, chercher ses pantoufles, renverser la lampe, enfoncer à demi et sa porte et la, mienne, il fut là, à m'aveugler tout de suite avec l'éclat sans pitié du plafonnier en pleine figure, à me secouer : « Qu'est ce qui t'arrive ? Qu'est-ce qui t'arrive ? »

Je haletais encore d'un émoi trop tôt conjuré, je n'avais pas de mot, pas de regard, seulement ce geste navré du coude sur mes yeux pour me protéger de la lumière, de la crudité de la réalité, pour garder encore un peu sous mes paupières l'éblouissement premier, la révélation fabuleuse de mon orgasme inattendu, de ma joie jaillie comme une fontaine, et dont Robert, avec son intrusion imbécile, venait de couper les vannes. Mon fontainier, lui, avait disparu. Ne restait, dans la pauvre obscurité de mon coude plié où je nichais mes retombées d'extase, que le souvenir de son merveilleux robinet, dispensateur d'un ondoiement magique. Robert, à me voir ainsi masquée de mon bras, crut je ne sais quoi, que je pleurais, que j'avais peur... Il eut à mon égard une tardive commisération, et lui que mes turbulences cauchemardesques avaient naguère chassé de mon lit s'y réinstalla avec une attitude de sauveur et de consolateur, arrondissant à mes épaules une étreinte protectrice, et bêtifiant à mon oreille : « Là, là ! C'est un rêve ! Un vilain rêve ! Je suis là ! Je suis là ! Je suis là, maintenant. » Comment lui expliquer que mon rêve n'avait rien de vilain, que d'ailleurs, ce n'était pas un rêve du tout, mais une fabuleuse opportunité, et que le fait qu'il soit là me consternait plutôt, puisqu'il avait sans aucun doute fait fuir mon délicieux hôte. Les choses se compliquèrent encore quand Robert, amoureux de son confort, glissa son immense abattis sous mon oreiller, et y découvrit le coutelas. « Ça ne va pas du tout, ma cocotte ! déclara-t-il. Tu as la trouille à ce point-là ? Il fallait me le dire ! C'est dingue de dormir avec un truc pareil dans le lit ! Un coup à se faire mal ! » et dans son empressement à se débarrasser de l'engin, il se meurtrit une côte sur la bombe lacrymogène jusque-là blottie contre mon flanc et délogée par ses moulinets. Il râla conséquemment. « T'es sûre que t'as pas un pétard aussi ? Que je me prenne pas l'arpion dans la gâchette ! » Et puis il promit : « Je vais te demander un rendez-vous, moi, tu vas voir ! Je suis sûr que les potions qu'on t'a données, ça te rend encore plus cinoque ! En attendant, je reste dans ton pieu. Je veux pas qu'on m'accuse de non-assistance à personne en danger ! »

J'eus beau protester, alléguer que j'allais le gêner, que je m'agitais beaucoup depuis mon nouveau traitement, il s'obstina, ostensiblement héroïque, pénétré de l'importance de sa mission défensive, horripilant à hurler. Je l'aurais battu...

Je passai le reste de la nuit à ruminer, et la journée du lendemain à tomber de sommeil dans tous les coins de la maison. Au moment de me mettre au lit, je ne pus retenir un triste soupir : je me résignai au deuil de toutes les mirifiques perspectives qui avaient à peine eu le temps de m'illuminer la veille. Robert perçut mon désarroi, s'y trompa. « Viens là, ma poule, dit-il, tu ne risques rien avec ton gros Robert. » Hélas ! C'était bien ce qui me chagrinait...

Robert s'endormit vite, et scanda ma nostalgie de ronflements puissants. Pourtant, à un moment donné, il y eut une trêve dans ses grognements rythmés. Et pendant cette trêve, nettement, je perçus le petit déclic de ma porte qui s'ouvrait... Mon cœur perdit la tête. Une forme s'approchait de moi, doucement, se penchait comme la toute première fois, on me caressa le visage. On souffla sur mes lèvres. On mordit mon cou et mes cheveux. On toucha mes seins. J'étais sans force, et cependant j'essayai, de mes deux mains molles, de repousser mon langoureux assaillant. J'essayai aussi de lui parler, mais il me semblait qu'aucun son ne pouvait franchir ma bouche, ma gorge était de bois, ma langue plâtrée. Je finis pas m'entendre chuchoter, d'une drôle de voix très rauque : « Je ne peux pas ce soir. Pas là. Pas à côté de mon mari » et le cher inconnu répondit : « Pas de problème ! Viens ! » Il avait pris mes poignets, il les souleva, mes bras suivirent, tout mon corps s'envola, le délicieux fantôme me tenait à présent par la taille et m'entraînait à travers la chambre, l'appartement entier, en me murmurant des invites épouvantablement indécentes et pressantes : « Où veux-tu ? Que veux-tu ? Dis-le moi. » Il était jeune, j'en aurais mis ma main au feu. Jeune et beau, même si je ne le voyais pas, je sentais son corps souple, sa taille svelte, le dynamisme de ses membres, de tous ses membres. « Je veux... Oh ! Je veux, avouai-je, la même chose qu'hier... »

Nous étions au-dessus de Robert, juste au-dessus de lui, et mon sublime amoureux, avec une agilité magique, une aisance surnaturelle, sans avoir à se démener, à s'essouffler, me combla du présent réclamé, que je reçus entre mes mains ave une reconnaissance balbutiante et déjà ravie. Et mon magnifique amant m'embrassa encore. « Viens ! », et cette fois il ne me tenait plus du tout, c'est moi qui me cramponnais au gouvernail du fabuleux vaisseau qui m'emportait dans les airs pour une croisière fantastique. Je pensai à Dante, à ses amants damnés, Fancesca et Paolo, volant dans les tempêtes de l'enfer, à jamais liés par le glaive du mari jaloux qui les avait surpris et embrochés ensemble. Oh ! Notre glaive à nous n'avait rien d'une torture, il était satiné, ferme et fondant, et il fondit d'ailleurs, il se fondit en moi après un nouveau tour d'appartement, alors que nous étions revenus à notre point d'ancrage, si je puis dire, à notre rituel tarmac, notre couche pneumatique, aérienne, impalpable, parallèle à mon lit, et exactement à mi-distance entre le corps allongé de Robert inconscient et le plafond. Mes mains libérées s'accrochèrent à la nuque de mon voluptueux spectre, mes jambes se nouèrent à sa taille, et, tandis que Robert poussait des ronflements de sanglier, ma bouche écrasée sous une autre bouche également passionnée étouffait les plaintes les plus heureuses que personne eût su, jusque-là, m'inspirer...

Voilà, Docteur, vous savez tout. Je ne veux pas de nouveau traitement. Je ne veux pas guérir. L'exquis jeune homme revient chaque nuit, et chaque nuit j'oublie mes vieilles rancœurs conjugales, le temps perdu à me dessécher seule dans un lit trop grand, et toutes ces années à faire rire de moi. Au moment où ma maladie enfin m'octroie la revanche étincelante, le salaire munificent de toutes mes douleurs et humiliations passées, ce serait trop bête d'y renoncer...

Je compte sur votre compréhension et votre complicité. Docteur, et vous en remercie d'avance.

Julie Saget

Portrait de femme entrant dans la mer

À Gloria

7 avril 200*

Hier, bribes de conversation au Café de M... Trois femmes attablées à côté de moi. Elles parlaient à voix basse. Quand les gens parlent trop haut, on finit par ne plus rien entendre. Trop de chahut fait silence. C'est pourquoi je préfère venir écrire ici. Chez moi, le moindre bruit me distrait. Au Café de M..., vers six heures de l'après-midi, le vacarme enfle, monte peu à peu et tout ce tintamarre est pareil à une cloche de plongeur dans laquelle je serais enfermée et je peux alors descendre, paisiblement, dans les profondeurs de mon cerveau, là où les idées et les fantaisies de mon imagination m'attendent. Bestiaire aquatique que j'observe pour bien le décrire. La cloche de verre, le scaphandre que me font les cris et les rires ne sont pas toujours étanches. La moindre entaille dans cette gangue protectrice et je deviens apnéiste. Gare au souffle !... La preuve, ces mots chuchotés à la table voisine. Sorte de conciliabule puisque les trois femmes qui se ressemblent étrangement se tiennent penchées l'une vers l'autre – et leurs discours murmurés convergent vers le centre du guéridon de marbre. (Au Café de M... on a conservé cet accessoire sans commettre le sacrilège de le remplacer par une de ces horribles tables plastifiées.)

Me voilà donc distraite par ce voisinage. Ne me parviennent que quelques mots insignifiants. Et puis, tel un diamant noir dont on ne voit qu'une lueur – sitôt vue, sitôt éteinte – le mot m'arrive : *extase*. Je redouble d'attention, j'en appelle à toute mon acuité. Mais je n'ai droit qu'à ce mot : *extase*.

Au Café de M..., trois femmes se ressemblant étrangement, parlaient entre elles tout à côté de moi et l'une d'elles – laquelle ? – a prononcé ces trois syllabes qui, dans ma tête, se réduisent à deux : ex-tase !

Ce mot est entré en moi ; il me trouble ; il tourne et m'habite ; il marche dans mon imagination sur une cadence binaire. Extase ! Ex-tase !

Qu'est-ce que ce mot veut dire ?

De quoi ces femmes parlaient-elles ?

8 avril 200*

Pour aller des rives du sommeil jusqu'à la terre ferme de l'éveil, je nage longtemps... Ou plutôt : je flotte. À la surface ? Pas toujours. Souvent, l'exacte sensation d'être, entre deux eaux, une algue dérivant, une femme sous-marine. De la nuit vers le jour, un bras de mer qu'il me faut traverser, nageuse immobile. C'est dans cette frange incertaine que les rêves les plus incandescents m'arrivent et, plus d'une fois, ç'aura été la déflagration d'un orgasme qui m'aura réveillée complètement, choc d'un accostage brutal – moi, tout entière secouée et rejetée violemment sur le quai. J'ouvre les yeux. Le jour filtre par les persiennes. Je me redresse. « Est-ce bien moi qui... ? » Ce que je nommerai le Radeau des Délices est déjà loin.

Disparu. Mais il a laissé un sillage persistant dans ma mémoire. Je sais donc que j'ai rêvé et que ce rêve fut bien réel. J'en porte encore la trace. Et qui ne trompe pas, elle non plus : le cœur qui cogne fort, la pointe de mes seins durcie et raide, les spasmes de la béatitude qui crispent mes chairs dans la partie la plus basse et la plus profonde de mon ventre, toute cette mouillure à mon enfourchure et qui s'est répandue sur le haut de mes cuisses, mes derniers halètements... Prise, possédée, fourrée, à n'en point douter ! Mais qui a fait cela ? Pas de nom, pas de visage ! Je ne saurai jamais qui...

Ce matin, mon réveil fut de cette espèce. Mon anus parlait, seul, de possession. Et le plus drôle étant que je n'ai encore jamais pratiqué la sodomie avec aucun homme. Manque de curiosité de ma part ou absence – je crois – de sollicitations, mais le fait est là. Or, voilà que ce rêve de l'aube...

Le premier mot qui me vint à l'esprit ?

Extase !

Depuis la veille, le mot ne m'avait pas quittée.

11 avril 200*

Je suis retournée au Café de M... espérant y trouver celles (au moins l'une d'entre elles) qui avaient prononcé ce mot. J'avais préparé un discours que je jugeais à peu près convenable pour justifier ma démarche. J'expliquerais que depuis trois jours ce mot m'encombrait tant qu'il m'empêchait d'écrire d'autres mots.

Guettant chaque apparition, j'ai attendu tout l'après-midi et toute la soirée. Il est près de minuit. Je rentre, fatiguée, ivre de bruits. Et toujours aussi ignorante. Je vais aller me coucher. Et je m'endormirai, avec posé auprès de moi, sur un même oreiller, un mot énigme. Un beau sujet de rêves. *Extase*.

12 avril 200*

Nul ne sera venu me visiter cette nuit. Ni rapt, ni capture, ni viol, ni consentement. Rien. J'ai dormi sans m'ouvrir, sans tremblements. C'est ce à quoi j'ai pensé, avec – je le confesse – une pointe de regret tandis que je me brossais les dents. À mon reflet, dans la glace au-dessus du lavabo, j'ai tiré la langue. « Et puis, quoi encore, ma fille ?... Te faire mettre par le cul, te faire prendre par la chatte, comme ça, en douce, sans qu'il t'en coûte rien, jouir fort, oh oui ! jouir si bien et en toute impunité. Sans avoir à te retrouver, au réveil, avec un corps d'homme porteur des odeurs de sa nuit digestive, les relents de sa pilosité, le souffle d'une haleine qui dénonce les organes laborieux et le transit intestinal ? Car c'est cela – aussi – l'amour et la dîme à payer au plaisir. Tous ces charmants petits inconvénients que nous faisons tous semblant d'ignorer ou que, l'habitude aidant, nous finissons par oublier. Toi, tu voudrais chaque nuit, chaque matin ces orgasmes d'hypnotisée. Et tu te lèverais, lascive et repue. Tu ne serais plus une animale triste après coït, comme tu l'es à chaque fois. »

J'ai haussé les épaules en réponse à ma propre admonestation et j'ai embrassé ma bouche en appuyant fort mes lèvres sur la glace – dessin éphémère de celles-ci sur la buée que ma respiration avait déposée là. Et j'ai dit : « Extase ! » comme on dirait : « Au boulot ! »

15 avril 200*

J'ai consulté les dictionnaires. Le mot s'y trouvait : étymologie, explications, exemples, citations. Les définitions étaient claires. Puis, j'ai rangé les dictionnaires. Ils n'étaient rien d'autre que des duègnes pudibondes, pinçant les lèvres pour lâcher quelques éclaircissements qu'un confesseur aurait entendus sans s'offusquer. « Voulez-vous me dire ce que c'est que l'extase ? » Et l'autre, dont les narines se referment subitement tant le mot sent le soufre de répondre : « Il n'y a d'extases que mystiques, mon enfant ! »

Alors là – et que l'on me pardonne ! – mais je n'ai qu'une seule réplique : « Mon cul ! »

22 avril 200*

Bénie soit la nuit qui vient de passer ! Aucun souvenir d'avoir rêvé, et pourtant... Pas plus maîtresse de mon corps que le rêveur endormi ne peut influer sur le déroulement du rêve. Je ne peux opposer ni résistance ni devancer ou freiner mon plaisir. Je ne peux que consentir... Il y a d'abord ces effleurements aux endroits les plus sensitifs de mon corps. Combien sont-ils (hommes ou femmes ?) pour qu'il y ait autant de mains me parcourant toute ? Étrange que pareille passivité puisse procurer pareille volupté tranquille ! J'avais établi qu'une des formes du plaisir dans le corps à corps amoureux se trouvait dans ces signaux subtils qu'on envoie et que le partenaire doit déchiffrer. Qu'il s'attarde trop longuement à mes seins, et mon bassin ondule, se soulève, je fais de la proéminence de mon pubis une saillie appelante parce que c'est là que je veux sa bouche, les lèvres qui aspirent ma chair. J'orchestre le concerto : deuxième mouvement, l'homme ! Car ma langue, mes seins ont eu leur nombre suffisant de mesures. Du tropique du Cancer, qu'on passe à celui du Capricorne ! Signaux sémaphoriques de la manœuvre que je dirige et l'amant met le cap au sud, descend à la rainure qui me parcourt de l'avant vers l'arrière. Qu'il m'explore à ma guise. Et si mes ordres muets ne sont pas entendus, reste la voix. Je dis : « Oui, encore... Non ! Attends ! Arrête !... Viens ! Plus fort, encore plus fort... Suce-moi longtemps ! Sois doux ! Maintenant, aspire-moi !... » Et qu'à son tour, la voix de l'homme me murmure tendrement ses espérances ou que, dans la graduation montante du désir la voix se fasse cinglante (« Tourne-toi !... Cambre-toi mieux !... »), j'obéis comme on m'aura obéi. Rien de nouveau sous le soleil, suis-je tentée de dire. C'est juste la vieille et éternelle *partita* de la baise ! Avec l'orgasme pour accord final. Ensuite ? Ensuite, on se rhabille.

Donc, cette nuit encore, mon corps tout entier dans un *Magnificat* à faire pleurer les dieux de jalousie – et les hommes de honte. Les premiers, censés tout avoir, n'auront pas ceci. Et les seconds, de tous ceux qui composent l'espèce, je crois que pas un ne saurait m'amener là où, sans l'aide de rien ni personne, mon corps arrive.

5 septembre 200*

Été vagabond... Je suis rentrée, hier, à Paris. Je n'ai rien écrit sur ce cahier parce qu'à mes yeux, rien n'en valait la peine... L'hôtel, à Cannes, où je rentre tard après le casino. Le jeune liftier qui s'ennuie pendant son service de nuit et qui, visiblement, rêve d'étreintes. Sitôt l'ascenseur en marche, je le déboutonne et je le branle. Il stoppe la machine. Je m'agenouille et j'engloutis son sexe jusqu'au plus profond de ma gorge. Il défaille, s'appuie à la paroi. Des voix montent depuis le hall. On s'impatiente. Excellent prétexte pour ne pas achever ce que j'ai commencé ! Que ce petit employé se débrouille pour recaser tout ça

– joli volume ! – dans le pantalon de son uniforme. Qu'il invente ce qui lui plaira pour expliquer la « panne de la machine ». Moi, je quitte l'hôtel demain matin – service de jour –, il ne me reverra pas. Mais probable que, désormais, s'il se retrouve comme cette nuit-là, chargeant jusqu'à l'étage de sa chambre une femme jeune et solitaire, il sera là, guettant l'instant – si oui, si non ? – et qu'il sente sa verge durcir et ses jolies petites couilles si fermes gonfler jusqu'à en devenir douloureuses.

La Côte d'Azur, puis l'Italie (en zigzag) au gré de mes humeurs. Tout est facile, trop facile, l'été, au soleil. Et le pays de la *dolce vita* où cette facilité n'en est que plus grande n'arrange rien. Que l'on soit une étrangère, libre, blonde et belle et l'on est assurée d'avoir chaque nuit un mâle dans son lit. Attrait et danger de l'inconnu avec le risque de se retrouver avec un homme, tout en hyperboles, en paroles et qu'on découvre doté d'un sexe d'angelot, un bout de chair pas plus gros qu'un flûtiau qui entre et sort de mon vagin ouvert et accueillant sans que je sois bien sûre que je baise. Celui-là a éjaculé en poussant un rugissement de fauve, puis, couché sur le dos, les bras repliés au-dessous de sa tête – pose du conquérant ! – il s'est longuement complimenté lui-même. Il a baptisé son petit outil « San Pietro ». Pourquoi San Pietro ? « Mais parce qu'il ouvre les portes du Paradis. Non ? »

Une autre fois – Sienne ou Florence, je ne sais plus –, cet homme me parlant de ses compatriotes : « Ceux du Nord ne valent rien, croyez-moi !... Industriels, hommes d'affaires... Trop penser à l'argent vous ramollit la queue ! » Lui, le Calabrais, est un homme du Sud, un vrai. Il a tout son temps, il est sans boulot (mais il est rassurant d'apprendre que sa femme travaille), il se propose – bon prince – de m'apporter des moments inoubliables, de me propulser vers des hauteurs galactiques. Nous voilà donc, dans ma chambre d'hôtel, nus l'un contre l'autre. Pour une fois, y aurait-il un homme qui aurait dit vrai ? Car j'avoue que pour le prélude ses doigts sont habiles et sa langue savante. Elle s'enroule autour de la mienne tandis que ses mains pétrissent mes seins. Lorsque j'ai tendu la main pour m'emparer de son sexe, celui-ci était tendu, raide, aussi ferme qu'une barre d'acier, juste taille et calibre parfait. J'ai écarté mes cuisses et j'ai murmuré : « *Vieni* ! » Et c'est là qu'il m'a expliqué qu'il n'y aurait plaisir que grâce à nos bouches. Ce qu'il aimait, c'est sucer et être sucé. Qu'il était certain que je devais être une bonne fellatrice et en échange je serais une femme comblée. Il ne mentait pas ce salaud de Calabrais ! Il m'a bouffé la chatte comme peu d'hommes savent le faire ! Et moi, réglant mes ralentissements sur les siens afin de retarder le plus longtemps possible notre orgasme, j'ai mis tout mon savoir d'amante dans cette fellation, sachant que cette verge ne se logerait que dans ma bouche.

Raconter quoi encore ? Le petit voyou de Naples, un regard tantôt d'une candeur désarmante et tantôt de cette effronterie qui déshabille une femme rien qu'en la regardant. Des hanches étroites et un fessier à faire tomber Michel-Ange à genoux ! Une nuit, et nous nous serons offerts toutes les fantaisies, exceptée la sodomie. Il aurait été mon premier et j'aurais enfin pu comparer avec ce que mes rêves m'avaient fait entrevoir. Un moment, alors que je me tournais en lui présentant mes reins, il s'est mépris sur mes intentions alors que je ne voulais que changer de position. « Non ! Pas par là... » J'ai ri et prenant son sexe dans ma main, j'ai placé le gland vers mon bel orifice, mon « origine du monde ». La verge a glissé en moi jusqu'à la garde. Moi, cambrée à l'extrême pour lui faciliter la tâche. Sentir ce ventre d'homme jeune, ventre plat et dur comme un marbre cogner, et cogner contre ma croupe, course cadencée, méthodique et inspirée à la fois – rien de mécanique ni de machinal, cette petite frappe est un maître. Naples : la ville où l'on côtoie le plus d'artistes anonymes. Qu'il chante ou qu'il baise, le Napolitain est un Caruso, un sublime organe qui se rencontre à chaque coin de rue.

Le mien, avant de me quitter à l'aube, me fit comprendre que sa pauvre mère... J'ai mis la liasse de billets dans la poche arrière du jean moulant : toucher son cul, une dernière fois.

J'ai été sur le balcon pour voir le soleil se lever. Sur le trottoir d'en face, appuyé à son scooter, un jeune homme était là, chemise ouverte jusqu'à la ceinture. Il fumait. J'ai vu mon « soutien de famille », sortant de l'hôtel, traverser la rue brandissant la liasse de billets, et aller vers celui qui attendait. Le baiser d'amants que ces deux-là ont échangé, ce n'était pas du Cinecitta ! Une frénésie ! J'ai ri, amusée et un peu désappointée à la fois en pensant à tous les castrats qui auront vécu et seront morts face au Pausilippe et dont les fantômes en cet instant avaient dû frémir de joie et d'envie.

10 septembre 200*

Je dors mal. Je me réveille à l'aube. Mes nuits ne sont plus visitées. Je m'énerve. Je bois des cafés serrés et je fume. Chaque jour, au Café de M..., je viens et j'attends. Je n'arrive plus à écrire. J'ai perdu le fil. Pourquoi cette fureur que je sens me venir ? Où sont mes repères ?

12 septembre 200*

Cet après-midi, quand je suis arrivée au Café de M..., elles étaient là. Toutes les trois, assises autour du même guéridon. Comme j'hésitais, ne sachant où me poser, l'une d'elles m'a fait un signe de la main pour m'inviter à m'approcher. « Comment fut votre été ? Décevant, n'est-ce pas ? » C'était la bonne réponse. « Vous n'étiez pas au bon endroit. Vous n'allez pas dans la bonne direction, c'est tout. » Elle a tiré un bristol de sa poche sur lequel était notée une adresse. J'ai lu : « Le Japon ? »

Toutes les trois avaient le même sourire, un mélange d'ironie sans méchanceté, avec un rien de provocation et un soupçon de condescendance. « Mais faites comme bon vous semble ! Sachez seulement que si vous vous y rendez, vous serez attendue. » Elles sont sorties, louvoyant entre les tables. Rien ne leur était obstacle. Sitôt dehors, disparues, absorbées par la foule.

18 avril 200*

Je suis partie. Crainte ou paresse ? J'ai mis longtemps à me décider. Je suis à Kyoto, à l'adresse indiquée. Un ryokan. Elles sont trois – qui m'auront accueillie, trois femmes que j'imagine être les « correspondantes » de celles, vêtues de noir du Café de M... Dépaysement assuré. Ici, les fragiles et si minces cloisons de papier de riz semblent avoir été le meilleur des remparts, évitant que n'entre là le moindre souffle de modernité. Avant même que de franchir le seuil, on m'aura présenté une paire de socques à enfiler. Défaite d'abord de mes chaussures (devenues « inutiles », puisque, arrivée là où il le fallait, je n'avais plus à marcher encore ?), j'ai donné le reste des vêtements – ceux que je portais et ceux de mon bagage, comme si je me dépouillais d'une vieille peau et que je sois venue là pour m'en défaire. Autre barrage : celui de la langue. Ces femmes qui s'affairent à me dénuder, je ne comprends rien de leurs échanges ni ne peux me faire entendre d'elles. Trois abeilles, attentives et dévouées, si bienveillantes, tournant et s'affairant autour de la reine de la ruche.

Les trois femmes (dois-je les appeler geishas, servantes, hôtesses, maîtresses des lieux, guides ? Comment ?) m'ont mise nue. Si j'avais eu un léger doute lorsque celle qui libéra mes seins en caressa la pointe – innocence d'un geste maladroit – cette confusion ne dura guère puisque après sa main (elle dut se pencher un peu – et son visage fut à hauteur de ma gorge, car elle et moi avions à peu près la même taille...) c'est sa bouche qui s'empara de cette pointe que la caresse a durcie. La pression des lèvres, d'abord très douce, à peine marquée, s'accentue sans perdre de sa délicatesse. La seconde femme vient à nous et je vois les doigts si blancs et si fins aux ongles laqués d'un rouge sombre allant à mon autre sein, en saisir l'autre pointe. La bouche de celle qui n'a occupé que sa main vient à ma bouche. Nos lèvres se touchent à peine, mais sa langue pénètre, sollicitant la mienne. Je réponds et nos langues se mêlent alors. Quant à la main de celle – la première – qui n'use que de sa bouche à mon sein, cette main inactive ne devait pas le rester longtemps. Elle se pose sur mon pubis et un doigt glisse, expert, dans le repli de ma fente, descend le plus bas possible, là où s'échappe de moi ce suintement continu – fontaine miraculeuse du corps féminin. Le doigt trempe dans cette eau, s'humecte et remonte à plusieurs reprises afin d'humidifier toute ma chair. Désormais, il pourra se mouvoir à sa guise, moduler sa cadence, varier la pression du frottement... Une autre main, d'autres doigts sont venus toucher ma moiteur, y chercher la mouillure nécessaire pour les délicates manœuvres de ce simulacre de guerre que le Désir commande. Cette main, c'est la dernière des femmes qui m'entreprend par-derrière. Elle achève ce que les doigts de la première ne peuvent faire. C'est à elle que revient cette partie de mon tracé, là où se trouve l'orifice vierge de mon anus, cet « œillet violet » comme le désigne Rimbaud. « Rampe douce – Des fesses... » où se place cette cocarde universelle dont le doigt de cette femme trouve le centre, qu'elle force sans brutalité, se livrant passage pour y entamer un lent et sinueux va-et-vient.

Aurais-je voulu que ces caresses, notre emmêlement saphique n'aient pas eu lieu que, maintenant, il est trop tard pour refuser, repousser, m'éloigner, me reprendre. Prise dans la nasse où le plaisir qui monte m'enferme de plus en plus. Et pourquoi me dérober ? Je m'abandonne à mes maîtresses. Je ferme les yeux et il me vient des soupirs et de longs râles parce qu'il en est de l'exactitude de ma jouissance présente comme de l'exactitude des marées. Et mes soupirs sonores sont pareils aux bruits des rouleaux de la mer. Mes jambes ne me portent plus et ce sont mes compagnes qui me soutiennent. Elles rient, de ce petit rire retenu qu'ont les femmes au Japon... J'ouvre les yeux. Je vais bien. Et les voici qui, à leur tour, se dévêtent... Tout, ici, est d'une parfaite légèreté, depuis la translucidité des cloisons, en passant par l'épure de ce qui meuble la chambre, pour en arriver à ces petits rires qui signent une euphorie que procurerait un vin pétillant. Verre de cristal où montent comme des ludions s'évaporant, une multitude de bulles.

Deux jours ont passé de la sorte. « Jeux de la pluie et des nuages », mais sans présence masculine. Cérémonie du bain : tout ce qui fut fait lors de mon arrivée, refait encore –, plaisir, mais qui à la longue s'émousse quand on arrive au bout de toutes les variantes possibles. Et quoi ? j'étais venue jusqu'ici pour ne vivre que ces amusements de collégiennes trompant ainsi l'ennui d'un pensionnat ? À ma lassitude, s'ajoute un certain agacement. C'est dit, demain je reprends le train pour Osaka et je m'envole pour Paris !

Le lendemain, c'est un homme qui est entré dans ma chambre. Il était vêtu d'un complet sombre et portait, fort cérémonieusement, un petit coffret en bois d'acajou. Son costume, la boîte qu'il tenait à hauteur de poitrine, ce visage de marbre et l'absence de la moindre parole – silence funèbre – tout ceci me fit penser à ces employés porteurs d'urne funéraire. J'éprouve un réflexe de rejet. Mais une autre image vient se superposant à la première quand l'homme ouvre le coffret et que je peux voir ce que celui-ci contient.

Qu'on se souvienne ! C'est un film de Buñuel. Une jeune et riche bourgeoise laquelle pour se désennuyer et pour satisfaire des désirs d'abaissement et d'ordure – tout ce qui trancherait enfin sur son univers trop lisse, trop respectable, au sein d'une caste dominante grâce à l'argent – se fait pensionnaire d'une « maison ». « Une perle ! » dira d'elle Madame, faisant ainsi comprendre au client que celle-là, on peut « l'enfiler par les deux bouts ». Parmi tous ces messieurs qui venaient l'après-midi se distraire pendant une heure ou deux, Buñuel montrait un mystérieux Asiatique qui s'était pourvu d'un mystérieux coffret. La boîte est ouverte et refermée sous les yeux de l'héroïne dont le regard insondable ainsi que la parfaite passivité de toute sa personne ne permettront à aucun spectateur de se faire la moindre idée sur ce que ce client-là voulait – ou faisait...

Est-ce à moi qu'il revient de révéler ce qui est enfermé dans la boîte d'acajou ? Sur la soie grenat qui tapisse l'écrin : deux boules, d'égale grosseur. L'une blanche et l'autre noire. Deux sphères de (dirais-je) cinq centimètres de diamètre. Je ne peux en déterminer la matière. Parfaitement lisse. Ni mate, ni brillante. Et ces deux boules sont reliées entre elles par une fine chaînette d'or, laquelle pourrait juste faire le tour de mon cou. Je sais que je n'obtiendrai aucune indication sur l'usage de cet accessoire. Ici, on ne donne pas le mode d'emploi !

(sans date)

La fascination qu'exerce sur moi cet objet est absolument dégoûtante ! Jamais je n'aurais cru qu'il puisse, à ce point, envahir mes pensées ! Comme ces deux boules, tenues l'une à l'autre par la petite chaîne d'or, je suis à mon tour reliée à elles par un fil non visible. Cela s'est produit graduellement. Cet « enchaînement »... Je n'y ai pas pris garde. Les jours, les semaines ont passé...

(sans date)

Je vis dans une confusion totale. J'ai changé la nuit pour le jour. La simple idée de nourriture me donne envie de vomir. Et c'est tant mieux puisque le frigo est vide. Je ne sors plus. J'ai cessé d'écrire. J'entends les messages que laissent sur mon répondeur les gens qui cherchent à me joindre. Tous finissent par : « Rappelle-moi ! » Je ne rappelle pas. J'ai des accès de rage. Une fureur de bête me prend. Je me masturbe. Deux, trois fois par jour. Peut-être plus.

(sans date)

J'émerge d'un de ces sommes qui, désormais, s'intercalent à n'importe quelle heure, dans un laps de temps trop court, entre ces longs temps de veille qui m'épuisent. Cette fois, c'est revenu !... Ouverte, dilatée, pénétrée ! Visitation de mon cul par la porte étroite de mon étoile anale rosacée, et qui s'ouvre, et qui engloutit. L'explication est là. Enfin ! Comment user de cet objet qu'on m'a remis là-bas ? Maintenant, je sais.

(sans date)

Comment n'avoir pas deviné que la boule ivoirine est faite pour mon con et que sa semblable, la noire, se loge – elle – dans l'orifice voisin ? Que, reliées par la chaînette d'or, le mouvement de l'une entraîne le mouvement de l'autre ?... Mon premier essai fut un peu maladroit. Ensuite, tout est allé de mieux en mieux. L'objet semble doté d'une vie propre qui, ajoutée aux frissons et infimes contractions de ma chair lorsqu'elle palpite, me procure des sensations jamais éprouvées. Aux moindres ondulations de mon bassin, à moins qu'il ne me suffise d'écarter mes cuisses ou de les croiser en serrant très fort, que je me cambre, que je roule d'un bout du lit à l'autre, et à chaque changement de posture l'objet s'anime. Il me travaille si bien, nous sommes en si parfaite accointance que ce que j'éprouve relève de l'indicible. Dois-je parler *d'envol inouï* ou de *descente prodigieuse* pour tenter de me faire entendre ?

Mais si je vous dis : EXTASE – me comprenez-vous ?

... C'est une petite île, au nord de Palerme. Neuf kilomètres de circonférence. Un seul village, un petit port. Certains des hommes se sont fait pêcheurs. Leurs barques à moteur sont pareilles à celles qu'on nomme des « pointus » à Marseille. Si la mer n'est pas trop mauvaise, on part au large, à l'aube, et on met les filets à l'eau. Le sillage de la barque dessine, à la surface, une ample courbe. Puis, au crépuscule on remonte les filets. Ils étaient deux dans la barque ce soir-là – le père et le fils.

Au cours de l'enquête qui suivit, ils répondront sans mentir que, non, le filet ne leur aura pas paru plus lourd que d'habitude, qu'on ne sait jamais ce qu'on ramène. En y réfléchissant bien, ils auront peut-être pensé que la pêche était bonne, c'est tout. Que c'est le fils, parce que sa vue est la meilleure, qui montra au père le corps d'une femme noyée pris dans la résille solide qu'ils tiraient à eux. Ils ont hissé le tout. Les poissons étaient vivants. Il y avait quelque chose de particulièrement obscène dans leur agitation grouillante sur ce corps de femme morte. Mais, bien plus obscène encore que toute cette agitation des poissons à l'agonie, c'était ce sourire extatique qui se lisait sur le visage blanc et froid de la femme statufiée par la mer. Qu'avait-elle donc éprouvé qui aura ainsi surpassé l'horreur de mourir ? Ce sourire, tous le virent mais personne n'en parla...

« Surtout on ne touche à rien ! » avait ordonné le père, et c'est pourquoi la femme gisait à demi sur le flanc, cuisses entrouvertes. Du gouvernail où il se tenait, le fils ne pouvait détacher son regard du corps nu qui reposait à ses pieds. Il lorgnait ce que tout homme cherche à voir du corps féminin. Le jeune homme aperçut là un scintillement, une petite chaîne en or. Il s'en empara prestement – « quelque chose qui a sûrement de la valeur et que j'irai fourguer à Palerme un de ces jours ! »

Ce fut moins simple qu'il ne l'avait prévu. Car il sortit de ces passages qui hantent les hommes, qu'ils veulent forcer, explorer – il en sortit donc une boule blanche, une boule noire. Le jeune homme fourra le tout dans sa poche.

La nuit qui suivit, il dormit mal, très mal. Il vit la femme, nageant bien au-dessous de la surface de l'eau. Elle parlait et respirait – vivante et sous-marine. Elle lui demandait de venir la rejoindre. Elle lui montrerait... Elle lui apprendrait... Et elle souriait.

Certains parlent de « superstitions », d'autres disent : « croyances dont il ne faut pas se moquer ». Aussi ne dirons-nous pas que le jeune pêcheur sicilien était superstitieux ! Il avait peur. Et pour que cette peur le quitte, il n'y avait qu'une chose à faire. Remettre à l'eau sa prise. Rendre à la mer ce qu'il lui avait volé.

Le lendemain, au lever du soleil, la barque fut menée au large. Les filets lancés à l'eau. Et jeté aussi, « ce putain de machin que des bonnes femmes – des folles – sont capables de s'enfoncer là où je pense, pour se faire quoi ? hein ? je vous l'demande ! Par la Madone ! elle voulait quoi, celle-là ? Se faire bourrer ? L'avait qu'à venir me trouver, j'ai tout ce qui faut, coincé derrière ma braguette, elle aurait vu de quoi Giuseppe est capable avec sa bite ! Je lui aurais... »

Les Portes-en-Ré
Juillet-août 2006

Salomé

Hypnose

Affreuses migraines qui ne me quittent pas. Rien, je ne supporte plus rien, ni la lumière, ni le bruit, ni mon homme, ni mes enfants. J'ai l'impression depuis plusieurs mois d'avoir la tête comme dans un étau, incapable que je suis de travailler ou de m'occuper de moi, encore moins des autres. Je ne suis plus qu'une loque, couchée, qui attend sa délivrance. La pharmacie traditionnelle ne peut plus rien pour moi et j'attends impatiemment le rendez-vous pris depuis plusieurs semaines avec un professeur spécialisé qui, paraît-il, fait des miracles.

Je l'attends comme le messie, n'endurant plus celle que je suis devenue. Il doit me guérir. Il le faut. Que vaut cette vie, ma vie désormais si même me lever s'est muté en supplice ?

Il entre dans ma chambre, homme entre deux âges, voûté et sans doute prématurément vieillissant, aux allures de rat de bibliothèque. Je ne parviens pas à esquisser un sourire tant la douleur me vrille. Je ne dis mot pendant qu'il m'explique doctement qu'il compte me guérir grâce à l'hypnose. Je ferme les yeux et me laisse guider par sa voix. Elle est devenue plus chaude, son timbre est d'un ton plus grave, elle me pénètre comme une musique. Je bois ses paroles comme une eau fraîche désaltérante et bienfaisante. Je sombre dans un rêve.

Le soleil est éclatant, les rues animées. Je me sens jeune et belle, dans la pleine force de mes quatorze ans. Brune au teint mat, des yeux noirs. Un sourire plane sur mes lèvres tandis que j'avance d'un pas alerte au milieu des ruelles écrasées de chaleur. Je suis certaine d'être cette jeune fille et pourtant rien ne me permet de me reconnaître. Je n'ai plus mes quatorze ans, je n'ai jamais parcouru les pavés sur lesquels je marche et je suis blonde comme les blés. Pourtant, c'est moi cette adolescente pressée vêtue simplement d'une robe de toile qui couvre des formes prometteuses. Je la ressens en moi et je n'ai pas le regard distancié que pourrait avoir une simple observatrice. Je perçois le claquement de mes sandales sur les pavés, la brise chaude qui me souffle au visage à chaque pas. Des parfums salés flottent dans l'air. La mer serait-elle proche ? Où suis-je ? Quelle est cette ville ? Qui suis-je ?

Le professeur a terminé sa séance, je me réveille dans mon lit, je tremble et pourtant je suis en sueur. La douleur est toujours là, compagne intolérable du moindre battement de cœur.

— Je m'appelle Eulalie ! ai-je chuchoté, Eulalie.

— C'est bien, vous avez trouvé qui vous êtes dès la première séance, c'est une chose rare, nous allons vite progresser et je suis certain de vous débarrasser rapidement de vos migraines. À demain, madame.

J'ai très vite sombré dans un sommeil sans rêve, laissant à mon mari le soin de raccompagner le professeur et de régler ses honoraires. J'avais déjà oublié Eulalie.

Dès le lendemain, je suis retournée, toujours sous hypnose, dans cette ville inconnue qui sent le Sud et la mer et qui étonnamment me semble si familière. La jeune fille, Eulalie, n'est plus dans les rues. Je ne suis plus ni au soleil ni entourée de l'animation de la ville. Cachot sombre et humide, mes vêtements sont déchirés, en lambeaux et pendent pitoyables sur ma peau écorchée. Je ne ressens pourtant aucune douleur, le sourire est toujours là sur mes lèvres. Il me semble que je prie. Je prie dans une langue inconnue et pourtant je sais que je prie. Je prie le Seigneur de m'infliger d'autres souffrances, d'autres tortures. Je suis sa martyre, je suis sa servante, je suis son esclave.

Ma prière est interrompue par un homme entrant dans ma cellule. Étrange coïncidence ou jeu de mon inconscient, il a les traits du professeur. Je lui souris. Il tire un fouet accroché à sa ceinture et se met à me frapper sans aucun ménagement. Chaque coup me transporte, m'élève, mon esprit semble flotter au-dessus de mon corps. Le sourire ne me quitte plus. Chaque estafilade me fait vibrer, résonne en moi comme une victoire. Mes chairs sont à vif et le sang qui coule devient miel. Chaque coup de fouet est plaisir pur, chaque marque imprimée sur mon corps est un régal, mes cuisses tremblent de plaisir, mon sexe coule, ma prière est devenue râle. Les coups de fouet deviennent pulsations, comme un deuxième cœur qui se met doucement à battre au fond de moi. Ils cessent soudain. Puis de nouveau, impitoyables sur mes seins tendus qui les appellent, les désirent, les réclament. De nouveau les battements de cœur, un peu plus fort, plus rapprochés et pour finir plus intenses, plus soutenus.

Musique rythmée au fond de mon ventre, symphonie qui va crescendo, tempo qui s'accélère. Je m'en vais vers un ailleurs, cette cellule dont les murs suintants m'entourent, s'estompe, disparaît dans les brumes de mon cerveau. Je suis seule au monde avec ces deux cœurs qui battent, l'un dans ma poitrine, l'autre au creux de mon sexe. Ils se répondent, se fondent l'un dans l'autre, se confondent, se livrent une lutte que ni l'un ni l'autre ne gagnera. Je me cabre à chaque nouveau coup et mon temps de répit entre deux semble se réduire comme peau de chagrin. La flagellation cesse. Mon bourreau a remis son fouet à sa ceinture, me laissant soudain seule, orpheline, abandonnée et pantelante.

— Battez-moi, professeur ! Frappez-moi !

Je répète cette litanie à mon réveil entre deux soupirs. Une main glissée entre mes cuisses, me caressant à me faire mal, je plante mes yeux dans ceux du professeur. L'orgasme me fauche et je retiens mes cris. Il s'en va, souriant.

— À demain, madame.

Je dormais lorsque le professeur est arrivé le lendemain. J'ai senti sa présence dans mes songes, entendu sa voix à travers un brouillard et je suis retournée dans la cave sans m'être totalement réveillée. De nouveau brune Eulalie, je suis allongée sur une planche de bois à même le sol, mon bourreau à mes côtés. L'amusement et l'ironie sont toujours dessinés sur mes lèvres et ne me quittent pas. Malgré l'état pitoyable de mes guenilles, malgré la crasse qui recouvre les plaies causées par le fouet, malgré l'inextricable fouillis de ma chevelure, je rayonne, j'illumine les murs sales de ce cachot, j'irradie. Mon tortionnaire pose un genou au sol pour s'approcher de moi. De sa main gauche il saisit la peau de mon épaule et y fait pénétrer une broche métallique. Consciencieusement, il continue son ouvrage. D'abord l'épaule puis le dos. J'ignore combien de piques vont me perforer. Il descend, régulièrement. Le dos, les reins, les fesses. Ses doigts hésitent un instant au bord de mon sillon, esquissent un mouvement vers mon entrejambe qui réclame, se tend vers ses doigts. Mais il reprend son entreprise là où il l'avait un fugitif instant abandonnée. Je sens monter en. moi une irrépressible panique lorsqu'il arrive aux jambes, je redoute cette douleur plus que les autres, car je suppose qu'elle est moins supportable que dans les endroits plus charnus de mon corps juvénile. Pour la première fois depuis que j'ai débuté les séances d'hypnose, je ne comprends pas ce qui se passe en moi. Je suis Eulalie qui semble si sereine, si calme, transfigurée et rayonnante, et pourtant tout hurle en moi. Je n'arrive plus à contrôler mes émotions, ma respiration. Je panique, halète, m'étouffe, pleure, renifle et sur le visage d'Eulalie le sourire s'est fait plus franc, ses yeux brillent d'un éclat incomparable comme si on lui avait ouvert les portes d'un Paradis où elle seule serait capable de pénétrer. L'affolement me saisit comme un vertige, le bourreau a achevé de transpercer le côté gauche. Eulalie n'a pas tressailli, mais je sens la terreur monter en moi. Je ne suis qu'à mi-parcours de mon supplice, j'en suis certaine. Parfois, l'angoisse qui m'étreint depuis que je suis de nouveau dans cette cellule, sur cette planche, s'apaise. Tantôt elle me submerge, plus forte encore que quelques instants auparavant, coupant court mon souffle ou au contraire me faisant haleter comme un noyé se débattant au milieu des flots. J'ai le sentiment d'être immobilisée, ligotée et de me débattre dans un corps qui n'est pas le mien. Eulalie, belle Eulalie, aide-moi, transmets-moi la paix qui t'habite, sauve-moi !

Je n'avais pas remarqué que quelques personnes assistent à la scène. Dans un coin de la pièce, un groupe de quatre ou cinq personnes, le visage dissimulé par la pénombre, me regarde. Je ne sens que le contact froid des broches sur ma peau, attentive à la pression qui s'exerce pour la transpercer, la pénétrer, la fouiller. Les broches encore et encore, symétriques dans une parfaite harmonie. Une caresse appuyée sur mon sexe béant, affamé, est comme un encouragement. Mon bourreau serait-il aussi un homme ? Je ne supporte plus l'attente de la dernière pique. Que va-t-il advenir de moi ainsi embrochée, enfilée ? L'apaisement arrive, aussi soudain qu'inattendu. Deux hommes appartenant au groupe se sont avancés vers moi tandis que mon bourreau lave consciencieusement le sang qui lui tache les mains. Comme un ouvrage de dentellière, ils passent des cordages de chanvre entre les broches, transformant mon dos en toile arachnéenne. Un long cri veut sortir de ma bouche, irrépressible, incontrôlable, démesuré. Un affolement, une terrible panique, une folie s'emparent de moi. Mais aucun son ne vient déchirer le silence. Eulalie est suspendue au-dessus du sol, chaque corde retenant les broches qui étirent la peau élastique de son dos. Ses jambes et ses bras écartés lui confèrent l'aspect d'une douce colombe planant au-dessus du monde et des hommes. Eulalie, sublime Eulalie qui toujours sourit, qui toujours prie son Seigneur. Eulalie s'élève et moi je sombre. Je sombre dans la folie. J'ai la terrible sensation de perdre tout repère et de découvrir un nouveau rivage inconnu, effrayant. La menaçante et morbide impression de quitter le monde, d'aborder une terre non pas inconnue mais habitée de mes fantômes, de mes peurs, de mes cauchemars s'empare de moi. La peur que j'éprouve alors n'est ni tangible ni logique, encore moins explicable. Je suis Eulalie. Je ne peux être qu'Eulalie. Il faut que je me débarrasse de cette peur que j'éprouve, celle qui me renvoie à moi-même. Une peur au-delà des mots, une peur proche de l'épouvante, une panique intestine. Mes spectres s'emparent de moi et c'est à eux que je m'adresse en criant. D'ailleurs ce n'est pas un cri mais un hurlement qui naît, enfle, sort de mes entrailles et que mon esprit ne peut contrôler. Je suis toujours suspendue dans ma prison, comme transportée sur les ailes des anges. Aucun cri n'a fait résonner les murs.

Le groupe d'hommes s'est entièrement reformé autour de moi. Tandis que l'un deux tête mes seins comme le ferait un veau sous sa mère, un second a retroussé sa tunique et me viole sans ménagement. Je sens son sexe buter au fond de moi, chacun de ses coups de reins tend les cordes à l'extrême. Ma peau résiste et semble se désolidariser du reste de mes chairs. Ma peau n'est plus qu'une enveloppe que l'on cherche à broyer, à lacérer. Les hommes se succèdent en moi, déchirant un par un tous mes orifices, fouillant mon ventre et mon cul, forçant ma bouche pour y enfourner leurs sexes sales et poisseux de mouille, ma mouille.

Les assauts de mes violeurs n'en finissent pas. Je suis écartelée, défoncée et je réclame encore et encore leurs queues au fond de mes trous. Eulalie prie, Eulalie sourit et moi je jouis.

La voix du professeur m'éveille tandis que je sens encore palpiter au fond de mon ventre l'orgasme qui peu à peu s'apaise.

— Vous vous sentez mieux, madame ?

Comment lui dire que grâce à lui je viens de connaître un plaisir sans précédent ? Comment lui avouer que je me livre avec bonheur aux pires supplices, aux actes de torture les plus barbares dans un cachot sordide et que je me fais enfiler avec bonheur par tous les orifices ? Comment lui faire comprendre que je ne trouve mon apaisement que dans la douleur la plus insupportable et dans les jouissances les plus extrêmes ? Moi-même je ne me reconnais plus. Qu'est donc devenue cette mère de famille si sage et responsable ? Où est cette épouse modèle qui n'a connu charnellement que son mari ? Pourtant Eulalie est là en moi, avec moi. Mes migraines se sont presque dissipées et chaque jour sous hypnose je me branle. Chaque jour sous hypnose je me fais défoncer la chatte et le cul. Chaque jour sous hypnose on me fouette, on m'attache, on me viole, on brûle mes chairs, on m'arrache les ongles. Chaque jour sous hypnose on martyrise mes seins, on les presse, on les déchiquette. Chaque jour sous hypnose on lacère mon sexe, on l'emplit, on le dilate. Chaque jour sous hypnose je suis Eulalie, Sainte Eulalie de Barcelone, vierge de quatorze ans qui fut torturée sur ordre du gouverneur d'Espagne sous l'empire romain de Dioclétien vers l'an 305. On dit de Sainte Eulalie qu'elle n'a cessé de sourire et de prier pendant qu'on la torturait et qu'elle mourut crucifiée sur un échafaud.

Pour mon mari, je subis encore ces atroces migraines et l'hypnose m'aide à mieux les supporter. Et moi, chaque jour sous hypnose, je ne prie ni ne souris mais enfin je jouis... jusqu'à l'extase.

Sylvie Sanchez

Extases équidées

Les ânes sont des animaux très attachants, exclusifs et charmeurs. Je n'avais jamais côtoyé d'ânes, la seule image présente dans ma tête était cette vieille maxime : « Bander comme un âne ! »

Cet été, j'en ai connu un : Picotin. Il partageait, près de Bordeaux, son pâturage avec Biscotte, Craquotte... des ânesses de tout poil. Lui, est un bel âne du Poitou, avec d'immenses pattes, des longs poils à mèches foncées sur le dessus, un sous-poil épais de couleur fauve et sable, le museau recouvert de velours blanc et les naseaux brun foncé. Une grande frange qui lui tombe sur les yeux, avec deux grandes et belles oreilles angoras. Ah ! les oreilles, l'un des points faibles de mon âne ! En effet, pour amadouer un âne, rien de mieux que de lui caresser l'intérieur tout soyeux des oreilles. Pour obtenir un câlin d'âne : approchez-vous doucement de la bête, flattez-lui le dessus du museau, en lui parlant à voix basse, collez votre tête contre sa joue puissante, laissez-lui poser la sienne, poilue et rêche, sur votre épaule, il s'y appuiera délicatement. Vous serez ainsi, tête contre tête, pendant que votre pouce et votre index patouilleront, titilleront la base de ses oreilles, là où le poil est doux et ras en petits paquets duveteux, presque noirs. Si vous remontez doucement vos doigts le long de l'ourlet intérieur jusqu'en haut, vous pourrez voir ses yeux se fermer de délice, et son gros museau humide soupirer de plaisir. Il ne sera que tendresse pour vous.

Dans cette position et ainsi entrepris, un âne peut passer des heures, comme ça, planté n'importe où, voire mieux, quasiment s'endormir. Si l'âne est de la race des ânes mordeurs, il suffit de lui mettre une grande tape ferme sur le museau pour lui montrer qui est le maître. Vexé et contraint, il reviendra à vous de plus belle. Cette recette est quasi infaillible.

C'est ainsi que je suis rentrée en contact avec mon âne. J'avais fait le premier pas, j'étais à lui. Faisant partie d'un grand cheptel, avec un propriétaire débordé de travail et d'enfants, il était un peu délaissé. Il était tout crotté, le poil emmêlé, les yeux pleins de parasites et de plaies, les sabots dans un état lamentable. Je fis donc part au maître des ânes de mon désir de m'occuper de Picotin. Il me montra tous les outils : étrilles, ciseaux, curettes à sabots, râpes, onguents, gouttes et pommades cicatrisantes et me mit en garde : « Surtout, quand tu t'occupes personnellement d'un âne, isole-toi avec lui dans l'écurie, car les autres sont d'une jalousie extrême, et sois des plus discrètes quand tu t'enfermes avec lui, fais-le sans que les autres ne le voient, ils sont capables de casser les portes d'un box, de rage. »

Réveillée à 6 heures, je sautais dans mon short et mes bottes en caoutchouc kaki pour m'occuper de mon nouvel ami. Du fond du champ il me reconnut et rappliqua illico, les autres marchaient mollement derrière, d'un pas débonnaire. Je profitai de leur désintérêt pour vite entraîner mon ami abîmé dans l'écurie et refermer rapidement la porte d'un box sans fenêtre.

Alors commencèrent les soins. Tout d'abord, les yeux de l'animal qui étaient infestés, avec la chaleur, de larves et de mouches, d'une odeur repoussante de décomposition. Je respirais par la bouche et, armée d'un coton et de sérum physiologique, je désincrustais les larves une à une pour laisser à nu la chair mâchouillée et tuméfiée par les parasites. Un peu de pommade antibiotique, voilà pour les yeux ! Pour opérer, j'étais montée sur un petit escabeau, sa tête calée sur mes seins, coussin moelleux pour un doux museau d'âne. Il se laissait faire sans bouger, à croire qu'il comprenait que j'étais là pour lui enlever ce mal qui le grignotait sans relâche. Je sentais son souffle chaud pénétrer à travers mon tee-shirt, la peau de ma poitrine frémissait à chaque expiration, se couvrant de frissons sous la chaleur.

Quand la douleur devenait plus vive, son souffle s'accélérait et me brûlait. Quelle sensation étrange d'être prise entre le désir de continuer à appuyer sur la chair saignante afin de sentir son souffle chaud se propager autour de mes seins et le désir de soigner cet âne et d'écourter sa douleur... J'étais la maîtresse de la situation ou plutôt, il me le laissait croire, car un petit coup de sa tête musclée m'aurait bien vite envoyé balader.

Un peu émue, je continuais ma besogne. Sa patience fut récompensée par un grand seau d'avoine. La tête plongée dans le récipient, c'était le moment idéal pour curer les sabots. Il y avait de tout là-dedans, la corne avait poussé n'importe comment, emprisonnant terre et cailloux. Comme il était tout entier absorbé à avaler sa friandise, je pouvais commencer par les sabots des pattes arrière, ainsi je craignais beaucoup moins de prendre un mauvais coup. Mes mains curent, grattent. À force de râper, la corne s'échauffe et dégage une odeur de peau brûlée, forte et acre. Mon nez est saturé d'odeurs animales, la corne chaude, les cotons dans la poubelle imprégnés de la pourriture des yeux de l'âne, l'odeur sure de la paille, mêlés à l'urine et au crottin. Un bouquet olfactif varié qui se mélange pour m'offrir successivement des sensations de dégoût, d'écœurement, mais aussi d'excitations animales, brutales, quelque chose de bien plus puissant que ma raison. Je suis troublée par tant de stimulations en même temps.

Les lèvres de ma chatte se gonflent et s'humidifient rapidement, je sens ma culotte et mon short se mouiller. Mais il faut continuer et surtout ne pas faire attention à cet émoi incongru. J'attaque les pattes avant, je suis le cul en l'air, la patte de mon âne coincée entre mes genoux. Là recommence le cérémonial : gratte, cure, râpe. Je me rends compte qu'un son manque soudain à ce gentil concert, celui des dents plates de ma bête en train de broyer les grains d'avoine. Sans faire plus attention que cela, je regarde derrière moi. L'âne avait le museau à quelques centimètres de mon cul, inhalant sûrement les débordements de mon excitation.

Picotin, que fais-tu ?

Son museau se rapproche et me pousse doucement les fesses, j'oppose un peu de résistance, mais tends un peu plus haut mon cul pour que son mufle soit juste posé contre l'entrecuisse de mon short trempé. Il boit mon odeur et je sens de nouveau son souffle brûlant caresser ma chatte, il a l'air de se repaître de mes effluves. Ses petits coups de museau pour, sans doute, mieux me sentir et m'écarter un peu plus, redoublent mon excitation et je sens couler à l'intérieur de mes cuisses mon jus, prémices de plaisir qui se déverse dans mes bottes, inondant mes chaussettes. Ma tête tourne doucement, les odeurs m'enivrent. Je finis la patte droite dans cette position. Subissant le nez aimanté de mon âne, je repousse les naseaux de mon cul.

J'attaque la patte gauche. Je me remets en position, le cul offert. Dans ma tête, tout a basculé, mes peurs s'effacent et mon désir s'impose de lui-même, d'une manière naturelle. Son nez est de nouveau attiré par ma chatte, j'ouvre la fermeture Éclair de ma braguette et laisse tomber mon short et ma culotte sur mes bottes. Pourquoi ne pas laisser Picotin s'abreuver de mon odeur en direct, sentir le frottement doux du velours de son nez contre mes lèvres et oindre ses naseaux de mon jus ? S'occuper l'un de l'autre, lui affairé à ma chatte et moi à cheval sur ses sabots !

Quel délice ! Je relève un peu la tête et là, sous son grand poil, entre ses pattes arrière, je vois une forme qui bouge, qui s'avance vers moi. Serait-ce sa bite ? Mon âne serait-il en train de bander pour moi, tout cela l'aurait-il ému, lui aussi ? Ma raison reprenant encore une fois le dessus, je remonte ma culotte et mon short en essayant d'oublier cette vision qui me flatte et m'émeut.

Les quatre pattes sont faites. Je me suis improvisée ophtalmo, manucure et maintenant je passe à la partie la plus ardue de la tâche, me voilà toiletteuse pour âne qui se néglige. C'est l'épreuve de l'étrille. Par quel bout commencer cet énorme tas de poils emmêlés et crottés ? Ce sera par la tête, la frange, les oreilles, le cou, les pattes avant, les épaules. Je suis déjà exténuée par les mouvements répétitifs de l'étrille, il faut tirer pour faire venir tous les nœuds et extirper les brindilles et les bois pris dans les poils. La brosse est vite saturée par un épais feutre plein de suif d'âne, et il faut s'arrêter souvent pour la désengorger. Je brosse le dos, la croupe, et m'affaire sur la queue : un conglomérat de chardon, et de ronces. Le dessus est à peu près présentable. Mon âne n'a toujours pas bronché. Il sait que je suis en train de le faire beau !

Ce n'est pas encore fini, il me reste l'endroit le plus emmêlé, le ventre de l'animal. Comme l'animal est haut sur pattes, je n'ai pas beaucoup à me baisser. Il doit faire 1,50 mètre au garrot et moi 1,53 mètre en entier ! Me voilà en train de brosser son sous-poil couleur sable, installée entre ses pattes avant. Ce n'est pas trop difficile. Je m'approche de son flanc et là, le poil devient pégueux et odorant, sûrement à cause de l'urine. Alors je prends un seau et lave son ventre, je frotte. Avec mes doigts, je défais les nœuds en tiraillant délicatement la peau blanche, laiteuse. Sous sa toison, je découvre vite ce que j'avais aperçu auparavant, une bite immense, turgescente, un gland énorme. La bite n'en finit plus, ploie sous son poids. Elle semble montée sur un ressort à chaque fois que je démêle un nœud. Elle bouge et s'arc-boute, mon âne a l'air d'apprécier son toilettage, j'entends ses naseaux qui soufflent fort en faisant du bruit.

Mes mains se rapprochent petit à petit du grand instrument qui trépide à chaque démêlage plus près de lui. La peau tirée tout autour de sa bite doit nourrir son excitation. Je m'amuse à jouer avec ses mouvements. Je détiens la télécommande de cette belle érection, la bite suit mes doigts comme hypnotisée. Tout le long de la partie rentrée de sa verge dans son ventre, je lave son poil tout pisseux. Je me suis agenouillée sous mon âne pour mieux faire sa toilette, sa grande queue bat mon épaule, je sens la douceur de sa hampe qui frotte contre mon cou. J'étrille maintenant l'intérieur de ses cuisses. Il aime et me remercie en me poussant légèrement avec sa tête. Je sens de nouveau son souffle chaud sur moi. Ma raison semble balayée par ce courant d'air chaud, humide, et mon désir resurgit, encore plus fort.

Je mets fin au brossage et, le cul en l'air sous lui, je contemple sa bite. Je détaille les différentes couleurs de sa hampe, du marron au rose. La peau qui se tend et se gonfle sous l'afflux de sang. J'admire les courbes de l'énorme gland, le dessin du canal de l'urètre qui s'écarte en deux belles ailettes ourlées pour se réunir en une corolle de chair rebondie pour le sertir. Toutes ces formes me donnent envie de caresser, la bite appelle mes doigts. Ma main effleure toute la longueur jusqu'au gland. Je l'empoigne et sens sa chaleur dans la paume de ma main. Emportée par ce désir brutal, j'approche ma tête, portant sa virilité triomphale à mes lèvres. Ma bouche s'ouvre démesurément pour essayer d'engloutir en entier ce gland gigantesque. Mes mâchoires me font mal, j'ai l'impression être écartelée. Mon âne s'agite, souffle, mais je le tiens par sa queue, nous sommes soudés l'un à l'autre.

Mon palais et ma langue sucent et pompent avec force. Je referme mes deux mains sur sa verge, moulant de mes paumes et de mes doigts le large pieu, effectuant des va-et-vient nerveux vers ma bouche. Mes doigts augmentent la pression autour du diamètre de la bite, presque comme si je voulais traire mon âne, et faire affluer son sperme plus vite vers ma bouche assoiffée. Je suis prête à accueillir sa semence. Soudain sa queue s'enfle et ma bouche ouverte reçoit une énorme giclée de sperme blanc, brûlant et acide, éclaboussant au passage mes joues, mon nez, mon cou.

Folle de désir, je prends l'extrémité du gland pour étaler le jus gluant sur mon visage puis dégouline dans mon cou et traverse mon tee-shirt pour en imprégner mes seins.

Je reste là, maculée de sperme d'âne, comme si j'avais bu goulûment un seau de lait chaud et fumant, trop grand pour ma bouche.

Je me disais que j'avais peut-être outragé la nature, mais le regard de mon âne me confirma son indécente et nouvelle tendresse pour moi. Ni lui ni moi, nous n'eûmes à nous accorder sur le secret que nous devions garder.

Il était maintenant tout beau et j'étais à lui.

Ljubi Zwezdana

Extases à quatre mains

À genoux je te lèche je suce tes doigts
petits orteils déliés
et puis tes jambes et l'intérieur de tes cuisses
ma langue bien à plat
ton goût emplit ma bouche et mon nez
tapisse l'intérieur de mon corps
tu frissonnes et tes seins deviennent durs
le bout douloureux
et je prends ta chatte comme j'embrasse ta bouche
lèvres ouvertes langue à l'intérieur je te fouille
et tu gémis et tu coules
et le désir est là ton ventre embrasé
et ma bite est dressée
mais je ne veux pas encore
je veux que tu m'attendes
tes mains sur tes fesses tu t'écartes
et je sais ton envie
accroupie sur moi ma langue comme un serpent
tu t'ouvres et te desserres
hanches balancées
petit trou du cul qui dilate et s'échauffe
mes pouces à l'intérieur je te distends
et tu aimes

tu veux là comme ça en sodomie et que je vienne
ma queue entre tes fesses
penchée sur moi mon sexe dans ta bouche tu me suces
mon gland au fond de ta gorge
salive sur la hampe tu adoucis l'entrée
et j'hésite
et d'abord la chatte
assise sur moi je te force
ta fente encore serrée
ma bite raide tu te plains
et je suis comme à vif
douleur exquise qui précède l'après
et je vais et viens juste au bord
quand brusquement tu t'ouvres
si chaude mouillée
la sensation m'explose
ton sexe comme de la soie
et d'une poussée libératrice je te pénètre
et profond et t'écarte
et tu dis que oui tu me sens bien
dur et doux
que je te remplis bien
et que ça te découd
que je suis fait pour toi
et tu pleures ventre spasmé
tu te fais soumise
et tout à l'intérieur tu serres et desserres
tu me pompes
eh oui viens là
et sentir mon sperme juter sur tes parois
pour un plaisir aigu qui t'envahisse le ventre
À cet instant je te possède je suis ton maître
et mon cœur bat vite l'envie si forte
jouir comme une urgence

ma tête sans pensées seul mon sexe dans toi
c'est un impératif
ma vie pour cet instant
et c'est une jouissance violence
et tu viens avec moi
et tu t'envoles

****

Je ne pensais pas que mon vagin pouvait contenir autant de sperme, il s'échappait de ma vulve en un écoulement lent et sirupeux, sur mes cuisses et sur les draps ; il y en avait tant et tant que je me demandais pendant combien de temps il avait joui...

Moi j'avais aussi eu du plaisir et mes contractions avaient dû l'aspirer, le sucer, le vider. Mais il en coulait tant et tant qu'il me semblait que mon corps se vidait, se vidait d'un liquide blanc à l'odeur âcre.

J'étais allongée sur le dos et je le sentais, je sentais cet homme qui s'écoulait de moi.

Cette sensation tiède au creux de mes cuisses avait quelque chose d'indécent, une sorte d'énurésie adulte, irrépressible, incontenable, qui s'échappait de moi et que je poussais doucement, sans mouvement exagéré, par simples contractions internes, comme on évacue un abcès arrivé à maturité, mais sans douleur, sans peur, sans délivrance.

Il me semblait que cela se détachait de moi, que cela m'avait appartenu, que je l'avais voulu et désiré, et maintenant je m'en exonérais.

Cette libération avait en elle quelque chose de dérangeant, la sensation de l'écoulement le long de ma vulve et de mes cuisses, me laissait une impression de traces résiduelles, de souillure humide qui me rattachait à sa source, tout au fond de mon sexe.

J'essayais d'imaginer ce que cela représentait en termes de quantité : un verre à porto ? à bière ? une fiole ? un tonneau ? un fleuve ? et mon esprit s'égarait, s'égayait et je me demandais avec une légère anxiété, quand cela allait se tarir.

À cette pensée, mon ventre se contractait encore, entre plaisir et déplaisir, soucieuse de me vider de tout ce qui m'emplissait la chatte et s'étalait sous mes fesses entre mes cuisses, sur les draps.

****

Tu rêvais et t'éveilles ton envie toujours là
tes fesses contre mon ventre tu remues doucement
et tes doigts sur ma queue tu caresses tu me branles
et c'est un silence érotique
mon sexe dur sur tes reins
et sans mot je te penche et t'écarte
mes lèvres entre tes fesses
tu as fermé les yeux je lèche ta raie et tu ne penses qu'à ça
tu veux ma bite grosse qui t'arrache le cul
et s'enfonce violemment
et envie d'avoir mal passage trop étroit douleur sublimée
sans plus bouger raide bien au fond
entre deux doigts ton clitoris que je pince et caresse
et je tire sur la chaîne qui relie tes anneaux
ça distend tes lèvres et ouvre grand ton sexe
et ton souffle se hache
tu dis les papillons qui arrivent et volent dans ta chatte

et leurs ailes te caressent
ton excitation telle qui déborde sur mes doigts
et tu t'ouvres
mon poing en toi je te pénètre poignet seul visible
à l'intérieur paroi si fine que je touche mon sexe
sensation violente
et tu te cambres et gémis
ton corps comme possédé double pénétration
et je vais et je viens
poing et queue au même rythme
je te défonce
et tu en perds le souffle et tu jouis
et semble comme aliénée
et moi qui te regarde je vois dans le miroir
tes hanches si étroites et ta chatte délicate
et ma bite semble énorme qui te distend l'anus
et ta fente dilatée par mon poing bien serré
et l'image est précise qui me dessèche la bouche
et accélère mon cœur
et je décharge en toi

****

Lorsqu'il avait percé mes grandes lèvres, cela s'était fait en un cérémonial lent, troublant et compliqué.

D'abord il avait choisi soigneusement les anneaux argentés, les chaînettes courtes, torsadées, hésitant puis en préférant une munie d'une croix. Ce choix avait été long, réfléchi et la gêne qui fut la mienne devant le marchand semblait ne pas le concerner. Bien au contraire, il discutait avec l'homme des avantages de tel ou tel anneau, ignorant parfaitement le sentiment de honte qui me gagnait.

Quand cet achat fut terminé, il m'amena chez lui, me déshabilla entièrement sans dire un mot, me banda les yeux, me souleva, et m'installa sur une table d'examen dont je ressentis contre mon dos l'inconfort du skaï froid.

Puis il me coucha autoritairement, le tronc défléchi, le bassin avancé. Je compris ensuite qu'il soulevait mes jambes et posait mes pieds dans des étriers.

Il passa ses mains sous mes fesses et m'attira vers lui, ouvrant davantage mon sexe et mon bas-ventre.

Il tirait doucement sur mes lèvres comme s'il voulait les allonger davantage, puis il entreprit de les nettoyer soigneusement avec un liquide que je perçus comme tiède et savonneux. Il passa et repassa sur les lèvres, le clitoris, la vulve et même l'anus. Et j'entendis qu'il changeait de compresse, me réaseptisant à nouveau.

Puis il m'embrassa, me dit de me détendre et saisissant un instrument froid que je devinais chromé, il pinça rapidement ma lèvre droite. Cela déclencha une douleur vive qui me fit venir les larmes aux yeux.

Il fit de même à gauche et je sentis son souffle, ses lèvres douces et tièdes et il s'empressa de lécher la goutte de sang qui devait couler du piercing. La caresse de sa langue sur ma chatte me dénoua et je me pris à rêver.

C'était à la fois érotique de juste le deviner sans le voir, et en même temps terriblement gênant.

Il se releva et passa d'une main rapide et experte les deux anneaux.

Dès qu'ils furent mis, je sus que je ne les quitterais plus.

Il s'amusa alors à jouer avec et malmena mes lèvres puis y adjoint les chaînettes avec lesquelles il tirait vers le haut, le bas, les croisant ou au contraire les écartant jusqu'à ce que ma vulve apparaisse grande ouverte.

Cette position sur cette table me mettait mal à l'aise, sensation impudique, en même temps qu'excitante.

Il en profitait pour lubrifier mes orifices et y introduire ses doigts et je les sentais passer de l'un à l'autre et puis, très vite, il me pénétra avec plusieurs doigts et je me sentais si ouverte que j'imaginais qu'il avait glissé sa main entière à l'intérieur de ma chatte qu'il maintenait offerte en tendant les chaînettes.

Mon cœur s'accélérait, la sueur coulait le long de mon dos et me collait au skaï de la table d'examen. J'allais avec le bas du bassin accompagner sa main jusqu'à ma jouissance quand il cessa brusquement de me caresser.

Il écarta davantage mes jambes et passa, cette fois très précisément sur le clitoris, du liquide antiseptique, en le frottant énergiquement.

J'appréhendais d'avoir mal et crispais mes pieds coincés dans les étriers en m'arc-boutant.

Il prit la peau au-dessus du clitoris et la transperça d'un petit cathéter.

Et la douleur fut violente, mais il pinça mon sexe tout aussi violemment de telle sorte que les douleurs se superposent.

Il installa un anneau et je sentis une petite chaîne qui glissait entre mes lèvres écartelées.

Il se recula alors, me contempla et dit que c'était bon.

****

C'est une jolie amie qui va et vient
coucou ça va
complicité de filles dont je me sens exclu
et elle sait mon fantasme
deux femmes juste pour moi
mais elle m'aime
et hésite
et son amie dit oui et même que je lui plais
c'est un doux soir d'été la nuit électrique et si chaude
qu'ensemble je les découvre sur les draps allongées
sueur sur leurs corps
et dévêtues
vin frais et bu qui fait briller leurs yeux
mais tu veux que je reste habillé
seule ma queue visible
et déjà je bande
et c'est un quatre mains qui dégage mon sexe
deux langues entremêlées qui s'enroulent sur mon gland
mes couilles aspirées
et puis un lien noué qui enserre leur base
et ma bite devient rouge et dure sous leurs doigts
je les veux sur le lit leurs deux bouches amoureuses
et leurs jambes écartées sexes imberbes exhibés
j'imagine leur douceur et veux connaître leurs goûts
et mon envie est forte qui garde mon sexe dressé
deux doigts à l'intérieur pouce sur clitoris
elles se caressent et je vois leurs moiteurs
et bientôt tête-bêche langues qui vrillent l'anus
et puis lèvres écartées à grands coups elles se lèchent
clitoris mordillé aspiré bas-ventre qui rougit
leurs vulves toutes gonflées et qui bavent
plaisir sensuel seins dressés fentes écarlates

et mon trouble est extrême quand près d'elles je m'approche
et dans leurs yeux je vois que je peux
et même comme une envie
et j'éjacule
mon sperme sur leurs ventres
et l'une sur l'autre elles s'en enduisent
et je rêve à plus tard
toutes deux bien à moi...

****

Au cours de l'hiver, un après-midi fraîche à la campagne nous amena à nous retrouver autour d'un feu de bois, étendus sur un tapis épais et confortable.

J'avais invité ma jolie amie merveilleusement blonde qui se lova entre nous et, tout en riant, nous indiqua par la précision de ses baisers et de ses caresses, qu'elle comptait bien être partie prenante dans tous nos ébats.

Nous nous déshabillâmes ensemble et très vite nous fûmes complices à deux bouches pour lécher mon amant.

Nos lèvres et nos langues se rejoignaient dès qu'elles le pouvaient et nous prîmes du plaisir à nous embrasser tandis qu'il nous caressait très équitablement.

Il nous excitait par ses attouchements précis et puis prenant de l'assurance, au vu de l'effet que ceux-ci produisaient sur nous deux, il s'enhardit et essaya des intromissions diverses et multiples.

Nous décidâmes alors que chacun des trois raconte-

rait un fantasme et que nous allions les réaliser. Notre belle invitée étant une farouche végétarienne, il fut décidé que nos jeux devraient avoir une sorte de connotation écologique.

Je pris l'initiative.

J'allai dans la cuisine et hésitai face aux divers légumes achetés le matin même.

Mon choix se porta finalement sur un joli et assez gros concombre. Je le passai au micro-ondes pour le tiédir et l'enduisis d'huile d'olive parfaitement naturelle.

Et c'est munie de ce bel engin que je revins vers le salon.

Mon amie et moi, nous nous mîmes sur le dos, jambes repliées ; mon amant, tout en nous caressant, fit pénétrer le concombre d'abord dans mon sexe.

Il le fit entrer en m'ouvrant lentement de presque la moitié.

C'était dur, raide, tiède et je le sentais au fond de mon vagin.

Puis autoritairement il avança le bassin de mon amie, sa chatte face à la mienne, ses cuisses très écartées et soulevant ses fesses il la fit glisser vers moi et introduisit ainsi l'autre côté. Elle sentit elle aussi la butée en profondeur.

Il restait entre nous quatre à cinq centimètres quand nous fûmes ainsi prises.

Mon amant suçait nos clitoris, la partie médiane du légume et nous incitait à bouger. Ce que nous fîmes.

Nous nous donnions mutuellement des coups de boutoir, nous arrêtant seulement quand la douleur se déclenchait, lorsque le bout était allé trop loin.

Mon ami sortait de temps à autre une des extrémités du gros légume, le remplaçant par sa bouche, et nous lapait à petits coups de langue. Il s'arrêtait lors-

qu'il nous sentait juste au bord du plaisir, suçait alors et réintroduisait le concombre à fond jusqu'à la douleur.

Elle avait commencé à jouir doucement sous la langue experte, puis par le vagin qui était rempli de ce corps incompressible, dilatant la chatte de façon intangible, irrémédiable.

Par rapport à un sexe d'homme, c'était moins souple, plus dur, homogène et peu malléable, mais dans le fond l'adaptation se faisait assez vite.

Mon amant n'arrêtait pas, il nous suçait, pompait un clitoris, poussait le concombre.

Nous tentions de le caresser, mais nous étions tellement absorbées par les sensations déclenchées par l'objet, si excitées par la vision du sexe de l'autre, démesurément distendu et par la conviction intime de ressentir, du fait de la symétrie de la pénétration, les sensations précises de chacune, si obsédées par notre propre plaisir qu'amplifiaient nos coups de bassin mutuels que... nous nous occupions assez peu de lui.

Mon amie jouit en premier. Se redressant et relevant mes jambes, elle s'empala sur ce gode, en absorbant plus de la moitié. Je le relâchai un peu et elle l'enfonça profondément, son ventre secoué de spasmes puissants.

Puis elle sortit lentement, en gémissant un peu, l'objet de son sexe et décida que c'était à elle maintenant de réaliser son fantasme.

Tout d'abord, elle s'allongea contre moi, prit ma bouche et, le concombre dans sa main, elle me masturba avec, déclenchant au fond de mon ventre une jouissance intense.

Ensuite, elle intima l'ordre à mon compagnon de se mettre à genoux et d'écarter ses cuisses. À la rougeur qui apparut en bas de ses reins, je sus qu'il avait deviné le jeu à venir et que ça lui plaisait déjà.

Notre jolie amie le lubrifia, d'abord en le léchant d'une langue habile et précise puis en introduisant ses doigts préalablement huilés l'un après l'autre jusqu'à ce qu'elle juge la dilatation suffisante.

Je m'installai entre ses cuisses ouvertes et enserrai la taille de mon compagnon avec mes jambes.

J'avais ainsi une vision précise de son anus déjà prêt et rougi par l'excitation, de ses couilles lourdes et gonflées et de sa bite raide et dressée.

Mon amie le prit alors aux hanches et le guida, l'écartant jusqu'à ce que l'énorme gode s'enfile entre ses fesses.

Le processus fut lent, arrachant des gémissements à mon amant.

Face à lui, la fille lui suça la queue avec diligence, je le sentis se détendre et il se mit à s'empaler sur le concombre que je tenais bien serré dans mon sexe.

Cette image me fascina et, bougeant mes hanches, je le dilatai encore plus.

Je m'aperçus qu'il faisait glisser le légume de plus en plus loin et à son souffle haché je compris qu'il prenait son pied. Je crois que cette idée m'a fait jouir.

Il n'avait pas encore éjaculé et bandait toujours.

Il dit que c'était à lui d'être le maître du jeu et nous demanda de nous mettre toutes les deux à genoux et d'écarter les jambes. Ensuite il lubrifia ses deux mains et débuta une double pénétration.

Deux, trois, puis quatre doigts entrèrent sans problème dans le cul de mon amante.

Sa main pénétra entière, d'un coup dans ma chatte, jusqu'au poignet.

Dans mon sexe, il me caressait le col utérin, doucement, du bout des doigts tandis que son autre main pénétrait doucement entre les fesses de notre amie.

Elle souffrit un peu au passage de la partie la plus

large, mais quand le poignet dépassa seul, elle se détendit d'un coup.

C'est ainsi, fistées toutes les deux, prises en main, poing interne contracté, qu'il bougea profondément en nous, jusqu'à déclencher notre commune jouissance.

L'effeuilleuse et le carabin

La nuit sera chienne

Max Genève

Paris réserve bien des surprises pour un innocent provincial. C'est avec stupeur, et non sans un certain émoi, qu'un jeune étudiant en médecine découvre dans l'appartement d'en face sa charmante voisine, Déa, qui accomplit ses exercices de gymnastique nue, à minuit, devant la fenêtre et en pleine lumière… Des liens muets mais éloquents se nouent, et des jeux délicieusement pervers vont suivre. Sans que Baptiste devine qu'il est le jouet filmé d'une farce d'un genre particulier…

(Pocket n° 4275)

Jusqu'au bout du désir...

La chasse amoureuse

Alina Reyes

Elle ne vit que pour et par le désir, elle arpente tous les territoires de la vie, elle est dans un état de grâce permanent. Puis, un jour, elle « tombe en désir » d'un poète inaccessible, avec lequel s'instaure un long et secret jeu de séduction. L'œil aux aguets, le corps enflammé, elle se livre à une quête éperdue de sensations extrêmes, qui peut-être la rapprochera de cet homme lointain…

(Pocket n° 13023)

Carte blanche pour l'érotisme

Pulsions de femmes

Collectif

Laquelle de ces vingt-trois femmes nous confiera son aventure sexuelle la plus folle, son rêve érotique le plus étrange, le plus inattendu ? Le désir au féminin, quand toute raison et toute décence sont abolies, ne connaît pas de frontière… L'une aime associer le scandale au plaisir, l'autre est une adepte des objets de jouissance, une autre encore se permet tout dans un jardin d'été. Toutes transforment les situations les plus ordinaires en instants de sensualité extrême, basculent dans l'interdit, le libertinage et les songes les plus aphrodisiaques.

(Pocket n° 12961)

Achevé d'imprimer sur les presses de

BUSSIÈRE

GROUPE CPI

à Saint-Amand-Montrond (Cher)
en janvier 2008

POCKET - 12, avenue d'Italie - 75627 Paris Cedex 13

— N° d'imp. : 80016. —
Dépôt légal : février 2008.

Imprimé en France